쓰랜드

쓰랜드

김규진 장편소설

아시아

차례

제1부   7

제2부   21

제3부   211

작가의 말   294

제1부

1

거대한 파도가 날카로운 쇠스랑 같은 이빨을 드러내며 솟구쳤다. 엄청나게 응축된 에너지로 벌떡 일어선 물더미는 하얀 아가리를 열고 골드피시호를 한입에 집어삼켜버렸다.

"콰광!"

파도의 산이 순식간에 무너지며 덮치는 순간, 배는 산산조각날 것 같았다. 그것은 물이 아니었다. 거대한 절벽이었다. 수직의 절벽이 꼭대기부터 무너져 내려 덮칠 때 그 속에서 견뎌낼 구조물은 없었다. 금방이라도 수수깡처럼 부서져 파도 속에 흩어져버릴 것 같았다. 그러나 파도와 정면으로 맞선 배는 괴물의 혓바닥에 감기지 않았다. 엄청난 힘을 온몸으로 떠안은 배는 두툼한 스펀지에 내려앉듯 파도 속에 잠겼다 다시 트램펄린 점프처럼 솟아올랐다.

황 선장은 어금니를 꽉 깨물었다. 1500톤급 참치잡이 선망선 골드 피시호의 노련한 캡틴은 직접 키를 잡고 배를 몰았다. 갑자기 맞닥뜨린 대형 허리케인에 잔뜩 긴장하였지만 결코 당황하지 않았다. 냉정한 그의 눈빛은 시시각각으로 닥쳐오는 너울에서 눈을 떼지 않고 생존의 조타에 집중했다. 이런 위기상황에서 자동항법은 쓸모없다. 생존본능! 철저히 몸에 배인 생존본능만이 배를 살린다.

"좌현 20. 엔진출력 10!"

이 배는 요트가 아니다. 폭풍속의 요트는 돛을 내리고 엔진도 꺼버리고 파도에 선체를 내맡기면 된다. 요트는 설사 파도에 휘감기더라도 놀라온 복원력으로 다시 떠오른다. 요트는 해치를 닫아버리면 오크통과 같다. 하지만 이런 어선은 엔진을 꺼버리면 고철덩이가 돼버린다. 그렇다고 엔진출력을 높여서도 안 된다. 파도에 대항하는 것은 나뭇잎으로 물살 바꾸기와 같은 자멸행위다. 폭풍 속의 배는 항해가 목표가 아니다. 파도에 휘말려 침몰하지 않는 게 최대 목표다. 잘 사는 게 아니라 오직 생존만이 목표인 삶과 같다. 시시각각의 생존본능과 순응. 그 절묘한 파도타기를 해야 하는 것이다.

"기압 950헥토파스칼. 풍속 초속 30미터."

적도 부근에서 발달한 중형급 열대성 저기압. 이 정도면 초대형 허리케인은 아니다. 이보다 더 강력한 폭풍도 여러 번 경험했다. 기상위성모니터를 보면 허리케인의 반경이 그리 크지 않다. 허리케인의 눈도 밀집도가 낮아 덜 발달되었다. 그러나 소용돌이의 구름띠가 두껍고 많은 수증기를 머금고 있다. 바람도 점차 강해지고 있어 추세를 지켜봐야 한다.

피항지로 되돌아갈 수는 없다. 어떻게든 허리케인을 뚫고 나아가야 한다. 만약 되돌아간다면 최소 열흘은 귀항이 늦어진다. 그렇다면 손실이 너무 크다. 이번 시즌의 조업은 반토막 날 것이다. 황 선장은 입술을 깨물고 시시각각 덮쳐오는 파도의 더미를 뚫어지게 바라보았다.

진수된 지 5년밖에 되지 않았고 최신장비로 무장한 골드피시호는 초대형 허리케인도 견딜 수 있게 건조되었다. 하지만 문제는 현재 배의 하중이 너무 무겁다는 것이다. 대개 참치잡이 어선들은 만선이 돼도 귀항지로 돌아가지 않는다. 출항지에서 주요 어장까지 나오는 데 많은 시간이 걸리기 때문에 어창에 고기가 가득 차면 운반선에게 고기를 넘겨주고 다시 조업한다. 보급품도 운반선을 통해 공급받거나 인근의 기항지에서 충당한다. 그렇게 여섯 달 정도 바다에서 보낸 뒤, 지친 선원들의 피로를 감안해 출항지로 돌아간다.

그런데 얼마 전 운반선 마린탱크호에 문제가 생기고 말았다. 냉동시설이 고장 나버린 것이다. 모처럼의 호조업으로 만선이 된 골드피시호는 운반선에 고기를 넘기지 못해 부득이 부산으로 돌아가게 되었다. 하긴 부산항을 떠나온 지도 여섯 달이 넘었고, 고기도 잡을 만큼 잡았다. 황 선장은 본사와의 교신을 통해 키를 한국으로 돌렸다.

선원들은 즐거웠다. 어획량도 충분하고 본래 계획보다 한 달을 앞당겨 부산 땅을 밟게 됐으니 즐겁지 않을 수 없었다. 게다가 앞당긴 귀항

으로 부식이 남게 됐으므로 선장은 선원들에게 충분한 먹을거리를 제
공했다. 배의 운항에 필요한 해기사들을 제외한 어부들은 날마다 배불
리 먹고 마시며 뒹굴었다. 모두들 육지에 돌아가 즐겁게 지낼 꿈에 부
풀어 있었다.

그런데 태평양 한가운데서 허리케인에 휘말리게 된 것이다. 별일 아
니다. 거센 파도와 비바람은 선원들의 운명이다. 늘 그것과 싸우는 선
원들이 어찌 허리케인을 두려워하겠는가? 그것이 두려우면 바다에 나
오지도 않았다.

하지만 3등 기관사 이담은 달랐다. 그는 허리케인이 무서웠다. 비바
람이 싫었다. 20만 톤급의 유조선을 탈 때는 배의 롤링이 심하지 않았
다. 흔들리는 거대한 운동장에 서 있는 듯한 느낌이었다. 큰 태풍이 밀
려와도 기울기와 솟구침이 조금 커졌을 뿐 끄떡없었다. 그러나 전장
60미터의 참치잡이 어선은 나뭇잎처럼 흔들렸다. 익숙해지긴 했지만
롤링이 심할 때는 평형감각이 사라져 술을 마신듯 몽롱했다.

이번에 귀항하면 5년 내에 3년간 승선해야 하는 병역특례 의무승선
기간을 채우게 된다. 자유로워진다. 앞으로 무얼 할까? 다시 상선을 탈
까? 육상근무를 지원할까? 아니면 공무원 시험을 준비해볼까? 조금 쉬
면서 앞으로의 진로를 차근하게 설계할 작정이다. 그동안 단추가 잘못
끼워졌다. 한번 어긋난 지퍼는 잘 맞춰도 다시 어긋나기 십상이다. 내
인생은 뭔가 배배 꼬였다.

"저는 그냥 평범한 인간이고 싶습니다."

이담은 울부짖고 간구하고 빌고 또 빌었다. 더 나빠질 것도 없으므로 좋은 일이 생기겠지. 이담은 쿵쾅거리는 엔진을 바라보며 스패너를 쥔 손아귀에 힘을 주었다.

2

"뚜 – 뚜 –."

갑자기 비상벨이 울렸다.

"갑판 크레인 고정장치가 풀렸다. 풀려서 제멋대로 움직이고 있다. 갑판장은 갑판으로 올라가 상태를 확인하고 즉시 보고하라!"

선내 스피커를 통해 선장의 다급한 목소리가 들렸다.

"뚜 – 뚜 –. 비상이다. 선원들은 모두 비상대기하라! 기관실은 크레인을 잡을 때까지 엔진출력을 최소로 줄이고 선박평형을 유지하라."

갑판장은 비옷을 단단히 갖춰 입고 갑판으로 나갔다. 젓가락 같은 폭우가 내리꽂고 거센 바람이 휘몰아쳤다. 난간을 단단히 잡고 몇 발짝 움직이는데도 날아가 버릴 것 같았다. 랜턴을 비춰보니 고정장치가 풀린 양망 크레인이 제멋대로 움직이고 있었다. 양망 크레인은 참치잡이 그물을 끌어올릴 때 쓰는 중요한 갑판 장비다. 빨리 묶어놔야 한다. 만약 크레인이 돌아가 브릿지나 다른 장비들을 가격한다면 큰 사고가 발생할 수 있다. 경력 30년의 노련한 갑판장은 빠르게 판단했다. 크레인은 높다. 크레인 고정체인은 매우 무겁다. 폭풍은 거세고 배는 로데오 경기의 말안장처럼 흔들린다. 혼자서는 도저히 해결할 수 없다. 갑판장은 난간을 잡고 조타실로 들어왔다.

"선장님! 혼자서는 도저히 안되겠습니다. 여러 명이 필요합니다."

"알았소! 갑판원과 기관사를 데리고 나가시오."

"뚜− 뚜−. 선장이다. 갑판원과 기관사는 즉시 선교로 올라오라!"

배 밑바닥의 기관실에서 엔진을 살펴보던 기관장이 소리를 질렀다.

"이담! 올라가봐!"

"넷! 알겠습니다."

선장의 명령은 절대적이다. 무조건 움직여야 한다. 이담은 장갑을 끼고 기관실 계단을 뛰어 올라갔다. 세 사람은 비바람을 뚫고 갑판으로 나갔다. 거대한 크레인이 제멋대로 움직이고 있었다.

"이담! 크레인 타워로 올라가. 올라가서 크레인을 컨트롤해봐. 그러면 우리가 후크를 잡아서 고정시킬게."

갑판장이 악을 쓰며 소리쳤다.

"네. 알겠습니다."

"미끄러우니까 조심해!"

이담은 폭풍을 뚫고 미끄러운 크레인 타워로 한발 한발 올라가기 시작했다. 배의 거친 롤링에 따라 높이 솟은 크레인 타워는 몹시 위험하게 흔들렸다. 그는 실족하지 않으려고 온힘을 다해 계단 난간을 부여

잡았다. 본래 크레인 작업은 기관사가 하는 일은 아니다. 그러나 골드피시호는 인원이 부족했으므로 기관사가 여러 가지 일을 함께 처리했다. 크레인 조정실로 올라가보니 선박의 심한 롤링으로 인해 크레인 조정 레버가 풀려 있었다. 레버가 풀려 크레인이 고장 난 풍향계처럼 제멋대로 움직이고 있었다. 어려운 일이 아니었으므로 이담은 레버를 힘껏 당겨 'P'에 놓고 단단히 고정시켰다.

"레버를 고정시켰어요!"

이담은 갑판을 향해 악을 쓰며 랜턴을 둥글게 돌렸다. 해결됐다는 표시였다. 크레인이 좌우로 움직이지 않자 갑판에서 두 사람이 후크로 크레인을 고정시키는 모습이 눈에 들어왔다. 잠시 후, 갑판장이 랜턴을 둥글게 돌리는 불빛이 보였다.

'임무 완료! 내려가야겠다.'

이담은 갑판으로 내려가기 위해 크레인 타워 조정실의 문을 열었다. 바늘 같은 빗줄기가 얼굴에 내리꽂혔다. 찢어진 커튼처럼 거칠게 펄럭이는 바다가 눈에 들어왔다. 전후좌우로 제멋대로 흔들리는 마스트가 전정기관을 교란시켜 어지러웠다. 가슴도 울렁거렸다.

'어쨌든 빨리 내려가자.'

이담은 잠시 망설였으나 난간을 잡고 타워를 내려가기 시작했다.

"조심해!"

하지만 갑판장의 목소리는 위까지 들리지 않았다. 타워를 내려오는 이담의 모습은 기둥에 붙어 있는 벌레에게 고압호스로 물을 뿌리는 것 같았다. 뱃사람은 기둥·밧줄과 한몸이다. 그는 대항해시대에 범선 밧줄을 타고 오르는 용감한 선원들을 떠올리며 한발 한발 조심스럽게 발을 내디뎠다. 곧 갑판이다.

그때 산더미 같은 파도가 골드피시호를 때렸다. 파도에 강타당한 배는 반대쪽으로 쭉 떠밀리며 뒤집힐 듯 기울었다.

"아악!"

순간, 강력한 파도에 맞은 이담은 난간을 놓치고 말았다. 파도의 파편과 함께 허공으로 붕 뜬 다음 바다에 철썩 떨어졌다.

"사람이 바다에 빠졌다!"

갑판장이 소리를 질렀다. 동시에 다른 선원의 등을 떠밀며 조타실을 가리켰다. 선원은 바닥에 꽈당 한번 넘어지더니 쏜살같이 조타실로 달려갔다. 당황한 갑판장은 난간을 부여잡고 시커먼 바다에 랜턴을 들이댔다. 하얀 이빨을 드러내며 거세게 일렁이는 파도뿐 아무것도 보이지 않았다.

황 선장이 황급히 뛰어왔다.

"어디야?"

"좌현으로 떨어졌습니다."

"보이나?"

"보이지 않습니다."

"일항사! 엔진 출력 최대한 낮추고 좌현 20으로 살짝 돌려라. 조심해. 급히 돌리면 전복된다."

선장은 무전기를 통해 악을 쓰고 있었다.

"좌현 쪽 서치라이트를 최대 점등하라. 우현도 켜도록 해!"

라이트를 켜자 주위의 바다가 밝아졌다. 물더미 속에서 빛의 뭉치로 둘러싸인 골드피시호는 마치 야광충처럼 빛났다. 선원 너덧 명이 몰려 와 양쪽 뱃전에서 바다에 떨어진 사람을 찾았다. 그러나 눈에 보이는 것은 무섭게 일렁이는 파도뿐이었다.

"계속 찾아봐!"

선장은 깨문 입술에서 피가 나는 줄도 모르고 있었다. 폭풍의 바다에 떨어지면 살아남기 힘들다. 파도는 팥죽과 같다. 물이지만 파도의 에너지가 사람을 휘감아 헤어 나올 수 없게 만든다. 게다가 지금은 칠흑 같은 밤이다. 선장의 머릿속에는 포기라는 단어가 스쳐지나갔다. 실종자를 찾다 배까지 위험해질 수 있다. 하지만 최선의 노력을 해야한다.

"사람이다!"

우현 쪽에서 목소리가 들렸다. 선장은 재빨리 우현으로 달려갔다. 라이트를 비춰보니 사람이 떴다 가라앉았다를 반복하며 허우적대고 있었다. 좌현으로 떨어졌는데 파도에 휘말려 우현으로 떠오른 모양이었다.

"구명부환을 던져라!"

선원 하나가 사람을 향해 구명부환을 힘껏 던졌다. 그러나 부환은 사람 근처에 떨어지지 못하고 바람에 휘리릭 날려 엉뚱한 곳에 떨어졌다. 조급함을 느낀 선장이 다른 부환을 직접 풀어 멀리 던졌다. 방향은 맞았으나 거리가 멀어 사람과 닿지 않았다.

"헤엄쳐! 헤엄쳐서 잡아!"

바다에 떨어진 이담은 배에 가까워지려고 필사적으로 헤엄쳤다. 수없이 자맥질하다 영화관 스크린처럼 빛나는 뱃전에서 날아오는 구명부환을 보았다. 멀다. 하지만 잡을 수 있다. 아니 잡아야만 산다.

'정신 차려라. 침착해라. 허둥대다간 기회를 놓친다. 기회는 한 번뿐이다.'

그는 해양대학에서 배운 위기대응 매뉴얼을 떠올리며 침착하려 애썼다. 사력을 다해 부환 쪽으로 헤엄쳤다. 그러나 웬일인지 제자리에서 허우적거릴 뿐 앞으로 나아가지 못했다. 마치 수프 속에 빠진 개미처럼 버둥거릴 뿐이었다.

파도 때문이다. 파도의 거대한 에너지가 옭아매고 있는 것이다. 이처럼 거센 파도 속에서 인간의 힘은 무용지물이다. 파도를 헤치려 했다간 제풀에 힘이 빠져 익사하기 십상이다. 파도를 타야 한다. 파도가 배 쪽으로 밀려갈 때 몸을 띄워 쭉 나아가야 한다. 서치라이트 불빛에 부환이 보였다. 하나 둘 셋! 이담은 파도가 밀려갈 때 서핑보드처럼 몸을 띄워 쭉 나아갔다. 부환 역시 파도에 밀려갔으나 간격은 좁혀졌다. 배에 부닥친 역파도로 인해 부환이 잠시 머물고 있는 사이, 이담은 혼신의 힘을 다해 부환을 향해 팔을 뻗었다.

'잡았다!'

둥그런 구명부환이 팔에 걸렸다. 부환은 미끄럽다. 놓치지 않으려면 구명삭의 밧줄에 손목을 끼워야 한다. 이담은 부환 밑으로 고개를 처박고 들어가 뒤집어썼다. 부환을 양팔로 끼고 몸을 솟구쳐 부력을 확보했다. 그사이에 마신 바닷물을 꺽꺽 토해냈다.

"부환을 잡았다! 끌어당겨라!"

선장은 이담이 부환을 잡은 것을 확인하고 견인을 명령했다. 파도를 뒤집어쓰며 선원들이 구명줄을 끌어당기기 시작했다. 구명부환은 파도를 스치는 날치처럼 빠르게 뱃전으로 다가왔다. 이윽고 배 옆구리까지 다다르자 힘을 합쳐 위로 끌어올리기 시작했다. 이담은 점점 갑판과 가까워졌다.

"힘껏 당겨라!"

그때 거대한 파도가 다시 골드피시호의 옆구리를 강타했다. 순간, 밧줄을 잡은 선원들은 손끝의 장력이 툭 떨어져나가는 무중량을 느끼며 털썩 엉덩방아를 찧고 말았다. 애써 끌어당긴 낚싯줄 끝의 대형참치가 툭 떨어져나가는 것 같은 허망한 느낌이었다.

"줄이 풀렸다!"

극히 짧은 순간 이담은 깊은 나락으로 끝없이 추락하는 느낌이 들었다. 철썩! 바다에 다시 떨어진 이담은 배에 다가가기 위해 필사적으로 헤엄쳤다. 하지만 거대한 파도에 떠밀린 배는 좀처럼 가까워지지 않았다. 헤엄치면 칠수록 거센 물살이 반작용으로 밀어내고 있었다. 그리고 수많은 빗금으로 이루어진 빛무리가 저만치 점점 멀어지는 것을 보았다. 그 빛은 가물가물하다 깜빡 꺼져버렸다. 칠흑의 바다였다.

제2부

1

몸이 엄청 따갑다. 거친 사포로 문지른 듯 살갗이 아프다. 이담은 극심한 통증에 얼굴을 잔뜩 찡그리며 깨어났다. 머리가 깨질 듯 아팠다. 혼몽했다. 소금기가 눌러 붙은 눈꺼풀을 비비며 가물한 눈을 떴다. 섬의 해변 같은 풍경이 눈앞에 펼쳐졌다.

'여기는 어디일까?'

이담은 무심코 일어서려다 바닷물 속에 풍덩 빠져버렸다. 허우적거리며 다시 구명부환을 붙잡고 나서야 자신의 발이 땅에 닿지 않는다는 사실을 깨달았다. 동시에 폭풍의 골드피시호에서 떨어진 후 구조되지 않았다는 사실도 새삼 깨달았다.

골드피시호는 폭풍 속으로 사라져버렸다. 그는 구명부환에 의지해 폭풍과 사투를 벌이다 정신을 잃었다. 다행으로 여름의 태평양 바닷물이 차갑지 않아 저체온증으로 사망하지 않았다. 상어와 같은 무서운 포식자의 공격도 받지 않았다. 아마 거센 폭풍으로 인해 맹어류들도 바다 깊숙이 들어가버린 듯했다. 그리고 폭풍의 힘이 그를 여기까지 떠밀었다.

'살아 있다. 그런데 여기는 어디일까? 분명 섬처럼 보이는데 여기는 과연 어디일까?'

이담은 처음 보는 풍경에 호기심보다 두려움을 느꼈다. 동시에 식도가 타들어가는 심한 갈증을 느꼈다. 물을 마셔야 한다. 살기 위해서는 물부터 마셔야 한다. 그런데 바다 한가운데서 마실 물이 있을까? 주위에는 물이 천지지만 바닷물을 마시면 안 된다. 목이 마르다고 바닷물을 마시면 체액이 빠져나가 결국 탈수증으로 죽는다. 바닷물의 무기 염도는 3.5%, 반면 우리 몸의 세포액 농도는 0.9%다. 그러므로 두 물이 섞이면 삼투압 현상에 의해 체액이 빠져나가 더 심한 갈증을 느끼게 된다. 1리터의 바닷물을 마시면 0.5리터의 체액이 감소한다. 염분이 없는 민물을 보충해 희석시키지 않으면 세포기능저하와 장기작동 불능으로 죽는다. 이런 정도의 상식은 해양대학 초기에 모두 배웠다.

'물을 마셔야 한다. 물을….'

이담은 팔다리를 서서히 저어 나아갔다. 그의 주변에는 부서진 나뭇 조각과 온갖 플라스틱 용기, 나일론 줄, 스티로폼 등이 둥둥 떠 있었다. 더럽고 **빽빽**한 부유물 속을 헤엄치는 일은 매우 기분 나빴다. 하지만 살아야 한다는 절박한 심정으로 헤쳐 나갔다.

에비앙! 미네랄워터. 생수 페트병이다. 이담은 보물이라도 발견한 듯 황급히 에비앙 페트병을 낚아챘다. 병을 기울여보니 물이 조금 남아 있는 것 같다. 서둘러 뚜껑을 열고 목구멍에 페트병을 쑤셔 넣었다.

똑 똑 똑! 세 방울. 너무나 달다. 이처럼 단 감로수는 처음이다. 그러나 너무나 적다. 이것으로는 살 수 없다. 더 많은 물을 찾아야 한다. 일단 세 방울의 물이라도 찾았다는 것은 비슷한 생수병이 있을 수 있다는 가능성을 말해준다. 제발 많은 인간들이 두어 모금만 먹고 생수병을 툭툭 버렸기를 기도했다.

앞으로 나아가며 물이 남아 있는 생수병을 맹렬히 찾기 시작했다. 아주 다양한 종류의 다국적 생수병이 눈에 띄었지만 물이 남아 있는 것은 좀처럼 보이지 않았다. 그러다 그물에 감겨 있는 생수병 하나를 보았다.

'い·ろ·は·す

I LOHAS

天然水'

이로하스 천연수. 일본 생수였다. 무려 3분의 2가 남아 있었다. 유효기간 따위는 볼 필요도 없다.

'오! 하느님, 부처님, 예수님 너무 고맙습니다.'

이담은 생수병을 그물에서 서둘러 빼내려 했다. 그러나 그물에 엉겨 잘 빠지지 않았다. 상관없다. 물만 마시면 된다. 엉긴 생수병을 그물과 함께 들어 통째로 벌컥벌컥 마셨다. 배 속에 물이 좌르르 들어갔다. 빈

관에 액체 흐르는 소리가 났다. 속이 서늘하다. 아! 살 것 같다. 물맛이 이렇게 좋은 줄 몰랐다. 늘 흔하게 마시던 물이 이렇게 소중한 줄 몰랐다. 이담은 3분의 1가량 마시다 멈췄다. 한 번만 마시고 말 것이 아니라면 물을 남겨둬야 한다. 물이 남아 있는 페트병은 매우 드물다. 아마 이 생수병은 어부들이 그물을 바다에 던져 넣었을 때 쓸려 들어갔을 것이다. 그래서 이렇게 많이 남았을 것이다.

물을 마시고 정신을 차린 이담은 도대체 여기가 어딘지 강력한 의문이 들었다. 육지와 산이 보이지 않지만 쓰레기 더미가 밀려와 있는 것을 보면 분명 가까운 거리에 땅이 있다. 대개 폭풍이 크게 불면 대량의 쓰레기가 해변으로 밀려든다. 그래서 바닷가 사람들은 엄청난 양의 쓰레기를 치우는 데 녹초가 된다. 더욱이 지금 눈앞에 보이는 것은 대부분 생활쓰레기다. 분명 가까운 곳에 육지가 있다는 증거다.

"희망을 갖자!"

이담은 쓰레기 더미를 헤치고 앞으로 나가고자 했다. 바닷가의 쓰레기 더미는 대체적으로 파도의 물골을 따라 띠처럼 길게 형성되기 때문에 그 구역을 지나면 육지를 발견할 수 있을 것이다. 이담은 구명부환을 타고 앞으로 나아가다 곧 난관에 봉착했다. 부유물이 너무 빽빽해 나아가기 어려웠다. 갈증과 허기로 지친 몸이 탈진할 것 같았다. 체력을 아껴야 한다. 더욱이 저체온증도 우려된다.

물에 빠졌을 때는 몸을 어느 정도 몸을 움직여 피를 순환시키고 체온을 유지하는 것은 괜찮지만, 너무 심하게 움직일 경우 체력소모로 오히려 역효과가 난다. 구명조끼나 구명부환이 단시간의 익사를 막아준다고 해도 한계가 명백하다.

물에 빠지면 가장 위험한 것이 저체온증이다. 사람의 몸에 대기의 온도와 물의 온도는 하늘과 땅의 차이다. 찬물에 빠졌을 때 생존할 수 있는 시간은 매우 짧다. 수온이 0℃이면 최대 30분 산다. 대기 속에서 기온 4도가 견딜 만한 온도라면 수온 4도는 죽음의 경계선이다. 1시간 정도 생존할 수 있다.

수온 10도는 공기 중 영하 10도와 비슷하다. 수온 10도의 물에 빠졌다면 생존가능시간은 3시간이 채 안 된다. 보통사람은 한 시간이면 정신을 잃는다. 물속에서 정신을 잃으면 끝장이다. 15~20℃에서는 12시간 이내, 그리고 20℃ 이상이면 체력의 한계까지 생존할 수 있다.

물속에서의 최대 생존한계시간은 기껏 72시간이다. 해양구조대는 구명조끼를 착용한 사람의 생존시간을 입수 후 24~72시간으로 추산하고 있다. 그래서 산업제품 시험인증기관의 구명조끼 검사기준도 72시간이다. 대기 중에서의 생존시간과는 엄청난 차이가 난다.

바닷물에 빠지면 상어를 비롯한 각종 해양생물의 공격에도 노출된다. 자연계의 생물은 인간을 존엄하게 보지 않는다. 그냥 먹잇감일 뿐이다. 아무튼 물에 빠졌다면 갖은 수단을 다해 물에 떠 있는 부유물에 빨리 올라가야 한다. 이담은 살기 위해서는 물 위로 올라서야겠다고 생각했다.

'배가 필요하다. 그런데 배가 없다. 뗏목을 만들자.'

거기까지 생각한 이담은 지체 없이 뗏목을 만들기 시작했다. 다행히 페트병과 플라스틱 통을 어렵지 않게 모을 수 있었다. 그것들을 페그물로 묶었다. 여러 시간에 걸쳐 동여맸더니 사람이 드러누울 수 있는 크기가 되었다.

이담은 페트뗏목 위로 올라섰다. 그리고 벌렁 드러누웠다. 피로감이 일시에 몰려왔다. 아! 살 것 같다. 사람은 물고기가 아니다. 물속에서는 살 수 없다. 대기 중에서 살아야 한다. 크게 심호흡을 한다. 짠 바다내음이 폐부 깊숙이 들어온다. 숨을 쉬고 있다는 것이 그저 황홀할 뿐이다. 눈물 날 정도로 공기가 고맙다.

페트뗏목에 누워 하늘을 본다. 태양은 바닷물을 끓여버릴 기세로 작열한다. 파란 하늘에 적란운이 뭉게뭉게 피어오른다. 뭉게구름은 목화송이를 만들다 솜사탕을 만들다 양떼를 만든다. 돛단배를 만들다 화물선을 만들다 뭉개버린다. 구름의 요술을 멍하니 바라보고 있으니 무척 슬프다. 이 바다 한가운데서 나는 과연 살아 있는 것인가? 내일도 살아 있을 수 있을까? 페트병처럼 버려진 존재로 바다에 떠 있다는 것을 살아 있다고 할 수 있을까? 이담은 자신도 모르게 삐져나오는 눈물을 훔치며 입술을 깨물었다.

'아니다. 울고 있을 때가 아니다. 빨리 육지를 찾아가야 한다. 먹을 것도 찾아야 한다.'

이담은 페트뗏목을 저어 서서히 앞으로 나아가기 시작했다. 빽빽한 쓰레기 더미를 헤치고 나아가는 일은 힘들었다. 작열하는 태양 아래서 땀이 샤워하듯 쏟아졌다. 그는 곧 지쳐버렸다. 안되겠다. 육지를 찾아 나서기 전에 무얼 좀 먹어야겠다. 주린 배에 뭐든 넣어야 한다.

'물고기를 잡아먹을까? 어떻게 잡지? 아무 도구도 없는데? 혹시 그물에 걸린 고기는 없을까?'

이담은 수면에 고개를 처박고 고기를 찾기 시작했다. 희끄무레한 물체가 보였다. 찢긴 그물을 끌어들였더니 손바닥만 한 물고기가 있었다. 그러나 흰 비늘의 물고기는 뱃살 부분이 너덜거려 부패해 보였다. 등 쪽의 살이라도 먹을 수 있을까 싶어 만져보았으나 흐물거렸다.

먹고 싶은 욕망은 위험보다 강렬하다. 참아야 한다고 생각하지만 손이 이미 고기를 입으로 끌어당겼다. 이빨로 베어 문 순간 비릿하고 썩은 냄새가 입안에 진동했다. 퉤! 퉤! 뱉어냈다. 몇 번이고 바닷물로 입을 헹궜다. 썩은 고기를 먹으면 식중독 패혈증으로 죽는다. 배고프다고 함부로 먹으면 안 된다. 사망의 지름길이다.

다시 물고기를 찾아 나섰다. 앞으로 살아남기 위해서는 고기 잡는 방법을 익혀야 한다. 한참을 쓰레기 더미를 헤집은 끝에 그물에 걸려 있는 물고기 한 마리를 발견했다. 놓치면 안 된다. 온힘을 다해 그물뭉치를 끌어당겼다. 팔뚝만 한 길고 푸른 물고기가 파닥거렸다. 주먹으로 머리를 내려쳤다. 이윽고 뻘건 피를 흘리며 물고기는 조용해졌다.

그물에서 물고기를 빼낸 이담은 망설임 없이 뜯어먹기 시작했다. 생살은 아무 맛도 느껴지지 않았다. 아니다. 조금 달다. 생선회를 먹는 맛과 똑같다. 다만 양념이 없을 뿐이다. 초고추장이나 겨자간장이 있으면 좋겠다. 육지라면 구워 먹을 수도 있을 것이다. 소금을 살짝 뿌린 생선구이는 정말 맛있다. 미리 소금간을 해둔 것은 깊은 맛이 있다. 생선을 굽는 냄새는 정말 미각을 자극한다. 생선기름이 지글거리는 소리는 뇌세포를 자극한다. 소리로 먹고 냄새로 먹고 맛으로 먹는다. 오죽하면 가을전어구이는 집나간 며느리도 돌아오게 한다는 말까지 있을까? 기름이 좌르르한 생선구이에 소주 한잔을 털어놓으면 온갖 시름이 사라진다. 뱃사람들이 엄청 좋아하는 메뉴다. 사치스런 생각이다. 태평양 한가운데서 물고기 생살을 뜯어먹으며 별별 생각을 다한다. 인간이란 참으로 알 수 없다. 언제 죽을지 모르는 절박한 상황에서도 미각을 따진다.

이담은 물고기 한 마리를 다 뜯어 먹고 페트병에 남은 물 한 모금을 들이켰다. 아, 살 것 같다. 방금 먹은 생살이 금세 에너지로 변하는 것 같다. 쑥 들어간 눈구멍이 제자리를 잡으며 시야가 잘 보이는 것 같다. 갖은 노력을 다해 이 상황을 잘 헤쳐 나가면 살아남을 수도 있을 것이다. 문제는 여기가 과연 어디냐는 것이다.

갑자기 몸에 들어간 음식 때문에 나른해진 이담은 고개를 처박고 잠시 졸았다. 그러다 뜨거운 햇빛을 견디지 못하고 벌떡 일어났다. 살이 벌겋게 익는 것 같았다. 팔을 뻗쳐 힘껏 기지개를 켜며 사방을 둘러보았다. 주변에는 지저분한 바다가 둥근 호선을 그리며 끝없이 펼쳐져 있다. 거대한 쓰레기 더미였다. 군데군데 찢어진 색종이처럼 푸른 물구멍이 뚫려 있었다. 쓰레기라도 좋다. 이것이 뭍이라면 얼마나 좋을까? 하지만 아니다. 그저 두텁고 경계를 모를 정도로 넓게 퍼져 있는 쓰레기층일 뿐이다. 이담은 심각한 표정으로 생각에 잠겼다.

'정신을 차리자. 냉정해지자. 살아남을 궁리를 하자.'

이담은 대학시절에 배운 서바이벌 매뉴얼을 떠올리려 애썼다. 바다에서 표류할 때 가장 필요한 것은 무엇인가? 우선 가장 절실한 것은 배다. 물속에 빠져 있으면 얼마 살지 못한다. 기껏 72시간이다. 그러나 배가 있으면 몇 달도 살 수 있다. 보온을 하고 체력을 비축할 수 있다. 배가 있어야 다른 일들이 가능하다. 낚시도 할 수 있고, 생존에 필요한 다른 도구도 만들 수 있다.

배가 있음으로써 가장 유용한 것은 바로 항해가 가능하다는 것이다. 해류에 배를 맡기고 육지를 찾아 나설 수 있다. 돛을 달면 더 빠르게 항해도 가능하다. 생존에 훨씬 유리하다. 그러므로 배를 반드시 만들어야 한다.

아울러 물은 생존과 동의어다. 사람은 하루 평균 2리터 이상의 물을 마셔야 한다. 자기 몸의 수분 중 1%만 빠져도 심한 갈증을 느낀다. 5%를 상실하면 혼수상태에 이른다. 10% 이상 잃게 되면 목숨을 잃는다. 그런데 눈앞에 물이 철철 넘치지만 먹을 수 없는 물이다. 염분이 너무 많다. 바다가 짜다는 것은 인류에게는 분명 축복이다. 만약 바다의 염분이 사라진다면 지구 전체가 썩어버릴 것이다. 이처럼 고마운 짠 바다지만 지금 이 순간 이담에게는 커다란 재앙이다.

그러면 어쩌란 말인가? 생수가 남아 있는 페트병을 찾아 온종일 헤매야 한단 말인가? 확률이 아주 낮다. 그것을 찾다가 탈진해서 죽고 말 것이다.

하늘에서 비가 온다면 물문제가 해결된다. 태평양의 조난자들은 대부분 빗물을 받아먹고 살았다 한다. 그러나 이 바다에 비가 자주 오는지는 모르겠다. 비가 자주 오는 바다가 있고, 사막처럼 비가 거의 오지 않는 바다도 있다. 우기 건기에 따라 강수량도 다르다. 여름에는 뜨거운 태양으로 인해 바닷물의 증발량은 많아지겠지만 그것이 열대성 저기압으로 변할 수도 있다. 비가 내린다면 플라스틱 용기에 빗물을 잔뜩 받아놔야겠다. 비가 내릴 때는 배 터지게 마셔야겠다.

이담은 하늘을 올려다보았다. 이불솜 같은 뭉게구름이 몽실몽실 피어오를 뿐 비가 내릴 기미는 보이지 않았다. 해양기후 전문가는 아니지만 적어도 비가 내리려면 하늘이 옅은 먹물처럼 회색빛으로 변해야 한다는 사실은 알고 있다. 회색빛이 짙으면 짙을수록 좋다. 그만큼 많은 물방울을 머금고 있어 햇빛을 차단하고 있다는 증거이기 때문이다. 저 구름은 언제쯤 먹빛으로 바뀔까? 당분간은 가망이 없어 보인다. 그렇다면 하늘에만 의존할 수 없다. 물을 구할 수 있는 다른 방법을 찾아야 한다. 궁리, 궁리, 궁리해보자. 뭔가 방법이 있을 것이다.

물과 함께 식품도 생존에 절대적이다. 먹지 않으면 살 수 없다. 물론 바다에는 인간이 먹을 수 있는 식재료가 무궁무진하다. 엄청나게 많은 물고기와 조개류, 해초들이 있다. 25억 인구가 바다로부터 단백질을 공급받는다고 한다. 그러므로 바다에 표류했다고 해서 꼭 굶어죽는 것은 아니다. 실제로 물고기 등을 잡아먹으며 살아남은 사람들도 많다.

문제는 물과 해산물을 어떻게 얻을 수 있느냐다. 물고기를 잡기 위해서는 낚시나 그물이 있어야 한다. 작살도 요긴하게 쓸 수 있다. 육지에서는 가게에서 돈을 주고 사면 되지만 태평양 한가운데는 가게가 없다. 필요한 도구들은 결국 스스로 만들어야 한다. 그런데 만들 수 있는 재료와 도구도 없다.

'굶어죽을 처지에 무슨 가게 타령.'

이담은 혼자 실소를 터뜨렸다. 결국 직접 만들어야 한다. 불행 중 다행으로 온갖 쓰레기들이 떠다니고 있으므로 그중에서 재료가 될 만한 것을 찾을 수도 있을 것이다. 나는 기술자 아닌가?

해조류가 있다면 뜯어 먹을 수 있다. 하지만 깊은 바다는 해조류 채취가 어렵다. 남해 청정바다는 해조류의 보고였다. 자맥질하여 바닷속으로 들어가면 미역·다시마·파래·모자반·톳 등이 운동회의 깃발처럼 나부꼈다. 그 사이를 헤엄치는 것은 자연 다큐멘터리를 찍는 것처럼 이루 말할 데 없이 좋았다.

옷도 필요하다. 낮의 태양빛을 가리고 밤의 추위를 견뎌야 한다. 인간은 털 없는 짐승이므로 대체물이 필요하다. 그런데 이 난바다에서 어떻게 옷을 구할 수 있을까? 쓰레기 더미를 헤치다보면 몸을 가릴 것을 찾을 수 있을지 모른다. 하나씩 하나씩 구해보자.

그리고 무엇보다 중요한 것은 살고자 하는 굳은 의지다. 절망에 빠지면 죽는다. 살아남으려는 욕망이 생존에 비례한다. 요즘은 물동량이 엄청나게 늘어나 바다에 배가 많아졌다. 그만큼 구조될 확률도 높다. 끈질기게 살아남는다면 언젠가는 구조될 것이다. 배운 것을 떠올리지 않아도 표류자에게 이런 것들은 상식이다. 뱃사람이라면 기본적으로 알아야 할 필수 지식이다. 궁리하고 노력하면 바다에서도 살아남을 수 있을 것이다.

거기까지 생각한 이담은 하늘을 쳐다보았다. 지금은 몇 시일까? 습관적으로 시각이 궁금해졌다. 머리 위에는 이글거리는 태양이 중천에 떠 있다. 평소 시계를 차지 않았던 그는 문득 스마트 폰이 생각났다. 스마트 폰이 남아 있을까? 온몸을 더듬었다. 작업복 안쪽 호주머니에서 두툼한 것이 만져졌다. 있다. 스마트 폰이 있다. 통화가 될까? 통화가 된다면 구조될 수 있다.

서둘러 스마트 폰을 꺼냈다. 전원이 꺼져 있다. 전원 버튼을 길게 눌러본다. 반응이 없다. 바닷물에 오랫동안 잠겨 있어서 그런 걸까? 아니면 배터리가 소진돼서 그런 것일까? 폰을 말리면 작동될지 모른다. 햇빛에 폰의 습기를 제거하기로 한다. 이담은 스마트 폰의 뒤 뚜껑을 열고 배터리를 꺼낸 다음 햇볕에 널어놓았다.

그는 이 상황에서 시간이 무에 그리 중요할까 하는 생각을 했다. 게다가 바다 한가운데에 떠 있으니까 시간의 구분이 전혀 느껴지지 않는다. 물결은 넘실대고 파도가 치고 구름은 피어오르고 바람이 불지만 시간의 흐름은 알 수 없다. 마치 그림 속에 갇혀버린 것 같다. 눈앞에 펼쳐진 풍경은 그저 그림일 뿐 살아 있는 풍경이 아니다. 시간의 흐름이 멈춰버렸다. 시간 속에서 살지만 시간의 구분이 전혀 중요하지 않다. 중요한 것은 오직 생존뿐이다.

육지를 찾아 나서고 싶었지만 끝없이 펼쳐져 있는 쓰레기 더미를 헤쳐 나가기는 불가능했다. 이곳을 벗어나려면 보다 많은 준비가 필요하다. 무엇보다도 마실 물과 먹을 것이 급선무다. 해가 베개를 베고 누우려 하고 있었으므로 곧 밤이 올 것이다. 그전에 물과 먹을 것을 확보해야 한다.

이담은 생각을 정리한 후 즉시 먹을 것을 찾아 나섰다. 그리고 해가 기울 때까지 부유물을 헤치고 다니며 채집을 했다. 하지만 소득은 아주 미미했다. 오랜 시간 힘들게 떠돌았지만 기껏 얻은 것이라고는 생수 3분의 1병가량과 그물에 엉긴 해초 몇 가닥뿐이었다. 게다가 조금 베어 먹은 해초는 너무 짜서 갈증을 유발할 것 같아 뱉어버렸다. 마음이 초조했지만 너무 지쳐서 뗏목 위에 널브러졌다. 육지에 있을 때 눈에 차던 그 많던 음식들은 모두 어디로 가버렸을까? 유조선의 부식창고에서 보았던 엄청난 양의 식재료는 모두 어디 있을까? 온갖 먹을 것이 머릿속에 떠올랐다 구름처럼 사라져버렸다.

해가 점점 수평선에 가까워지자 서쪽 하늘이 불타오르기 시작했다. 엎질러진 다홍색 물감들이 점점 짙어져 선홍색으로 바뀌더니 선홍색은 다시 심홍과 진홍색으로 페인팅 쇼를 펼쳐나갔다. 하늘의 페인팅은 태양의 기울기를 따라 시시각각 색깔과 형태를 바꿔놓았다. 선홍색

비단을 흔들어대더니 이내 심홍색, 마젠타, 베네통 치마로 바꿔 입고, 다시 레드카펫을 깔아놓았다. 붉은 하늘은 목마름과 배고픔도 잊어버릴 정도로 황홀했다. 비록 쓰레기 더미는 붉게 물들지 않았지만 주변의 바다는 붉은 물감을 풀어놓은 것처럼 넘실댔다. 코발트색 하늘 아래 다홍, 심홍, 진홍의 그라데이션과 연보라색을 바다에 덧칠했다. 해가 수평선에 가까워질수록 색깔은 더욱 치명적이 되었다. 온몸이 붉은색에 젖어버린 것 같았다. 노을이 짙어질수록 이담은 슬퍼졌다. 처연한 생각까지 들었다.

'어쩌다 여기까지 오게 됐을까?'

황혼 우울감에 사로잡혔다. 경험 많은 뱃사람들은 바다 한가운데서는 황혼을 조심하라고 했다.

"황혼에 빠지면 죽을 수도 있어."

붉은 황홀경에 빠져 자칫 자살 욕구가 생기기도 한다고 경고했다. 요트 세일러들은 노을 한가운데 떠 있으면 바닷속으로 풍덩 뛰어들고 싶은 충동에 사로잡힐 때가 있다고 말하곤 했다. 해가 수평선에 걸리자 바다는 고추장 색깔로 짙어졌다. 출렁이는 바다는 물이 아니라 끈적이는 팥죽처럼 보였다. 그렇게 표류 첫날의 해가 가라앉고 있었다.

2

해가 지자 바다는 암갈색으로 변했다. 어둠이 빠르게 몰려왔다. 바다의 어둠은 모든 것을 가려버렸다. 칠흑 같았다. 삭(朔), 달이 없는 밤인가? 하나둘씩 별들이 돋아나기 시작했다. 밤하늘을 제외하고 주위의 모든 것은 검게 변해버렸다. 손으로 문지르면 숯으로 묻어날 것 같은 짙은 어둠이 내려앉았다.

이담은 출렁이는 페트뗏목 위에 웅크리고 앉아 고개를 처박았다. 출렁이는 파도에 몸을 맡길 뿐 아무것도 할 일이 없었다. 밤의 바닷물은 점토처럼 느껴졌다. 손으로 뜨면 흘러내리는 물이 아니라 끈적이는 점액질의 진흙 같았다. 그래서 한번 빠지면 영영 헤어 나올 수 없는 진흙의 늪처럼 보였다. 더욱이 여기는 구해줄 사람도 밧줄을 묶을 나무그루터기도 없다. 이담은 바다에 빠지지 않으려고 더욱 몸을 움츠렸다.

사람들은 혼자 있을 때도 뭔가 할 일이 있으면 외로움을 느끼지 않는다. 일을 하는 것은 생존하기 위해서지만 고독에서 벗어나기 위해서이기도 하다. 만약 해야 할 일마저 없다면 비로소 고독감을 느끼기 시작한다. 고독에서 벗어나기 위해 술을 마시고, 영화를 보고, 친구를 찾는다. 평소에 안 하던 짓을 벌이고 일탈을 시도한다. 그러나 아무 일도 할 수 없는 절대고독의 상황이라면 방법이 없다. 그냥 시간 속에서 견디는 수밖에 없다.

이담은 난생처음 완벽한 고독을 느꼈다. 완벽한 고독. 사람의 기척을 전혀 느낄 수 없는 곳. 소리쳐 부르거나 어떠한 통신을 이용해도 사람을 부를 수 없는 고립지. 걷거나 헤엄쳐서도 사람들이 있는 곳으로 다가갈 수 없는 상황. 그것은 절대고립의 고독이었다. 그 고독이 너무 무서웠다.

웅크리고 있지만 잠은 오지 않았다. 점액질의 철썩이는 물소리가 들리지만 시간은 정지한 것 같았다. 그러나 기억의 회로는 마구마구 어디론가 뻗어나갔다.

어머니였다. 어머니는 늘 말이 없었다. 어머니는 정물화였다. 움직이고 있지만 그 자리에 멈춰 있는 정물화였다. 가끔 누군가를 기다리는 것처럼 먼 곳을 바라보곤 했지만 어머니의 시선 끝에는 아무도 없었다. 그러다 다시 일을 하곤 했다.

이담은 어릴 때 놀던 바닷가 마을을 떠올렸다. 창선도. 그 섬은 우리나라에서 다섯 번째로 큰 섬인 남해도와 삼천포시 사이에 있는 낚시바늘 모양의 작지 않은 섬이었다. 섬은 아름다웠다. 나지막한 산에 올라가보면 눈이 시리도록 푸른 비취색 바다가 펼쳐져 있었다. 바다 물빛은 고려청자보다 더 깊고 투명하게 빛났다. 멀리서 보면 바다의 잔물결이 삼베의 결처럼 곱고 부드럽게 일렁였다. 바닷가에는 가루비누 거품 같은 파도가 쉼 없이 해변을 씻어 내렸다.

망설일 필요가 없었다. 이담과 친구들은 책가방을 언덕배기에 던져버리고 전속력으로 비탈을 달려 내려가 바닷물에 풍덩 뛰어들었다. 물론 달려오면서 옷은 벗어던진 채였다.

"하하하~."

"낄낄낄~."

언어는 필요 없었다. 햇솜처럼 푸근한 바닷물 속에서 무슨 언어가 필요하겠는가? 눈부신 태양과 반짝이는 파도와 호기심 천국의 바닷속이 있는데 더 이상 무슨 말이 필요하겠는가? 친구들은 헤엄을 치고 손바닥으로 서로 물을 튀기며 자맥질을 했다. 바닷속에 들어가 고기를 잡거나 소라와 홍합, 가리비 등의 조개를 캤다. 바다는 소년들의 운동장이었고 놀이터였다.

바닷속은 황홀했다. 검푸른 해초들이 너울거렸고, 그 사이를 온갖 물고기들이 헤엄쳐 다녔다. 남해의 바닷속은 어류도감이었다. 멸치·볼락·학꽁치·쥐치·전갱이·정어리·고등어·숭어·도다리·뱅에돔·보구치·감성돔·보리멸 등 온갖 물고기들이 날렵하고 미끈하게 헤엄쳤다.

물때가 맞으면 고기들이 떼 지어 뭉쳐 있는 피시 볼(Fish ball)을 볼 수 있었다. 멸치나 정어리 떼들은 빙글빙글 소용돌이 헤엄을 치며 커다란 공을 만들었다. 그렇게 공 모양으로 뭉쳐서 헤엄치다 은(銀)종이처럼 찢어져 흩어지고, 흩어졌다 다시 뭉쳤다.

나중에 알게 되었지만 물고기들이 공처럼 뭉치는 것은 잡아먹히지 않기 위해서다. 무리를 이루면 포식자에게 발견되기 쉽지만 여러 가지로 생존에 유리하다. 포식자들은 자기보다 몸집이 큰 개체는 잘 공격하지 않기 때문에 피시 볼 물고기들은 무리를 이루어 덩치가 큰 것처럼 보이게 한다.

또한 무리를 이룬 물고기 떼는 수많은 눈을 가진 것과 마찬가지여서 포식자를 발견하기 쉽다. 수천 마리의 물고기가 동시에 지느러미를 펄럭이면서 강렬한 진동음과 주파수가 발생시켜 포식자를 혼란스럽게 한다. 자세히 보면 피시 볼의 물고기들은 안쪽으로 파고들려 하는 걸 알 수 있다. 바깥쪽에 있는 것보다 무리의 안쪽에 있는 것이 더 안전하기 때문이다. 포식자가 공격을 시도해도 순식간에 사방으로 흩어지는 물고기 중에서 공격목표를 정하기는 힘들어진다.

결국 확률싸움이다. 포식자도 사냥 경험으로 이런 상황을 알고 있기 때문에 몇 마리는 결국 잡아먹힌다. 그러나 홀로 헤엄치고 다니는 것보다 생존확률이 높다. 자기가 죽는다고 해도 종족은 보존된다. 몇 마리의 희생으로 유전자를 계속 이어갈 수 있다.

인간도 마찬가지다. 인간들이 모여 사는 것도 피시 볼이다. 죽지 않으려고 뭉쳐 다닌다. 더 안전하려고 기를 쓰며 무리의 안쪽으로 파고든다. 생존투쟁 속에서 언제나 희생양이 발생하지만 신경 쓰지 않는다. 내 일이 아니면 그만이다.

이담은 피시 볼의 물고기 떼를 발견하면 그곳으로 잽싸게 파고들곤 했다. 물론 물고기들이 훨씬 빨랐다. 물고기들이 흩어지면서 이담의 벌거벗은 몸에 툭 툭 툭 부딪히는 감촉이 좋았다. 물고기를 잡으려 하는 것보다 장난치는 것이 더 좋았다.

그는 잠수왕이었다. 아이들은 가끔 잠수놀이를 했다. 누가 더 물속에서 오래 견디나 겨루는 것이다. 손가락으로 코를 잡고 돌멩이처럼 가라앉아서 바다의 밑바닥에 주저앉아 있는 것이다. 그렇게 숨을 참고 있다 더 이상 참을 수 없는 아이들은 수면으로 급부상했다. 결국 맨 마지막에 수면으로 떠오르는 사람이 이기는 놀이였다.

이담은 매번 이겼다. 때로는 아예 바다 밑바닥에 누워 있다 올라오곤 했다. 수중미사일처럼 솟아올랐을 때의 청량감이란? 탄산 사이다처럼 기도와 폐를 훑어 내리는 신선한 공기와 눈부신 태양. 수면으로 떠오를 때는 늘 다시 태어난 것 같은 기분이었다. 머리에 묻은 바닷물을 털어내며 바닷가로 걸어 나올 때는 마치 개선장군 같았다.

어떤 때는 예쁜 조개껍데기나 이상한 돌멩이를 물속에 풍덩 던져놓고 자맥질하여 찾는 놀이도 하였다. 물속에 가라앉은 조개껍데기가 보물이 아님에도 아이들은 열심히 찾았다. 거의 매번 이담은 가장 먼저 투척물을 찾아냈고 아이들은 그를 '잠수왕'이라 불렀다. 폐에 한가득 숨을 담고 들어가 수심 15미터 정도는 너끈히 잠수했다. 바다 밑으로 내려갈 때 팔다리를 휘저어 부력을 이겨내는 느낌이 살아 있는 생생한 쾌감을 주었다.

그렇게 놀다 싫증이 나면 쪽배에 누워 하늘을 보았다. 흔들리는 쪽배에 누워서 '나는 나중에 무엇이 될까?' 그런 생각을 하였다. 어부? 선생님? 아니면 그 무엇? 알 수 없었다. 그러나 무엇이 되고 싶다고 소망해도 뜻대로 이룰 수 없는 가난한 집 아이였다.

실컷 놀다 배가 고파지면 도둑고양이처럼 살금살금 집으로 돌아왔다. 어머니는 여전히 무언가를 하고 있었다. 이담을 보고도 별 말이 없었다.

"야! 너 어디 갔다 이제 와?"

어머니의 일을 돕던 세 살 터울의 누나가 소리를 빽 질렀다. 대꾸를 하면 뭐하나? 괜히 혼나기만 할걸. 그는 죄지은 것처럼 잔뜩 주눅 든 표정으로 슬그머니 방에 들어갔다. 책을 펴고 숙제를 하는 척했다. 하품~. 책장의 글씨들이 파도로 너울거렸다.

"밥 먹자!"

앞을 책상에 엎드려 혼곤하게 자고 있는 그를 어머니가 흔들어 깨웠다. 파도는 사라지고 뺨 한쪽에 끈적끈적한 침이 묻어 있었다. 허겁지겁 밥을 먹은 후에는 진짜 숙제를 해야 했다. 이담은 실컷 놀았지만 숙제를 빼먹는 아이는 아니었다. 설거지를 다 마친 어머니는 낡은 성경책을 꺼내 들고 낮은 목소리로 읽었다.

"복 있는 자는 악인의 꾀를 좇지 아니하며 죄인의 길에 서지 아니하며 오만한 자의 자리에 앉지 아니하고… 저는 시냇가에 심은 나무가 시절을 좇아 열매를 맺으며 그 잎사귀가 마르지 아니함 같으니 그가 하는 모든 일이 다 형통하리로다. 악인은 그렇지 않음이여 오직 바람에 나는 겨와 같도다."

'아~. 나는 어머니의 말도 잘 안 듣는 바람에 나는 겨일까?'

이담의 머릿속에는 겨가 풀풀 날아다녔다. 숙제를 끝내고 나면 후다닥 이불을 펴고 누웠다. 어머니는 피곤하지도 않은지 촉수 낮은 전등

밑에서 오래도록 성경을 읽었다. 어쩌면 어머니는 성경을 읽은 게 아니라 오지 않는 아버지를 기다리고 있었는지도 모른다.

실루엣처럼 가물거리는 어머니는 아름다웠다. 여자를 모르는 어린 이담의 눈에도 어머니는 아름다운 여인이었다. 어머니의 책에 나오는 마리아를 닮았다는 생각을 하곤 했다. '나도 크면 어머니 같은 예쁜 색시를 얻어야지.' 가끔 방문 쪽으로 눈을 던지는 어머니의 아름다운 그리매를 보다 이담은 까무룩 잠이 들곤 했다.

집에서 야단을 맞건 안 맞건 바다는 그의 앞마당이었다. 봄·여름·가을·겨울 할 것 없이 바다는 늘 새로웠다. 날마다 풍경이 바뀌고 무수한 생명이 태어나고 넉넉한 먹을거리를 주었다. 그래서 바다는 항상 처음이었다.

그러나 아이들의 잠수놀이는 오래가지 못했다. 어느 날 한 친구가 물속에서 올라오지 못했다. 뒤늦게 친구의 모습이 보이지 않은 것을 깨달은 아이들이 물속을 뒤졌다. 이담은 폐그물에 휘감겨 있는 친구를 발견했다. 그물을 아무리 잡아당겨도 뜯어지지 않았다. 누군가 버린 그물이 바위틈에 끼어 떨어지지 않았다. 그물에 아이의 다리가 감겨 있었다. 어른들이 달려오고 난리가 났다. 낫으로 그물을 잘라 아이를 뭍으로 꺼냈을 때는 이미 싸늘한 몸이었다. 어른들은 아이들을 심하게 나무랐다. 아이들은 황망하게 흩어졌다.

오랫동안 죽은 친구의 꿈에 시달렸다. 바닷속에 들어갔다 숨이 쉬어지지 않아 버둥거렸다. 폐그물이나 큰 낚시에 걸려 **빠**져나오지 못하고 허우적거렸다. 죽은 친구가 그의 발을 꽉 붙잡아 잡아당기곤 했다. 가위에 눌려 깨어나면 식은땀이 흥건했다. 그날 이후, 그의 바다는 실낙원이 되었다.

춥다. 너무 춥다. 이빨이 딱딱딱 부닥친다. 몸을 덮을 것을 찾았지만 있을 리 없다. 여기는 망망대해, 바다 한가운데. 얇은 티셔츠 하나를 걸쳤을 뿐 몸을 가릴 헝겊조각 하나 없다. 완전 오판이었다. 낮이 매우 더웠으므로 밤에도 춥지 않으리라 생각했다. 하지만 밤바다는 예상외로 추웠다. 배를 타고 다닐 때는 선실에 있거나 겉옷을 입고 있었기 때문에 여름바다가 춥다고 느낀 적이 없었다. 그러나 표류의 바다는 달랐다. 벌거벗은 것과 다름없는 처지였으므로 완전히 무방비상태였다. 털 없는 원숭이, 껍질 없는 동물이었다. 게다가 주위의 온도에 의하여 체온이 변하는 변온동물도 아니다. 인간은 체온조절이 안 된다.

의식주. 이는 인간이 살아가는 데 필수적인 세 가지 요소다. 그런데 왜 옷이 가장 먼저일까? 먹는 게 가장 중요하므로 식의주의 순서가 되어야 하지 않을까? 그런 생각을 하곤 했다. 연구자들은 입는 것을 우선시하는 '의식주'라는 언어 습관이 예의와 체면을 중시하는 유교사상이 반영된 것이라고 한다.

하지만 한밤중의 밤바다에서 덜덜덜 떨어보니 그게 아니다. 음식은 며칠 안 먹어도 살지만 추위를 해결하지 못하면 저체온증으로 바로 사망한다. 맨몸으로 영하 10°C에 노출되면 한 시간도 안 돼 정신을 잃게 된다. 몸의 중심체온이 28°C 이하로 내려가면 심폐정지가 발생하여 사망한다. 저체온증은 인체의 중심체온이 35°C 이하로 낮아질 때 발생한다. 체온이 정상보다 낮아지면 심장 박동과 혈액 순환, 호흡이 느려진다. 피부 혈관이 수축하고 자꾸 잠이 온다. 혈압이 떨어지면 혼수 상태에 빠지게 된다. 그러다 죽는다.

영화를 보면 추울 때 술을 마시기도 한다. 잠깐은 따뜻하다고 느낀다. 하지만 알코올은 체온저하를 더욱 가속화시킨다. 체온이 더욱더 떨어지고 몽롱한 의식 속에 심장이 정지한다. 저체온증은 이처럼 무섭다. 체온이 내려가면 무조건 체온을 올리는 데 주력해야 한다. 그는 이제야 왜 인간 생존의 필수 3요소가 '의식주'의 순서인지 알게 됐다.

추위를 이기기 위한 방법은 무엇일까? 가장 필요한 것은 옷과 불이다. 그러나 옷이 없다. 불은 꿈도 못 꾼다. 구하거나 만들 수도 없다. 방법이 뭘까? 방법이 뭘까? 머리를 쥐어짠다. 춥다. 살아야 한다. 이담은 가만히 웅크리고 있을 수만은 없다고 생각했다. 움직여야 한다. 벌떡 일어나 손발을 돌리며 맨손체조를 열심히 했다.

뭐든 찾아야 한다. 이담은 페트펫목을 손으로 살살 저어나갔다. 그러면서 어둠속에서 부유물을 더듬었다. 손에 걸리는 것들은 대부분 플라스틱이나 스티로폼 조각들이었다. 그것으로는 몸을 덮을 수 없다. 가끔 그물망 같은 것들도 손에 잡혔다. 그것도 쓸모없다.

몸을 움직였더니 배가 너무 고프다. 이담은 몸의 일부라도 떼어먹고 싶다. 문어는 오랜 시간 먹잇감을 찾지 못하면 자신의 다리를 잘라먹는다. 다리가 여덟 개나 되기 때문에 한두 개 잃는다 해도 생존에 큰 지장이 없다. 또한 두 달 이내에 새로운 다리가 자라난다. 문어의 다리는 낙타의 혹처럼 영양 저장고인 셈이다.

목도 너무 마르다. 발밑에 잘 보관해놓은 페트병의 물을 딱 한 모금만 마셨다. 더 마시고 싶지만 아껴야 한다. 최후까지 아껴야 한다. 다시 더듬어 나간다.

얼마나 움직였을까? 문득 손에 감기는 것이 있었다. 비닐 같다. 손가락으로 문질러본다. 미끈한 질감이 분명 비닐이다. 힘을 주어 당겨본다. 페트뗏목이 기울어지며 앞으로 쏠린다. 뭔가에 걸려 있는 듯하다. 뗏목이 뒤집어지면 안 된다. 칠흑의 바다에 빠지면 상황이 더 악화된다. 침착하자.

이담은 뗏목바닥에 엎드려 비닐을 살살 잡아당기기 시작했다. 묵직한 무엇인가가 한꺼번에 당겨진다. 두 팔을 물속에 집어넣고 뭉치를 더듬는다. 느낌으로는 그물 뭉치에 비닐이 휘감겨 있는 것 같다. 뭉치가 얼마나 큰지 알 수 없으므로 전체를 끌어올릴 수는 없다. 어쨌든 비닐만 빼내야 한다. 이담은 물속에 처박히지 않으려고 애쓰며 오랜 시간 비닐 빼내기에 몰입했다. 엉긴 매듭을 손으로 밀어내며 한 가닥씩 잡아 뺐다. 그렇게 씨름하기를 상당 시간, 어느 순간 팽팽한 밧줄의 장력이 끊기듯 비닐이 쑥 빠졌다.

성공이다. 페트뗏목 위로 비닐을 끌어올려 바닷물을 짜냈다. 제법 묵직했다. 어둠 속에서 펼쳐본다. 미끈한 질감이 썩 좋지는 않았지만 느낌 같은 것을 따질 때가 아니다. 대략 양팔 정도의 크기다. 가장자리가 너덜거리지만 몸을 한 바퀴 감쌀 정도는 된다. 이담은 바닷속의 비닐을 끄집어내기 위해 움직이다 온통 젖었으므로 옷을 벗어 물기를 꾹 짰다. 비닐도 탈탈 털었다. 그리고 다시 옷을 입고 비닐로 온몸을 감쌌다. 추위는 여전하다. 젖은 옷 때문에 더욱 덜덜 떨린다. 최대한 웅크리며 너덜너덜한 비닐로 밀봉하듯 몸을 감싸고 앞섶을 여민다.

차츰 따뜻해졌다. 비닐막에 차단되어 체온이 빠져나가지 않게 되자 따뜻한 공기층이 형성되었다. 괜찮은 아웃도어를 입은 느낌이다. 한기가 다소 가시자 피로가 일시에 몰려왔다. 머릿속에 캐시미론 화학솜 뭉치가 들어찬 것처럼 아무 생각이 없다. 이담은 TV화면이 툭 꺼져버린 듯 어둠 속에 잠겨버렸다.

3

잔잔한 음악소리가 들린다. 낮은 옥타브의 선율이다. 머리카락을 쓰다듬는 것 같은 기분 좋은 리듬이다. 바닷바람이다. 공기방울이 물속에서 서서히 떠올라 툭하고 터지듯 이담은 번쩍 눈을 떴다. 바다다. 여전히 쓰레기 더미 위의 바다다. 이담은 거적 같은 비닐을 둘둘 말아 제쳐두고 일어나 기지개를 켰다.

아직 죽지 않았다. 간밤에 찾아낸 비닐 덕분에 저체온증을 극복할 수 있었다. 검푸른 물이끼가 잔뜩 낀 더러운 비닐 때문에 살아남았다. 잠도 비교적 잘 잔 것 같다. 하룻밤을 견뎌냈다는 것에 대해 푸근한 안도감이 들었다.

'그런데 도대체 여기는 어디일까?'

아침의 바다는 따뜻했다. 바람도 거의 불지 않아 파도의 이랑이 잔잔하게 너울거렸다. 만약 표류의 바다가 아니라면 소풍이라도 나온 느낌이었을 것이다. 배는 여전히 고프다. 먹은 게 없으니 당연하다. 그러나 배고픔이 한계에 달하면 허기도 심하게 느껴지지 않는다. 배고픔을 인지하는 신경전달물질이 덜 분비되어 뇌를 둔감하게 만든다.

여기가 어딘지는 모르지만 오늘도 살아남아야 한다. 이담은 페트병에 남은 물을 한 모금 마시고 무슨 일을 최우선으로 해야 할지 생각해 보았다. 우선 생존에 가장 필요한 것은 물이다.

물! 물! 이 짜디짠 망망대해에서 먹을 물을 어떻게 구할까? 일단 어제처럼 페트병에 남아 있는 물이라도 찾아 나서기로 했다. 이담은 부유물이 더 많은 쪽으로 페트뗏목을 저어나갔다. 그러나 햇볕은 너무 뜨거웠고, 빽빽한 부유물을 헤쳐 나가는 일은 매우 힘들었다. 목은 마르고 찾고자 하는 물건은 보이지 않았다. 곧 지쳐버렸다. 이담은 그제서야 어제 마실 물이 남아 있는 페트병을 발견한 것이 거의 기적에 가까운 일이었음을 깨달았다. 땀이 계속 흘러 탈진할 것 같았다. 손바닥으로 땀을 훑어 혀로 핥았다. 수분이 느껴졌으나 간간했다.

이담은 뗏목 젓기를 멈추고 잠시 생각에 잠겼다. 이 넓은 바다에서 담수가 든 페트병을 찾는다는 것은 매우 어렵다. 또한 매일 물을 찾으러 다닐 수도 없다. 먹을거리도 없으므로 탈진할 수 있다. 그러면 어떡하지? 방법은 담수를 만드는 것이다. 물을 만들어보자. 어떻게? 어떻게? 머리를 쥐어짰다.

쉬운 방법이 있긴 하다. 짠물을 걸러내는 것이다. 바닷물을 그릇에 넣고 약간 높은 곳에 올려놓는다. 그 다음에 두꺼운 옷감이나 부직포를 윗 그릇에 걸쳐놓는다. 옷감의 아래쪽에 다른 그릇을 받쳐놓는다. 이렇게 해놓으면 사이펀의 원리에 의해서 윗 그릇의 바닷물이 옷감을 따라 아래 그릇으로 이동한다. 이때 윗 그릇의 바닷물이 아래로 이동하면서 옷감의 조직에 의해 염분이 일부 걸러진다. 옷감이 일종의 필터작용을 한다. 물론 염분이 완전히 제거되지는 않는다. 그래도 염도는 상당히 낮아진다. 아쉬운 대로 마실 만하다. 이런 방법으로 담수를 만들어 먹으며 견뎠다는 표류자도 있었다. 하지만 옷감이 이미 바닷물에 젖어버렸다면 효과는 거의 없다. 이담의 옷은 이미 장시간 바닷물에 절어버렸기 때문에 별반 효과가 없을 것이다.

그렇다면? 그는 태양을 바라보았다. 그렇다. 저 태양이다. 증발 깔때기를 만들자. 그는 대학시절에 배운 서바이벌 지식을 떠올렸다. 항해 안전에 관한 강의 중에서 조난당했을 때 식수를 만드는 방법을 배웠다.

바닷물을 식수로 마시기 위해서는 염분을 제거해 담수로 만들어야 한다. 공학적으로 가장 간단한 방법은 바닷물을 끓여 증기로 만든 후

이를 냉각시켜 모으는 증발법이다. 가열하기 전의 바닷물에는 염분을 포함한 각종 불순물이 있다. 이를 가열하면 불순물은 그대로 남아 있고 순수한 물만 수증기가 된다. 이를 모으면 불순물이 섞이지 않은 물을 만들 수 있다. 가장 간단한 해수 담수화 방법이다.

이보다 진보된 방법은 역삼투법이다. 역삼투법은 삼투현상을 역으로 이용하는 방법이다. 삼투현상은 농도가 서로 다른 용액이 반투과성 막을 사이에 두고 있을 때, 농도가 덜 진한 용액이 더 진한 용액으로 이동하는 현상이다. 이렇게 이동하여 양쪽의 농도가 평형을 이루면 이동이 멈춘다. 한마디로 양쪽이 똑같은 상태로 섞이는 것이다.

바닷물을 담수화하는 역삼투법은 바닷물과 담수 사이를 반투과성 막으로 분리해둔 상태에서 바닷물에 높은 압력을 지속적으로 가하면, 염도가 높은 바닷물 속의 순수한 물이 염도가 낮은 담수 쪽으로 이동하는 것이다. 즉 높은 압력으로 삼투현상이 역으로 발생하게 만드는 것이다. 이런 방식은 정수기에도 활용되고 있다.

해수담수화 시설은 육지뿐 아니라 오랫동안 항해하는 커다란 선박에도 탑재돼 있다. 출항지에서 청수를 잔뜩 싣고 항해하지만 비상사태에 대비해 선박용 해수담수화 장치인 '조수기(Fresh Water Generator)'를 설치하도록 의무화되어 있다.

역삼투법은 다량의 물을 만들 수 있어 경제적이지만 전문적인 설비가 필요하다. 이 작은 뗏목에서는 도저히 불가능하다. 장비가 없으니 생각할 수도 없다. 반면에 증발법은 가능하다. 저 뜨거운 태양이 있으므로 바닷물을 증발시키면 짜지 않은 물방울을 얻을 수 있을 것이다.

가장 간단한 증발기는 용기의 바닥에 바닷물을 채우고, 윗부분에 투명 비닐을 씌우는 것이다. 그다음에 뜨거운 햇빛에 증발되어 투명 비닐에 엉긴 물방울이 흘러내려 모이는 곳에 용기를 놓는다. 이때 증발된 수증기가 외부로 빠져나가지 않도록 잘 밀봉해야 한다. 흔들리는 뗏목이므로 흘러내리는 담수가 해수와 섞이지 않도록 주의해야 한다.

'그래 해보자!'

이담은 증발기를 만들기 위한 재료를 찾아 나섰다. 페트뗏목을 젓고 다니며 쓸 만한 물건들을 걷어 올렸다.

원래 이런 담수화장비는 국제협약(LSA(Life Saving Appliance) Code)에 따라 구명설비에 반드시 구비해야 하는 필수 의장품(survival craft)이다. 조난 표류자에게 꼭 필요한 물품이므로 당연히 준비되어야 한다.

배가 조난당했을 때 바다에 띄우는 대표적인 구명설비는 구명정(life boat)과 구명뗏목(life raft)이다. 구명정은 해상에서 조난 시 인명을 구조하기 위하여 쓰는 보트다. 구명뗏목은 천막이 덮인 형태의 고무보트로 구명벌이라 부른다. 뗏목이라는 단어가 붙어 있지만 나무를 엮어서 만든 것은 아니다. 위기상황에 처했을 때 안전핀을 뽑고 손잡이를 당기면 공기가 자동으로 주입되어 부풀며 팽팽하게 펼쳐진다. 구명뗏목은 지붕이 있어 뜨거운 햇빛을 피할 수 있다. 두 설비에는 모두 해양법이 정한 생존물품·비상식량·의약품·신호장비 등의 의장품이 비치되어야 한다. 이중 구명뗏목의 의장품 목록을 간추리면 대략 이런 것들이다.

- 30미터 이상의 줄이 달린 부륜(浮輪) 1개
- 끈이 달리고 접혀지지 않는 칼 2개
- 베일러(bailer, 물 퍼내는 도구) 1개
- 해묘(海錨, Sea Anchor, 수심이 깊어 해저에 닻을 내릴 수 없을 때, 바다에 투하하여 위치를 유지시킬 수 있는 장치) 2개
- 물에 뜨는 노 2개
- 구난식량 1만kJ
- 승선 1인당 1.5리터의 수밀용기에 든 청수(pure water). 또는 이에 상응한 해수탈염장치
- 수밀용기에 든 응급의료기구 1세트
- 보온구
- 호각 1개
- 낚시도구 1세트
- 행동지침서와 생존지침서 각 1권
- 구명신호설명표
- 로켓낙하산 신호탄 4개
- 신호홍염(붉은색 연기가 나는 신호탄) 6개
- 발연부신호(self activating smoke signal, 오렌지색 연기를 내는 조난신호

장비) 2개

· 선박이나 항공기에 신호를 보낼 수 있는 일광 신호용 거울 1개

등이 구명장비에 실려 있어야 한다.

물론 이담이 의장품의 목록을 모두 외우고 있는 것은 아니다. 하지만 해기사 시험문제 등에서 종종 출제되곤 하였기 때문에 웬만큼은 알고 있었다. 만약 이담이 조난되었을 때 골드피시호에서 이런 물품이 실린 구명뗏목을 던져주어 올라탔다면 생존환경은 훨씬 나았을 것이다. 그러나 이미 돌이킬 수 없는 일. 이담은 이중 세 가지만 있어도 좋겠다는 생각을 했다. 해수탈염장치와 칼, 낚시도구. 한 가지만 고르라면 단연 칼이다. 칼만 있으면 뭐든 만들 수 있다. 이담은 그런 생각을 하며 부지런히 부유물을 헤집고 다녔다.

이담 앞에 펼쳐진 부유물 더미는 묘하게 엉겨 있었다. 그것들은 너른 카펫처럼 바다 전체를 덮고 있는 것이 아니었다. 오히려 밭의 이랑처럼 골골이 긴 띠를 이루고 있었다. 눈여겨 살펴보니 비슷한 재질끼리 뭉쳐 있었다. 나뭇조각들이 모여 있는 띠가 있는가 하면 플라스틱 조각들이 모집된 골이 있었다. 찢어진 그물과 어구가 엉켜 있는 곳이 있고, 스티로폼 등 가벼운 소재가 떠 있는 곳도 있었다. 아마 해류의 영향으로 비중이 비슷한 소재들끼리 모인 듯 했다.

이담은 페트뗏목을 저어나가며 쓸모가 있겠다고 생각되는 물건들을 일일이 걷어 올렸다. 밧줄과 페트병, 플라스틱 용기, 비닐, 막대기

등을 고물상처럼 수집했다. 그러다 눈에 확 띄는 흘림 글자를 발견했다.

'Coca-Cola'

술술 풀리는 두루마리 화장지 같은 빨간 글씨체가 눈에 확 들어왔다.

"오 마이 갓! 코카콜라다!"

이담은 TV광고 주인공처럼 소리를 질렀다. 물이랑에 비스듬히 떠서 출렁이는 코카콜라병은 너무나 자극적이었다.

'얼마나 남아 있을까? 설마 빈병은 아니겠지?'

서둘러 뗏목을 저어나갔다. 둥둥 떠 있지 않고 물속에 비스듬히 잠겼으므로 3분의 1가량은 남아 있으리라 짐작했다. 가까이 다가가 병을 낚아챘다. 암갈색 액체가 반쯤 들어 있다.

'오우! 코카콜라. 상하지는 않았을까?'

이담은 플라스틱 병마개를 돌려 따려다 멈칫했다.

'유효기간은?'

'에잉! 이 망망대해에서 무슨 유효기간을 따지나? 보지 말자. 그냥 마시자!'

유효기간이 찍힌 글씨를 애써 외면해버렸다. 마개를 돌렸더니 픽! 하고 탄산가스 빠지는 소리가 들렸다. 동시에 특유의 코카잎 향내가 코를 자극했다. 냄새를 맡아보니 썩은 것 같지는 않았다. 반 모금쯤 살짝 마셔보니 먹을 만했다.

'오우! 이 천상의 맛! 달콤함과 인공향의 감미로움. 세계 최고의 음료수. 역시 나는 상품에 길들여진 놈이다. 그냥 맛있는 걸 어쩌란 말인가?'

육지생활이나 선상에서도 콜라를 거부감 없이 마셨으므로 벌컥벌컥 마셔댔다. 더욱이 그는 망망대해의 조난자다.

끄윽! 트림이 나왔다. 살 것 같았다. 단 음료수를 마시면 혈당 상승으로 소변량이 많아지면서 수분 손실이 더욱 늘어나 갈증이 더 심해진다고 하지만 당장의 갈증은 참을 수 없다. 이담은 코카콜라를 한 모금쯤 남겨두고 병을 바라보았다.

'어떻게 이게 여기까지 떠왔을까? 그리고 왜 썩지 않았을까?'

해류와 방부제. 해류는 이 거대한 쓰레기 더미를 여기까지 몰고 왔다. 플라스틱과 방부제는 내용물을 썩지 않게 했다. 이것은 기적일까? 아니면 재앙일까? 거기까지 생각할 여유가 없다. 우선 살아남아야 한다. 집으로 가고 싶다. 어머니가 있는 그리운 집으로 가고 싶다. 다소 힘을 차린 이담은 다시 페트뗏목을 저어나갔다.

여러 시간 부유물을 헤집은 끝에 상당한 물품을 거둘 수 있었다. 가장 절실한 것은 증발기를 만들 재료였다. 둥근 플라스틱 용기와 투명비닐, 밀봉할 노끈, 담수를 담을 작은 통을 어렵사리 구했다. 절단면이 날카롭고 단단한 플라스틱 조각도 구했다. 건져낸 물건들의 이물질을 씻어내고 해수증발기를 만들기 시작했다.

그는 유조선에서 근무했을 때 선실에서 보았던 영화를 떠올렸다. 〈All Is Lost(2013)〉. 영화 촬영 당시 일흔 일곱의 로버트 레드포드가 처음부터 끝까지 대사도 거의 없이 혼자서 연기한 독특한 영화였다.

인도양에서 요트 항해를 하던 한 남자가 바다에 떠다니는 컨테이너와 부딪치는 사고를 당한다. 결국 요트는 가라앉는다. 남자는 구명뗏목으로 옮겨 타고 살아남기 위해 사투를 벌인다. 폭풍우로 목숨을 잃을 뻔하고, 상어들이 계속 주위를 맴돈다. 곧 물과 식량은 바닥난다. 이 상황에서 주인공은 식수를 얻기 위해 플라스틱통과 투명비닐을 이용해 증발기를 만든다. 그리고 뜨거운 햇빛에 기화되어 엉겨 떨어지는 물방울을 모아 마시며 연명한다.

이담은 로버트 레드포드의 연기와 똑같이 해보기로 했다. 증발장치는 그리 어렵지 않았으므로 쉽게 만들었다. 플라스틱 용기에 바닷물을 채우고, 중간에 작은 통을 놓았다. 그 위에 투명비닐을 씌우고 끈으로 묶었다. 물방울이 모여 떨어지도록 비닐 중간에 약간 무거운 것을 올려놓았다. 나머지는 태양과 시간이 해결해줄 것이다. 과연 물방울이 모일 것인가? 그는 증발기의 비닐을 오래도록 바라보았다.

언젠가 인터넷에서 본 '워터콘(Water cone)'이라는 제품이 생각났다. 독일의 디자이너 슈테판 아우구스틴(Sthephan Augustin)이 개발한 워터콘은 깨끗한 식수를 얻기 어려운 지역에서 손쉽게 증류수를 얻을 수 있는 기구다.

구조는 간단하다. 둥근 바닥용기에 흙탕물이나 바닷물을 붓는다. 그

위에 원뿔 모양의 투명 워터콘을 덮는다. 태양광 아래 놓고 기다리면 뜨거운 햇볕으로 인해 증류가 되고, 워터콘의 벽면을 따라 증류된 물이 바닥에 모인다. 워터콘 하단에는 증류수를 모을 수 있도록 둥근 홈이 있다. 물이 웬만큼 모이면 워터콘을 뒤집어 용기에 따라 마신다.

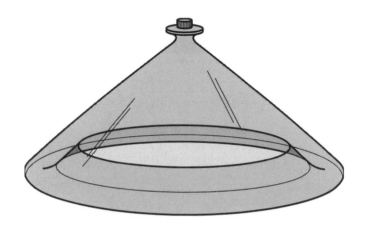

밑면 직경 80cm 크기의 이 기구는 북아프리카 지역의 평균 일조량이면 하루에 1리터에서 1.5리터의 증류수를 얻을 수 있다 한다. 비가 올 때는 뒤집어서 빗물을 모으는 깔때기로 쓸 수 있다. 증발한 수증기가 표면안쪽을 따라 아래로 모이는 간단한 원리를 이용한 이 기구는 구르는 물통인 '큐 드럼(Q-drum)'과 함께 훌륭한 적정기술로 평가받고 있다.

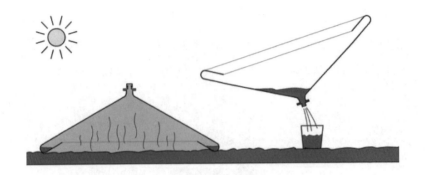

 이담은 문득 고개를 들어 하늘을 바라보았다. 구름이 거의 없는 하늘에 태양이 이글거린다. 강력한 자외선에 피부가 벗겨질 것 같다. 선크림이 있었으면 좋겠다는 생각을 한다. 픽! 웃는다. 굶어 죽을 처지인데 웬 선크림? 인간은 죽어가는 순간에도 소비습관을 못 버리고 물건을 찾는다. 그것은 이미 유전자 속에 각인되었나 보다.

 그가 읽은 게 가짜뉴스가 아니라면 워터콘 비슷한 이 증발기는 마실 물을 만들어낼 것이다. 이젠 음식과 옷이 필요하다. 식수가 만들어질 동안 사냥을 해야 한다. 먹을 것이라고는 해산물뿐. 그의 처지는 무인도에 표착한 로빈슨 크루소보다 더 열악하다. 열악한 정도가 아니라 최악이다. 무인도에는 마실 물도, 먹을 것도 있다. 몸을 가릴 나뭇잎도 있다. 최소한 가라앉지도 않는다. 하지만 이 망망대해는 말 그대로 바다뿐이다. 그렇지만 이 절해에서도 살아날 방법은 있을 것이다.

먹을 것을 구하자. 이담은 증발기가 넘어지지 않게 주의하며 페트뗏 목에 엎드려 바닷속을 들여다보았다. 부유물이 넘실거리는 표면 아래 뿌연 바닷물이 보였다. 물속에도 작은 물질들이 섞여 있는 것이 보였다. 플라스틱 조각과 재질을 알 수 없는 물질들이 수없이 들어 있었다. 아마 오랜 침수로 바닷물과 비중이 비슷해져 가라앉지도 못하고 떠 있지도 못해서 함께 떠도는 것 같았다.

그 속에서 작은 물고기들이 오가는 것이 보였다. 물고기들은 작은 부유물들을 건드리거나 삼키거나 뱉곤 하였다. 아주 기분 나쁜 풍경이었다. 에메랄드빛으로 반짝였던 고향 바다와는 너무 달랐다. 이런 바다라면 단연코 외면하고 잠수할 생각도 하지 않았을 것이다.

하지만 먹어야 한다. 맑고 더러움을 따질 여지가 없다. 더러워도 먹어야 산다. 그런데 인간은 먹이사슬의 맨 아랫단계인 플랑크톤을 먹고 살 수 없다. 플랑크톤은 몇 미크론의 아주 작은 것에서부터 1미터 이상의 해파리까지 다양하다. 플랑크톤은 수중에서 태양 에너지에 의하여 광합성을 하고, 무기물에서 유기물을 생산하는 제1차 생산자로 매우 중요하지만 너무 작아서 잡기 어렵다. 먹어도 배부르지 않다. 해파리는 동물이라기보다 동물성 플랑크톤이다. 해파리는 가공해서 먹을 수 있지만 독이 있어 잘못 먹으면 위험하다. 결국 플랑크톤을 먹고사는 먹이사슬의 위 단계인 새우나 게, 작은 물고기를 먹어야 한다. 물속을 가만히 들여다보니 여러 물고기들이 있다.

'물고기를 어떻게 잡지?'

사냥! 이담은 생각했다. 어렸을 때 고향바다에서 고기를 잡던 방법을 떠올렸다. 낚시·작살·그물·통발. 바다에서는 그런 도구를 이용해서 고기를 잡았다. 하지만 여기에는 그런 도구가 아무것도 없다. 배가 무척 고프다. 가장 빨리 고기를 잡을 수 있는 방법을 찾아야 한다. 낚시를 구할 수 있으면 좋지만 미끼가 있어야 한다. 또 고기가 물 때까지 많은 시간을 기다려야 한다. 그사이에 탈진할지 모른다. 가장 효과적인 방법은 그물이다. 그물이 있으면 나중에도 쓸 수 있다. 이담은 그물을 찾아 나서기로 했다. 뗏목이 흔들리면 증발기가 엎어질까 봐 몸을 구부려 자세히 들여다보았다.

"오케이!"

덮어놓은 비닐 안쪽에 수증기가 뿌옇게 서려 있었다. 비닐을 조심스럽게 벗겨냈다. 비닐에 엉겨 있는 물방울을 혀로 핥았다. 뗏목 중간에 놓은 작은 통을 살펴보니 반 모금 정도의 물이 고여 있었다.

"성공!"

이담은 너무 기뻐서 소리를 질렀다. 물이다. 물! 마실 물을 만들 수 있다. 장치가 작고 증발시간이 짧아 만들어낸 담수의 양은 매우 적지만 일단 물을 만들어 냈다는 사실이 중요하다.

"유레카!"

이담은 세상에서 가장 소중한 보물을 다루듯 물이 담긴 작은 통을 꺼내 입안에 털어 넣었다. 달콤하다. 짜지 않은 밍밍한 액체가 혀를 지나 목구멍으로 넘어간다. 타는 듯한 식도를 적시며 내려가는 것이 느

꺼진다. 생명수다. 크게 숨을 쉰다. 비록 한 모금도 안 되지만 정신이 들며 살 것 같다. 이제 방법을 알았으니 생산량을 늘리면 된다. 작은 통 안의 물을 마지막까지 한 방울까지 빨아먹고 증발기를 다시 장치해놓 았다.

4

목을 축이고 그물을 찾아 나섰으나 쉽지 않았다. 부유물은 많았지만 모두 쓸모없는 쓰레기들이었다. 그중 절반가량은 플라스틱이었다. 스 티로폼이나 나무 조각도 많았다. 재료를 알 수 없는 부서진 조각들이 수없이 떠돌고 있었다.

'도대체 여기는 어디일까? 이 쓰레기 바다는 무엇일까?'

쓰레기 더미를 헤치고 다니면서 이담은 절망감에 사로잡혔다. 참으 로 이 바다에는 쓰레기가 많았다. '정말 인간이란 어마어마한 물건을 만들며 사는구나?'하는 생각이 들었다. '이건 어디에 쓰는 물건이지?' 이름과 쓰임새를 알 수 없는 물건들도 많았다.

수많은 페트병·갖은 형태의 스티로폼·플라스틱 장난감·파라핀 종 이컵·가공식품 포장지·각종 포장지·과자봉지·건강식품 포장용기· 피로회복제·과즙·건강즙 포장지·다이어트 용품·커피 포장지·각종

차 포장지·생수병·청량음료병·커피믹스·티백·우유곽·플라스틱 우유병·두유병·탄산수병·술병·햄 포장지·컵밥 용기·라면 봉지·컵라면 용기·아이스크림 포장지·초콜릿 포장지·각종 과자 포장지·치즈 포장지·베이킹 파우더·잼. 시럽 병·식용유 병·참기름 병·고추장 용기·간장 용기·설탕 봉지·소금 봉지·조미료, 양념 용기·각종 소스용기·짜장면 카레 등 즉석식품 포장지·PET 화장지·물티슈·생리대·아동 기저귀·성인용 기저귀·세제 용기·포장지·섬유유연제·각종 일회용품·일회용 면도기·주방용품·양념통·세정제·살충제·탈취제·제습제·라이터·칫솔·치약·가르린·구강청결제·면도용품·위생용품·분유통·요구르트병·우유병·요거트병·가디건·교복·남성팬티·내의·니트·드레스셔츠·레깅스·바지·반바지·반팔티셔츠·보정복·브라탑·브래지어·블라우스·비치웨어·속바지·속옷·수면복·수영복·스웨터·스커트·아동팬티·야상·여성팬티·요구르트병·원피스·음료수병·자켓·잠옷·점퍼·정장·조끼·주스병·청바지·치마·캐주얼바지·코트·트레이닝복·티셔츠·패딩·화장품 용기·스킨·로션·미스트·크림·젤·에센스·세럼·오일·선크림·팩·마스크·메이크업 솔·에어쿠션·팩트·립스틱·블러셔·아이브로우·아이새도우·클렌징 크림·필링젤·스크럽·남성화장품·화장품용품·네일케어·향수·이미용품·의약품 용기·샴푸·린스·바디워시·트리트먼트·헤어에센·헤어스타일링도구·파마용품·염색약·여성청결제·핸드풋크림·면도기·제모용품·데오드란트·태닝용품·핸드워시·비누·비누케이스·신발·단화·플랫슈즈·여성부츠·워

커·여성샌들·쪼리·남성정장구두·남성캐주얼화·남성샌들·실내화·
슬리퍼·기능화·깔창·운동화끈·슬립온·스니커즈·여성가방·남성가
방·백팩·캐주얼가방·여행가방·조명 케이스·지갑·벨트·양말·스타
킹·넥타이·손수건·모자·우산·양산·머플러·스카프·숄·장갑·고무장
갑·키링·가방액세서리·쥬얼리·목걸이·펜던트·귀걸이·반지·팔찌·
발찌·커플링·커플목걸이·아이웨어·선글라스·안경·안경테·헤어 액
세서리·브로치·배지·가발·플라스틱 시계·패션시계·유모차·카시
트·놀이방 매트·젖병·플라스틱 스푼·플라스틱 젓가락·유아화장품·
각종 영유아완구·레고 블럭·스포츠완구·로봇·캐릭터 상품·각종 인
형·미술용품·액자·공작완구·피리·플라스틱 악기·과학 실험교구·
가베·퍼즐·보드게임·다트·물품 정리함·물놀이용품·프라모델· 피
규어·신생아의류·남성의류·여성의류·장신구·수영복·물놀이용품·
아동 운동화·아동 구두·아동 샌들·아동 실내화·아동 책가방·아동 여
행가방·모자·양말·타이즈·우산·장화·TV·리모컨·TV 받침·프로젝
터·프로젝터 관련부품·영상플레이어·디지털액자·난방기·공기정화
기·습도조절기·모기 해충퇴치기·에어컨·에어컨부품·냉방기기·각
종 라켓·각종 밥솥·식기 세척 건조기·레인지·주방보조기기·믹서기·
원액기·빙과기·중탕기·약탕기·전기포트·토스터기·냉장고·냉동고·
계량 측정기기·커피메이커·청소기·청소기용품·구강청정기·살균소
독용품·전기용품·제모기·헤어스타일러·헤어드라이어·피부관리기·
사무기기·사무가전·전화기·통신기·세탁기·의류건조기·의류관리

기·각종 카메라·플라스틱 렌즈·카메라 조명용품·카메라용품·헬리
캠·드론·CCTV 부품·캠코더·액션캠·인화 사진·스피커·이어폰·헤
드폰·리시버·노래방기기·오디오·라디오·스피커용품·음향재생기
기·게임용품·게임기·휴대폰 부품·휴대폰 케이스·웨어러블·스마트
기기·태블릿부품·휴대폰충전기·충전케이블·젠더·휴대폰촬영용품·
노트북 케이스·PC 케이스·노트북부품·마우스·마우스 패드·스캐너·
잉크·토너 용기·프린터용품·모니터케이스·부품·프린터·영상·음향
케이블·데이터·통신케이블·전원케이블·PC부품·CD·ODD·DVD·
저장장치부품·이동식메모리·축구공·농구공·각종 공·헬스기구·헬
스용품·다이어트용품·헬스보충제·남녀 수영·서핑보드·수영용품·
튜브 등 물놀이용품·런닝화·운동화·가방·모자·액세서리·잡화·보호
대·테이핑·마스크·스카프·골프용품·골프백·필드용품·남녀등산의
류·등산화·트레킹화·등산배낭·등산장비·등산잡화·텐트·타프·스
크린·천막·캠핑·야외용테이블·의자·해먹·야전침대·루프백·캠핑
식기·바비큐용품·캠핑랜턴·캠핑소품·침낭·캠핑매트·아이스박스·
낚시의류·낚시용품·낚시 릴·낚시 공구·낚시대·낚시줄·낚시 찌·보
트·카약·축구용품·축구화·야구용품·야구의류·잡화·농구용품·배
구용품·배드민턴용품·콕·테니스용품·탁구공·라켓당구대·킥보드·
스케이트보드·인라인 스케이트·스킨스쿠버 용품·서바이벌게임용
품·자전거 액세서리·자전거 헬멧·보호장비·자전거 장갑·잡화·아동
보호장비·자전거 안장·자전거 타이어·보드장비·보드의류·스키장

비·스키의류·보드스키·보드스키 안전용품·보드스키 액세서리·스케이트 신발·시계·디지털 시계·자동차 블랙박스·내비게이션·하이패스·GPS·카오디오·카AV·자동차 액세서리·후방카메라·감지기·방향제·공기청정제·히터필터·차량용매트·시트·쿠션·와이퍼·썬바이져·가드·차량용 캠핑장비·인테리어소품·세차용품·안전 편의용품·타이어·엔진오일 용기·첨가제 용기·필터·안전보호구·예초기 부품·플라스틱 건축자재·각종 책·사전·연감·수험서·컴퓨터·키보드·컴퓨터 부품·CD 플레이어·만화·디스크·볼펜·사인펜 등 필기구·각종 문구·팬시용품·미술 용품·음악 용품·커피봉지·커피관련용품·피자 포장지·치킨 포장지·각종 편의점 판매품·각종 산업용 자재·각종 공장설비·플라스틱 바구니·각종 어구·그물·

정말 끔찍하게 많은 쓰레기들이 떠다니고 있었다. 이 바다에 흘러들어오지 않았거나 폐기 매립됐거나 육지에 쌓여 있을 쓰레기더미는 수만 배 더 많을 것이다. 눈앞에 넘실거리는 쓰레기더미를 바라보니 한숨만 나왔다. 더욱이 쓰레기 바다에서 생존투쟁을 해야 하는 자신의 모습이 한없이 서글펐다.

하지만 이 쓰레기 바다에서 살아남으려면 그물을 찾아야 한다. 상당 시간 쓰레기 더미를 헤친 끝에 엉겨 있는 그물뭉치를 찾아냈다. 그것은 매우 무거웠다. 좁은 뗏목 위로 끌어올리기는 불가능했다. 그래도 버릴 수 없었다. 이담은 그물 뭉치가 떠내려가지 못하도록 페트뗏목과 묶었다. 한쪽에서부터 풀어나갔지만 엉긴 그물은 잘 풀리지 않았다.

'금속칼이 있었으면 좋으련만.'

그는 문득 어렸을 때 애지중지했던 '스위스 군용 칼'이 떠올랐다. 초등학교에 다니던 어느 날, 아버지가 집에 왔다. 짙은 남색 양복을 입은 아버지는 말쑥했다. 그런데 복장이 특이했다. 양복을 입었는데 와이셔츠 상의 깃을 양복 상의 깃 바깥으로 내놓아 겹쳤다. 넥타이는 매지 않았다. 나중에 안 일이지만 그런 옷차림은 당시의 전형적인 공무원 복장이었다. 아버지라고는 했지만 평소에 함께 살지 않았기 때문에 이담은 낯설고 쑥스러웠다.

"많이 컸구나."

아버지는 이담의 머리를 부스스 쓰다듬었다. 아버지는 그를 물끄러미 바라보았다. 만감이 교차하는 듯한 표정이었다. 어머니는 둘을 바라보다 멋쩍은 듯 부엌으로 들어가 버렸다.

"갖고 싶은 것 없니?"

도시의 말투였다. 목소리는 낮고 애잔했다. 이담은 아버지와 처음으로 눈을 맞췄다. 두려움과 반항, 소망과 불안, 서글픔이 뒤섞인 눈빛이었다.

"맥가이버 칼 하나 사주세요."

"칼?"

아버지는 흠칫 놀랐다.

"그게 뭐냐?"

"십자 표시 돼 있는 빨간 칼 있잖아요. 칼집 속에 여러 가지가 들어 있는 그런 칼 말이에요."

이담은 그것도 모르냐는 듯 퉁명스럽게 말했다.

"아하! 스위스 군용 칼 말이구나."

"네."

그는 스위스 군용 칼을 초등학교 선생님 책상에서 처음으로 보았다. 선생님은 가끔 스위스 칼을 꺼내 연필을 깎거나 손톱을 정리하곤 했다. 멀리서 보아도 너무 신기하고 탐났다. 어느 날 선생님의 책상을 청소하다 교무수첩 위에 놓인 스위스 칼을 보았다. 그 칼은 1980년대 말 절찬리에 방송되었던 TV 프로그램 〈맥가이버〉의 주인공 이름을 따 '맥가이버 칼'로 불렸다. 만능맨 맥가이버의 능력처럼 여러 기능이 하나의 칼집에 들어 있는 다용도 칼이었다.

가까이서 보니 너무 신기했다. 칼집 속에 크고 작은 칼은 물론이고 가위·드라이버·톱·깡통따개 등이 내장돼 있었다. 이담은 접혀져 있는 도구를 하나씩 펼쳐가며 만지작거렸다. 그때 문이 드르륵 열리면서 선생님이 들어왔다. 칼을 얼른 제자리에 놓고 청소하는 척하다 자리를 떴다. 그 후로 맥가이버 칼이 눈앞에서 계속 맴돌았다. 너무나 갖고 싶었다. 그것만 있으면 어떤 일도 할 수 있을 것 같았다. 바닷가에서 놀 때도, 집에서 무엇을 만들 때도 다 가능할 것 같았다. 그러나 그것을 얻는 것은 불가능했다. 어디에서 파는지도 모르고 매우 비싸 보였다. 판매처를 안다 해도 살 돈도 없었다. 어머니 혼자서 꾸려나가는 살림은

쌀독이 늘 바닥이 보일 정도로 빠듯했다.

"알았다. 가서 놀아라. 공부도 열심히 하고."

아버지는 용도를 묻지 않았다. 이담은 도망치듯 아버지 곁을 벗어났다. 그런 아들을 아버지는 오래도록 바라보았다.

아버지가 가고 난 얼마 후, 집으로 작은 소포가 하나 도착했다. '발신인 이원주, 수신인 이담'이었다. 그는 태어나서 처음으로 우편물을 받았다. 아버지의 선물. 떨리고 설레는 마음으로 포장을 뜯었다. 겹겹이 싸인 포장 속에 스위스 군용 칼이 들어 있었다. 빨간색의 칼집 위에 선명하게 새겨진 흰색 십자 마크. 중학교에 들어가 영어를 배운 후 알았지만 빅토리녹스(Victorinox)사 제품, 오리지널 스위스 군용 칼이었다.

"야홋!"

이담은 너무 기뻤다. 그동안 쌓였던 아버지에 대한 원망과 분노가 일시에 사그라지는 것 같았다. 칼집 속에 접혀진 도구들을 하나씩 펼쳐보았다. 큰칼·작은 칼·깡통따개·톱·십자드라이버·병따개·줄·송곳·펜치·핀셋·돋보기·자·코르크마개 따개·이쑤시개·열쇠고리 등 무려 15가지 기능이 있었다. 태어나서 처음으로 접해본 대단한 물건이었다.

'어떻게 이런 걸 만들었을까?'

종일 맥가이버 칼을 가지고 놀았다. 열쇠고리에는 어머니의 반짇고리에서 예쁜 끈을 찾아 잃어버리지 않게 단단히 묶어놓았다. 항상 가방이나 호주머니에 넣고 다녔다. 자기 전에도 꺼내서 만지작거리다 잠들었다. 아버지의 선물을 애지중지하는 아들을 어머니는 물끄러미 바라보았다.

"다치지 않게 조심해라."

그 한마디뿐이었다. 그날 이후 맥가이버 칼은 어린 이담의 보물 1호가 되었다. 학교에 가지고 가서 친구들에게 보여주자 모두 넋을 잃고 바라보았다. 부러워하고 시샘하는 눈빛이 역력했다. 잠깐 빌려달라는 아이가 있었지만 결코 빌려주지 않았다. 집에서건 학교에서건 밖에서 놀 때도 늘 가지고 다녔다. 공작물을 만들 때는 자랑스럽게 꺼내서 사용하곤 했다. 너무 많이 써서 칼날이 무뎌지지 않을까 걱정도 되었지만 잘 만들어진 강한 금속은 재료를 견뎌냈다. 아버지의 선물인 맥가이버 칼은 이담에게 전능, 만능의 도구였다. 하지만 그 칼은 지금 없다. 어디로 사라졌는지 모른다. 맥가이버 칼을 분실한 후, 한동안 실의에 빠져 지냈다. 그러나 곧 잊혀졌다. 만능칼이 사라진 것처럼 아버지도 사라져버렸다.

엉긴 그물은 잘 풀리지 않았다. 칼이 있으면 필요한 부분만 자르고 싶다. 절단면이 날카로운 플라스틱으로 문질러봤지만 소용없었다. 역시 나일론보다 강도가 높은 금속이 있어야 한다. 금속은 물보다 무거워 다 가라앉아버렸다. 떠 있는 것은 물보다 가벼운 물질들뿐이다. 난감하다. 하지만 고기를 잡기 위한 그물은 반드시 필요하다. 그래야 살아남는다. 이담은 오랜 시간 참을성을 가지고 엉긴 그물을 풀어냈다. 뜨거운 태양 아래 땀은 흐르고 목은 말랐다. 하지만 먹어야 한다는 욕구가 더 강했다. 꼼꼼하게 풀어냈더니 어느 순간 잘린 그물이 툭 떨어져 나왔다.

뗏목 위로 건져 올려 크기를 재보니 대략 폭이 2미터, 길이가 7미터 정도 되었다. 그물코의 크기는 약 50밀리미터 정도였다. 그물코의 크기는 그물 사각형의 대각선을 잰다. 그런데 반듯한 네모를 재는 것이 아니라 그물코를 잡아당겨 길게 늘어진 양쪽 매듭 사이의 안쪽 지름을 잰다. 고기는 대부분 납작한 유선형이기 때문에 빠져나갈 수 있는 크기를 측정하는 것이다. 단위는 밀리미터로 표시한다.

어업지도선은 녹슬지 않는 스테인리스 재질의 긴 삼각형 모양의 망목자(網目尺)를 사용한다. 그물코 사이에 망목자를 푹 찔러 넣으면 크기가 측정된다. 예를 들어 동해의 꽁치, 남해의 고등어, 서해의 조기 등을 잡는 데 쓰이는 유자망의 그물코는 50밀리미터 이하여서는 안 된다. 남해에서 멸치잡이를 하는 기선권현망어선의 그물코는 15밀리미터 이하여서는 안 된다. 근해 통발어업의 꽃게는 65밀리미터 이하, 대개는 150밀리미터 이하는 사용금지다. 모두 치어 보호를 위한 조치다.

이담이 어렵게 구한 그물의 그물코 크기가 대략 50밀리미터였으므로 이는 근해나 연안어업에서 사용하던 그물이라 할 수 있다. 참치나 가다랑어를 잡는 데 사용하는 선망의 그물코는 10인치 이상이므로 원양어선용은 아니라고 할 수 있다. 그렇다면 추론은 두 가지다. 육지가 가깝거나 그물이 연안에서 지독히 먼바다까지 떠밀려왔다는 이야기다. 병속에 넣은 편지가 오랜 세월 후에 지구 반대편의 대륙에 닿은 일도 있으므로 그물코만 보고 육지가 가깝다고 단정 지을 수는 없다. 하지만 앞쪽을 믿고 싶었다. 육지가 가깝다고 믿고 싶었다.

그물은 마련했으나 추가 없었다. 추가 없으면 그물은 무용지물이다. 추는 그물을 가라앉히는 가장 중요한 부품이다. 그물을 적정한 깊이로 가라앉혀야 하는 이유는 물고기들이 다니는 층이 다르기 때문이다. 표층 가까이 사는 것과 중층·심해에서 사는 물고기가 각각 다르다. 잡고자 하는 물고기에 따라서 그물과 추의 종류가 달라진다. 그래서 인류는 선사시대부터 그물추를 사용했다. 침자(沈子)로도 불리는 그물추는 자연석 양쪽에 홈을 파서 매달거나 흙을 구워 만들었다. 동물의 뼈를 잘라 사용하기도 했다. 그물추는 물고기를 잡는 데 매우 중요하기 때문에 선사시대의 유적지에서도 종종 발견된다.

이담은 건져낸 그물을 시험 삼아 바다에 던져보았다. 그러나 그물은 펼쳐지기는커녕 맥없이 떨어져버렸다. 추가 없으니 물밑으로 가라앉지도 않았다. 이래서는 고기를 잡을 수 없다. 어떻게든 그물을 가라앉혀 물고기가 다니는 길을 막아야 한다. 이 망망대해에서 그물추를 구한다는 것은 해수욕장에서 바늘 찾기다. 그물추가 달려 있는 그물을 찾으러 다닐 수도 있지만 그러다 탈진해서 죽을 것 같다. 달리 방법을 찾아야 한다.

이담은 증발기에 고인 약간의 물로 목을 축이고 곰곰이 생각했다.

자신은 극한상황에 처했다. 도시가 아니다. 섬도 아니다. 생명 연장에 필요한 것을 전혀 구할 수 없다. 이것저것 따지면 안 된다. 시간을 끌어서도 안 된다. 일단 되는 대로 부닥쳐보는 수밖에 없다. 복잡하게 생각하면 할수록 생존에서 멀어진다. 오직 살아남는 것만이 목표다. 단순하게 생각하고, 단순하게 행동하자. 그렇게 결론을 내리자 마음이 편해졌다.

어떻게 해야 고기를 잡을 수 있을까? 육지에서 물고기를 잡을 때 가장 단순한 방법은 '막고 품는 것'이다. 둑을 막아놓고 물을 퍼내는 것이다. 물이 바닥나면 물고기들이 드러나고 주워 담기만 하면 된다. 바다에서도 비슷한 방법을 사용할 수 있다. 하지만 바다는 지구의 70%나 되므로 도저히 퍼낼 수 없다.

그래서 현명한 조상들은 조수 간만의 차를 이용해 손쉬운 방법으로 고기를 잡았다. 이른바 어살이다. 썰물이 나간 간조 때 바닥이 드러나거나 수심이 얕아지는 곳에 말뚝을 박아 그물을 쳐놓는다. 밀물이 들면 조류를 따라 들어온 물고기들이 썰물 때 빠져나가지 못하고 그물에 갇히게 된다. 그러면 그물 주인은 양동이를 들고 가서 고기를 주워 담는다. 이렇게 고기를 잡는 방법을 개막이라고 한다. 충청도 바닷가 사람들은 돌을 말굽 모양으로 둥글게 쌓아 독살을 만들었다.

그의 고향 남해에는 물살이 빠르고 좁은 물목에 대나무발을 세운 죽방렴이 있다. 대나무 어살은 V자 모양으로 바닷물이 들어오는 입구는 넓게 만들고 빠져나가는 쪽은 좁게 만든다. 참나무 말뚝을 박고 대나무로 그물을 엮어 물고기가 들어오면 V자 끝에 설치된 불룩한 임통에 갇혀 빠져나가지 못하게 한다. 임통은 밀물 때는 열리고 썰물 때는 닫힌다. 죽방렴 주인은 하루에 두세 번 배를 타고 들어가 뜰채로 물고기를 건져내는데, 신선도가 높아 최고의 값을 받는다. 남해에서는 죽방렴 하나만 가지고 있으면 대대로 먹고 산다는 이야기가 있다. 그러나 이담이 떠 있는 태평양은 수심을 알 수 없는 깊은 바다이므로 어살을 세울 수 없다.

어떤 그물을 만들어야 고기를 잡을 수 있을까? 이담은 학교에서 배운 어업 지식을 되새겼다. 연안어업에서 사용하는 그물의 종류는 대략 여덟 가지다. 자망·엄망·초망·인망·선망·부망·건망·통발 등이다.

자망은 걸그물이라 한다. 물속에 수직으로 그물을 쳐놓아 물고기가 지나가다 그물코에 걸리도록 하는 것이다. 가로가 길고 세로가 짧다. 비슷한 이치의 유자망은 기다란 띠 모양의 그물을 수면에 수직으로 펼쳐 조류를 따라 흘려보내면서 고기가 그물코에 걸리게 하는 어법이다. 흘림걸그물이라 한다.

엄망은 그물로 고기를 덮어서 잡는 어법이다. 덮그물이며 대표적인 어구는 투망이다. 초망은 고기 밑에 그물을 친 후 떠올려서 잡는 어법이다. 그물을 가라앉혀놓고 있다가 고기가 위로 모여들면 뜨는 들그물과, 그물을 고기떼 밑으로 이동시켜서 뜨는 채그물이 있다. 뜰채를 쓰기도 한다.

인망은 큰 자루 모양의 그물을 수평방향으로 끌어서 잡는 어법이다. 해저 바닥까지 훑어서 끌어내면 저인망이다. 안강망은 조류가 빠른 곳에 자루 모양의 그물을 고정해 놓고, 조류에 밀려 그물 안에 들어온 고기를 잡는다. 모두 끌그물 방식이다.

선망은 수건처럼 생긴 직사각형 모양의 그물을 둘러친 후, 그물 아랫자락을 죄어서 고기떼가 빠져나가지 못하게 한다. 고등어·다랑어·참치 등을 잡을 때 사용한다.

부망은 들그물이다. 수면 아래에 그물을 펼쳐두고 미끼나 불빛으로 고기를 유인한 후 들어 올려서 잡는다. 남해안에서는 숭어와 멸치를 잡을 때 들그물을 쓴다.

건망은 고정식 자리그물이다. 고기떼가 많은 곳에 고기를 유도하는 길그물과 빠져나가지 못하게 하는 통그물을 연결하여 일정기간 설치해놓고 어획한다. 단번에 대량 어획을 하는 데 쓰인다. 대표적인 것은 정치망이다.

통발은 아주 오래된 어업 방식이다. 옛날에는 가는 댓살이나 싸리 등으로 엮어서 통발을 만들었다. 아가리에 깔때기 모양의 입구를 만들어 끝이 가운데로 몰리게 한다. 안에는 정어리 등의 미끼를 넣는다. 일단 안으로 들어간 물고기는 거슬러 나오기 어렵다. 뒤쪽 끝은 묶었다 풀었다 할 수 있게 만들어 안에 든 고기를 꺼낼 수 있다. 고기 많은 곳에 담가둔 후 일정시간이 지나면 꺼낸다. 현재의 통발은 그물과 둥근 금속 테를 이용해 개량한 것이다. 게·문어·장어 등을 잡는 데 쓰인다.

이담은 고기 잡는 방법을 열심히 되새겼지만 마땅한 방법이 생각나지 않았다. 도구와 부품이 없기 때문이다. 궁리 끝에 족대를 만들기로 했다. 다행히 주변의 쓰레기 더미 중에는 막대기들이 떠밀려와 있었다. 페트펫목을 저어 다니며 긴 막대기를 구했다. 그런 다음 그물 가장자리에 11자 형태로 묶었다. 펼쳐보니 제법 그물 꼴이 났다.

페트펫목 바닥에 배를 붙이고 엎드려 그물을 수직으로 밀어 넣었다. 일종의 걸그물 방식을 쓰려고 한 것이다. 그러나 추가 없어 그물이 잘 가라앉지 않았다. 나무막대기에 부력이 생겨 수직도 잘 유지되지 않았다. 힘을 주어 걸그물 형태를 유지하려 애썼다. 그런데 그물이 물살에 떠밀리면서 풍덩 바다에 빠지고 말았다.

"어푸 – 푸!"

어렸을 때 잠수왕 별명을 듣던 그는 당황하지 않았다. 물에 빠진 김에 과연 바다 밑에 고기가 있는지 살펴보았다. 수면 아래에는 부유물이 가득했다. 부력을 상실한 쓰레기들이 물결에 떠밀리며 흘러 다니고 있었다. 수심 2미터 정도 내려가자 비로소 부유물이 적어지면서 맑은 물이 보였다. 고기들은 부유물도 아랑곳하지 않고 유유히 헤엄쳤다. 갑자기 물속에 뛰어든 낯선 개체를 신경 쓰지 않았다. 줄돔처럼 생긴 물고기는 주둥이로 이담의 몸을 쿡쿡 찔러보기까지 하였다. 손을 뻗쳐 잡으려 하자 순식간에 방향을 바꿔 날쌔게 도망쳤다. 작살이 있다면 물고기를 잡을 수 있을 것이다. 하지만 작살을 만들려면 여러 재료들이 필요하다.

이담은 다시 페트펫목 위로 올라왔다. 태양은 여전히 피부를 벗겨낼 듯 따가웠다. 11자형 걸그물로는 고기를 잡기 어렵겠다는 판단이 들었다. 페트펫목과 한 사람의 힘만으로는 걸그물의 형태를 지속적으로 유지하기 힘들다. 생각 끝에 들그물을 만들기로 했다. 그물을 가라앉힌 후 물고기를 뜨는 방법이다. 이담은 다시 나무막대기를 구해 네모 모양의 틀을 만들고, 틀 안에 그물을 엮어 넣었다. 네 귀퉁이에는 끈을 매달아 위로 끌어올릴 수 있게 했다. 문제는 돌멩이나 납처럼 그물을 가라앉힐 수 있는 무거운 물체였다. 바다 위에는 모두 부력을 가진 물체들뿐이니 그것을 구할 수 없었다.

'어떻게 가라앉히지?'

난감했다. 페트병에 바닷물을 가득 담아 바다에 던져보았다. 페트병 안팎의 비중이 같으므로 잘 가라앉지 않았다. 어쨌거나 물보다 무거운 물체가 있어야 했다.

'육지라면 천지가 돌멩이인데 그것 하나 구할 수 없다니?'

바다가 얕다면 잠수를 해서 바닥의 돌을 건질 수 있다. 그러나 여기는 깊이를 알 수 없는 난바다다. 뭐가 없을까? 이담은 다시 페트펫목을 저어 무거운 물체를 구하러 다녔다. 없었다. 플라스틱과 스티로폼, 막대기처럼 모두 가벼운 물체들뿐이었다. 낙담했다. 정말 물고기 한 마리도 못 잡아먹고 굶어죽을지 모른다는 생각이 들었다.

하긴 지금까지 그의 삶은 엉망이었다. 뭐 하나 제대로 된 게 없었다.

늘 표류하는 인생이었다. 그러다 결국 난바다에 표류하여 죽게 되었다. 이렇게 사느니 차라리 죽는 게 나을지 모른다. 참담했다. 너무 힘들고 지쳐서 페트펫목에 벌렁 누워버렸다. 졸음이 쏟아졌다.

어머니가 촉수 낮은 전등불 밑에서 성경책을 읽고 있었다. 이담은 그런 어머니 옆에서 가물가물 잠을 청하고 있었다. 어머니의 그림자가 벽에 커다란 암벽화를 그리고 있었다.

"요나가 여호와의 낯을 피하려고 일어나 다시스로 도망하려 하여 욥바로 내려갔더니 마침 다시스로 가는 배를 만난지라, 여호와의 낯을 피하여 함께 다시스로 가려고 뱃삯을 주고 배에 올랐더라. 여호와께서 큰 바람을 바다 위에 내리시매 바다 가운데에 큰 폭풍이 일어나 배가 거의 깨어지게 된지라. … 그들이 서로 이르되, 자 우리가 제비를 뽑아 이 재앙이 누구로 말미암아 우리에게 임하였나 알아보자 하고 곧 제비를 뽑으니 제비가 요나에게 뽑힌지라. … 바다가 점점 흉용한지라 무리가 그에게 이르되 우리가 너를 어떻게 하여야 바다가 우리를 위하여 잔잔하겠느냐 하니. 그가 대답하되 나를 들어 바다에 던지라 그리하면 바다가 너희를 위하여 잔잔하리라. 너희가 이 큰 폭풍을 만난 것이 나 때문인 줄을 내가 아노라 하니라. … 뱃사람들이 요나를 들어 바다에 던지매 … ."

어머니는 성경을 읽다말고 갑자기 벌떡 일어나 무서운 얼굴을 하고 이담을 번쩍 들어 바다에 던져버렸다.

"악! 어머니!"

이담은 비명을 지르며 몸부림을 쳤다. 눈을 번쩍 떴다. 햇볕이 너무 뜨거웠다. 목이 말랐다. 바닷물로 얼굴을 문지르고 증발기의 물통을 꺼냈다. 다행이다. 한 모금의 물이라도 마실 수 있다. 깊은 숨을 몰아쉬고 한동안 넋 놓고 앉아 있었다. 페트뗏목은 제자리에서 출렁거릴 뿐 흘러가지 않는 듯 했다.

고기를 잡아야 한다. 무거운 물건을 구해야 한다. 페트뗏목을 저어 가려 했으나 어찌된 일인지 잘 움직이지 않았다. 물밑을 살펴보니 묵직한 그물뭉치가 뗏목에 걸려 있었다. 그물을 떼어내려고 몸을 기울였다. 이담은 그물을 떼어내려고 애쓰다 문득 회색 물체를 발견했다. 그물추였다. 납으로 된 손톱만한 그물추들이 군데군데 엉겨 있었다. 눈이 크게 떠졌다.

"앗!"

저절로 탄성이 나왔다. 납들을 떼어내면 여러모로 쓸모가 있을 것 같았다. 그물뭉치가 무거워 끌어올리기 어려웠으므로 페트뗏목에 엎드려 단단한 플라스틱 조각으로 그물추를 묶고 있는 나일론끈을 문질렀다. 잘 떨어지지 않았지만 수없이 문질렀더니 그물추가 툭 떨어져 나왔다. 그는 손톱만한 그물추를 마치 보물이라도 되듯 찬찬히 살펴보았다. 이것이 있으면 줄낚시도 만들 수 있다. 플라스틱 통에 소중하게 보관하고 그물추 떼어내는 작업을 오래 했다. 그렇게 해서 열 개 정도의 그물추를 확보했다.

이담은 페트뗏목을 쓰레기 더미가 없는 곳으로 저어갔다. 들망 한가운데 그물추를 넣은 플라스틱 통을 묶고 바다에 던져 넣었다. 네모진 들망이 서서히 가라앉는 것이 보였다. 이제 물고기들이 그물 위로 모여들기만 하면 된다. 미끼가 없는 것이 아쉬웠지만 그것이 있었더라면 우선 먹어버렸을 것이다.

기다림은 언제나 지루하다. 들망이 유실되지 않게 뗏목 귀퉁이에 단단하게 묶어놓고 증발기를 관찰했다. 이 난바다에서 살아나려면 증발기를 몇 개 더 만들어야 한다. 페트뗏목도 더 크게 만들어야 한다. 쓰레기 더미에서 얻은 물건들을 실어놓을 수 있는 창고용 페트뗏목이 있었으면 좋겠다. 혹시 비가 온다면 빗물을 받아놓을 수 있는 큰 통들도 확보해놓아야 한다.

꽤 시간이 흐른 후 들망을 천천히 들어올렸다. 마른침을 삼키며 고기가 잡히기를 기대했다. 제법 묵직한 무게가 느껴졌다. 고기가 도망가지 않게 그물을 천천히 들어 올리다 막바지에는 빠르게 잡아당겼다. 그물을 페트뗏목 위로 끌어올려 자세히 살펴보았으나 원하는 고기는 한 마리도 없었다. 그 대신 쓰레기 더미만 잔뜩 담겨 있었다. 쓰레기를 헤쳐보았지만 먹을 수 있는 것은 검붉은 해초 몇 가닥뿐이었다. 해초를 골라 앞니로 자근자근 씹어보았다. 고향 남해바다에서 먹었던 해초와 비슷한 맛이 났지만 매우 짰다. 짠 것을 먹으면 탈수 증상이 심해질 것이 우려되었지만 그래도 씹어 먹었다. 무엇인가 목으로 넘어간다는 것이 중요했다. 쓰레기 더미는 바다로 던져버렸다. 어디에서든 쓰레기는 싫다.

다른 방향으로 들망을 던져 넣었다. 아까는 너무 성급했을까? 이번에는 충분히 기다리기로 했다. 해가 기울기 시작했다. 어젯밤에는 너무 추웠다. 고기를 잡은 다음에는 비닐을 더 많이 구해야겠다고 생각했다. 뗏목 위에 서서 사방을 둘러보았다. 너덜너덜한 옷감처럼 주변에는 온통 쓰레기 더미들이었다. 군데군데 길게 찢어진 바다가 보였다. 언뜻 보면 늪처럼 보이기도 하였다. 쓰레기가 많이 모여 있는 곳은 그 위로 걸어 다닐 수 있지 않을까 하는 착각이 들기도 하였다. 그나마 다행인 점은 악취가 나지 않는다는 것이었다. 아마 바다의 염분이 부패를 막고 부유물들이 오랫동안 바다를 떠돌아다녀 썩을 것들은 이미 분해돼버린 듯했다.

'여기는 대체 어디일까? 나는 어디에 있는 것일까?'

한참 후에 들망을 들어올렸다. 부유물이 적은 쪽으로 던져서인지 아까보다 조금 가벼웠다. 신중하게 그물을 끌어올렸다. 그물이 수면 가까이 떠오르자 무언가 파닥이는 것이 보였다. 황급히 그물을 당겼다.

"와우!"

쓰레기 사이에서 물고기 두 마리가 파닥거리고 있었다. 손바닥만 한 것과 그보다 조금 작은 은회색 물고기였다. 둥그런 유선형 몸체에 웃는 듯한 모양의 아가미가 있었다. 도미나 블루탱 비슷하게 생겼는데 이름은 알 수 없었다. 이름 따위는 전혀 중요하지 않다.

주먹으로 물고기를 때려죽인 후, 껍질을 벗겨내고 살을 뜯어 먹기 시작했다. 맛있다. 남해에서 먹던 날것의 회와 똑같다. 아니 더 맛있다.

꿀맛이다. 이담은 고급요리를 음미하듯 천천히 물고기를 뜯어먹었다. 초고추장이 있었으면 좋겠다. 언감생심이다. 살코기를 먹고 나서 내장을 먹으려고 발라냈다. 내장은 영양이 많다. 맛이 쓴 퍼런 색깔의 쓸개를 떼어내고 꼬불한 창자 속에 들어찬 내용물을 훑어냈다. 물고기가 잡아먹은 더 작은 물고기의 잔해가 삭혀져 나왔다. 그런데 까끌까끌한 조각들이 만져졌다.

'뼈조각들인가?'

그는 내장 속을 훑어버리고 별 생각 없이 잘근잘근 씹어 먹었다. 비리다. 맛도 별로다. 이빨에 뭔가 이물질이 씹힌다. 씹혀지지 않아 손으로 끄집어냈다.

"뭐지?"

자세히 보니 플라스틱 조각이었다. 재수 없다. 물고기 배 속에 플라스틱이라니? "퉤퉤!" 뱉어버렸다. 바닷물로 입을 헹구고 입술도 닦았다. 앞으로 내장은 먹지 않기로 했다. 두 마리를 꼼꼼하게 먹어치우고 머리는 버리지 않았다. 미끼로 쓸 수 있을 것이다.

욕망은 항상 더 큰 욕망을 추구한다. 오병이어. '이얍 펑!' 예수님이라면 이 두 마리의 물고기로 수천 명을 먹일 양식을 만들어냈을 것이다. 하지만 그는 예수가 아니다. 물론 이 바닷속에는 인류 전체를 먹여 살릴 만한 물고기가 있다. 하지만 그는 두 마리를 잡은 것만으로도 안도했다. 일단 물고기를 잡는 방법을 터득했다는 것이 중요했다.

들망을 다시 던져 넣었지만 물고기는 더 이상 잡히지 않았다. 이담은 해가 질 때까지 밤을 지새우기 위한 준비에 몰두했다. 쓰레기 사이에서 어부의 노란색 방수복을 발견한 것은 큰 수확이었다. 군데군데 찢어지고 바다이끼가 끼어 더러웠지만 체온 유지에 도움이 될 것 같았다.

황혼은 그날도 빨간 페인트 통을 엎질러놓았다. 환각이 일어날 정도로 붉은 황혼은 몹시 두려웠다. 오래도록 황혼을 바라보고 있으니 온갖 생각이 떠올랐다. 갑자기 걷잡을 수 없는 눈물이 쏟아져 나왔다. 이담은 세운 무릎 사이에 고개를 묻고 오랫동안 흐느꼈다.

5

울음이 잦아들면 허기가 돈다. 울음은 에너지 소모량이 많다. 배가 고프다. 많이 울어서 눈물을 흘리면 수분도 빠져나간다. 괜히 울었다. 밤에 마시려고 남겨둔 증발기의 물을 한 모금 마셨다. 그는 어머니의 울음을 본 일이 없다. 아니다. 딱 한번 들었다.

늦은 봄밤이었다. 집 뒤꼍에서 소쩍새가 오래 울고 있었다. 사람들은 소쩍새가 "소쩍소쩍" 운다고 하지만 이담은 그 울음소리가 "딸꾹딸꾹"으로 들리곤 했다. 하긴 이담도 당황하거나 명치가 답답할 때는 자주 딸꾹질을 하곤 했다.

그날은 아주 오랜만에 아버지가 집에 왔다. 어머니는 냉담했다. 아버지에게 언제나 고순하게 대하던 태도와는 사뭇 달랐다. 그래도 저녁밥은 한 상에서 먹었다. 어머니는 입을 굳게 다물고 말이 없었다. 마뜩잖은 소쩍새의 딸꾹질 소리를 들으며 아랫방에 누워 있는데 윗방에서 어머니의 울음소리가 들려왔다.

"당신… 너무하는 것… 흑… 흑….'

"소쩍소쩍… 딸꾹딸꾹….'

"미안하오. … 다른 곳으로 발령이 나서… 창선 다리도 끊기고….'

"소쩍소쩍… 딸꾹딸꾹….'

"다리가 끊기면 배가 없나요? … 편지라도….'

"미안하오.'

"소쩍… 딸꾹… 소쩍… 딸꾹 딸꾹.'

두 사람의 목소리와 소쩍새 울음소리가 뒤섞여 자꾸 딸꾹질을 하고 있었다.

아! 당시에 그런 일이 있었다. 그러니까 1992년 7월 30일 오후에 남해도와 창선도를 연결하는 창선교가 무너져버렸다. 5번 교각이 붕괴되어 상판 두 개가 바다로 떨어지면서 두 명이 숨졌다. 이 사고로 막대한 재산피해가 발생하고 하루 2천대에 이르는 교통이 두절되었다. 본래 창선교는 1980년에 남해군 상동면 지족리와 창선면 지족리 사이의 지족해협을 가로질러 440미터 2차선으로 건설된 것이다. 그런데 그 다리가 난데없이 무너져버렸다.

창선교가 무너졌다는 소식을 듣고 며칠 후 이담은 아이들과 함께 현장을 구경하러 갔다. 통행이 차단되어 가까이 갈 수 없었지만 멀리서 보니 빠르게 흐르는 물살 속에 무너진 다리가 흉물스럽게 서 있었다. 창선교를 가끔 보았기 때문에 끊어진 다리의 모습은 그의 가슴을 먹먹하게 했다. 멀리 고기를 잡기 위해 말뚝과 대나무 발을 세워놓은 죽방렴만 'V'자 모양으로 물살을 견디고 있었다.

"우리 이제 큰 섬에 못가는 거야?"

"배 타고 가면 되지?"

"돈 내야 되겠네."

아이들은 입을 다물었다.

그 이튿날인 1992년 7월 31일 서울 강서구 개화동과 경기도 고양시 행주외동을 잇는 신행주대교가 붕괴되었다. 이어서 1994년 10월 21일에는 서울 성동구 성수동과 강남구 압구정동을 연결하는 성수대교가 붕괴되어 32명이 사망하였다.

잇따른 대형 붕괴사고 때문에 남해 벽지의 작은 다리붕괴사고는 사람들의 관심에서 사라졌다. 하지만 큰섬과 창선도의 교통 두절은 섬사람들의 가슴 속에 깊은 멍울을 남겼다. 붕괴시대였다. 창선대교라는 이름으로 지족해협에 다시 다리가 세워진 것은 삼년 후인 1995년 12월이었다. 다리가 끊어진 삼년 동안 섬사람들은 많은 불편을 겪었다.

'다리가 끊어진 것과 아버지가 무슨 상관이 있을까? 배 타고 오시면 되지. 공무원이라면서 돈도 없나?'

어머니의 흐느끼는 소리를 들으며 이담은 아버지가 엄청 미웠다. 벌떡 일어나 "왜 집에 안 오세요?"라고 거세게 항의하고 싶었지만 입안에서 빙빙 맴돌 뿐이었다.

"딸꾹… 딸꾹…."

소쩍새는 계속 딸꾹질만 하고 있었다. 어머니의 울음소리가 조금 잦아들자 이담은 이불을 뒤집어써버렸다.

이담은 체온손실을 막으려고 낮에 구한 방수복을 뒤집어썼다. 밤바다는 무섭다. 선원생활을 하기 전까지 밤바다는 낭만이었다. 밤바다의 서늘한 기운, 점점이 떠 있는 어선의 불빛, 끝을 알 수 없는 미지의 어둠, 밤하늘에 무수히 박혀 있는 별들의 반짝임. 그것은 존재와 사색, 향수와 그리움을 불러일으키는 장소였다. 밤바다에 가서 많이 놀기도 했다. 횃불을 들고 밤고기도 잡았다. 바다에 떠다니는 인광을 손바닥에 시퍼렇게 묻혀서 놀기도 했다.

그러나 밤바다는 무섭다. 보이지 않아서 무섭다. 달이 없는 밤이면 사방이 칠흑이다. 눈앞에 있는 것이 바다인지 하늘인지 구분되지 않는다. 큰 배를 타고 다닐 때는 마스트의 선등(船燈)에 부서지는 파도와 일렁이는 물결을 볼 수 있었지만 조명이 없으면 완전한 어둠이다. 분간할 수 없는 어둠은 공포심을 일으킨다.

하지만 어둠이 깊어지면 별들이 돋아난다. 주위에 인공불빛이 없을수록 별들은 더욱 반짝인다. 방금 세수를 하고 나온 아이 얼굴처럼 별빛이 맑다. 팅커벨 요정이 요술봉 장난을 심하게 해놓은 것처럼 엄청나게 많은 별들이 밤하늘에 흩뿌려져 있다. 긴 막대기로 툭 건드리면 궁륭의 별들이 깨진 유리창처럼 우수수 쏟아져 내릴 것 같다. 건드리지 말자. 쏟아지면 큰일이다.

큰 별, 작은 별, 파란 별, 붉은 별. 손을 맞잡고 함께 운행하는 별자리들. 북극성·북두칠성·카시오페이아·큰곰자리·작은곰자리·목동자리·세페우스·스피카·아쿠투루스·백조자리·견우성·직녀성·페가수스·안드로메다·페르세우스·기린자리·거문고자리·고래자리·오리온자리·시리우스·프로키온·카펠라·염소자리·물병자리·물고기자리·양자리·황소자리·쌍둥이자리·게자리·사자자리·처녀자리·천칭자리·전갈자리·궁수자리, 황도십이궁. 셀 수 없을 만큼 무수한 별들이 있다.

사람들은 왜 별에 이름을 붙여놓았을까? 잊어버리지 않으려고? 기억하기 쉽게? 국제천문연맹(IAU)은 표준 별자리 88개를 정해놓고 있다. 태양이 지나는 길인 황도에 12개, 북반구에 28개, 남반구에 48개 등이다. 뱃사람들에게 별자리는 매우 중요하다. 각종 항해 도구가 만들어지기 전, 망망대해 칠흑의 밤바다에서 자신의 좌표를 짐작할 수 있는 것은 별자리뿐이었다. 밤하늘의 별자리는 항해의 길잡이이자 방향타였다. 별을 보고 자신이 어디 있는지 알 수 있었고, 방향을 수정하여 항해를 계속 할 수 있었다.

그 많은 별 속에 어머니별, 누나별도 있다. 어머니별은 늘 고독하게 반짝인다. 어머니는 누나의 이름을 '미리'라 지었다. 아이들은 누나의 이름을 가지고 "미리 미리 미리해!"라고 놀리기도 했지만 거기에는 특별한 의미가 있었다. 누나의 이름 '미리(美里)'는 '아름다운 마을'이라는 뜻을 가지고 있는 예쁜 이름이었지만 사실은 구약성경 민수기에 나오는 '미리암'을 따온 것이었다.

미리암(Miriam)은 구약성서 출애굽기와 민수기에 나오는 여인으로 모세의 누나다. 어머니는 이집트의 히브리 노예였다. 파라오가 히브리인 사내아이들을 대량 학살하라는 명을 내리자 그녀의 어머니는 갓난아기를 갈대바구니에 넣어 강물에 띄워 보낸다. 지혜로운 미리암은 갓난아기가 갈대바구니에 실려 떠내려갈 때 이를 미행한다. 나일강에 목욕하러 온 파라오의 딸이 갈대바구니의 아기를 발견하고 기르고자 한다. 이때 미리암은 두려움 없이 공주 앞에 나타나 자기 어머니를 아기의 유모로 추천하여 기르게 했다. 아이는 모세라는 이름을 얻어 화려한 궁정에서 자란다.

히브리인의 지도자가 된 모세가 동족을 끌고 이집트를 탈출하여 홍해를 건넜을 때 여선지자 미리암은 여인들과 더불어 신을 찬양하며 승리의 노래를 불렀다. 그녀는 또 모세가 에티오피아 여인을 아내로 맞은 것을 비난하다 신의 노여움을 사서 문둥병에 걸렸으나 모세의 기도로 나았다. 그러나 젖과 꿀이 흐르는 가나안 땅에 들어가지 못하고 황무지인 가데스에서 죽었다. 성경 속에서 미리암은 대담하고 지혜로운 여인의 표상이었다.

어머니가 누나의 이름을 '미리'라 지은 것은 미리암이 동생 모세를 지킨 것처럼 이담을 돌보라는 은연 중 메시지였다. 실제로 미리 누나는 동생을 알뜰살뜰 돌보려 많이 노력했다. 그러나 누나도 가족사에 대해서는 굳게 입을 다물었다.

"누나! 우리 아버지는 누구야?"

이담이 단도직입적으로 물었을 때도 누나는 속 시원한 답변을 하지 않았다.

"공부나 해!"

그렇게 답답한 세월이 지나갔는데 어머니의 비밀을 어렴풋하게나마 알게 된 것은 겨드랑이에 봄 솔잎 같은 털이 하나둘씩 솟아나기 시작하는 때였다.

창선섬의 왕후박나무가 누르스름푸른 꽃을 무수하게 매달 무렵, 외삼촌이 집에 왔다. 외삼촌은 서울에서 은행에 다니고 있었다. 그는 창선섬의 기린아였고 마을사람들의 자랑거리였다. 어렸을 때부터 총명한 수재로 이름을 떨쳤으며 섬사람 같지 않게 수려한 외모를 갖췄다. 어려운 가정환경에도 불구하고 공부에 매진하여 서울의 명문대학에 진학했다. 주변 사람들의 이야기에 따르면 법대에 진학하여 판검사가 될 생각도 있었지만 돈을 많이 벌어야겠다는 생각으로 상대에 들어갔다 한다.

외삼촌은 하나뿐인 여동생을 애틋하게 챙겼다. 고향에 내려올 때는 선물을 잔뜩 가지고 왔다. 가끔 생활비도 보태주곤 했다. 그런 외삼촌을 이담은 존경스러운 눈초리로 바라보았다. 하지만 자신은 외삼촌 같은 수재가 아닐 뿐 아니라 아무런 존재감도 없다는 자괴감에 시달리곤 했다.

해가 섬그늘로 뉘엿거릴 무렵, 외삼촌은 어머니와 이야기를 나누고 있었다.

"동생아! 너는 언제까지 혼자 살 거니?"

"…."

"이참에 오빠랑 서울로 올라가자. 내가 좋은 사람 소개해주마. 괜찮은 사람이 있다."

"오빠! 미리 아빠는 돌아올 거예요."

"허 참! 안 돌아와요. 안 온다. 미리 아빠는 원래 부인이 있다. 너도 알고 있잖니?"

"…."

"모르니? 내가 서울에서 한번 만났다."

"미리 아빠는 저를 아낀다고 했고, 저와 살겠다고 했어요."

"글쎄 그런지는 모르지만 그게 그리 쉽지는 않다. 미리 아빠는 부인과 거기 딸린 자식을 버릴 수 없다고 하더라."

"…."

"너 혼자서 두 아이를 키울 수 없다. 아이들이 한창 클 때이고 공부도 제대로 시켜야 한다."

"알고 있어요. 하지만 제가 그냥 힘닿는 대로 키워볼게요."

"허 참! 답답하구나…."

이담은 문밖에서 그런 대화를 엿듣다 가방을 든 채로 바닷가로 내달렸다. 언덕을 넘어 바닷가에 다다르자 교복을 입은 채로 바닷물에 뛰어들었다.

'아! 나는 사생아다.'

울음도 나오지 않았다. 죽어버리고 싶었다. 어렴풋이 느끼고 있었지만 짐작이 사실로 확인되는 순간이었다. 서늘한 바닷물에 서서히 가라앉으면서 다시는 수면위로 떠오르고 싶지 않았다. 그는 차라리 바다 밑바닥을 어기적거리며 기어 다니는 게가 되어버리고 싶었다. 그날 그는 집에 들어가지 않았다.

망망대해의 밤은 길다. 배고픔은 위의 감각에 그치지 않고 뇌를 파고든다. 통증의 뇌는 온갖 생각을 끄집어낸다. 자신이 사생아임을 확실하게 알게 된 이담은 통증에 시달렸다. 그 후 알게 된 여러 이야기를 얼기설기 꿰매어보면 어머니의 보자기는 연분홍빛과는 거리가 먼 것이었다.

섬마을에서 어려운 생활을 하고 있던 젊은 처녀는 어찌어찌하여 남해군청에서 여사환으로 일하게 되었다. 허드렛일이나 잔심부름을 하는 일이었다. 차분하고 착실한 성격의 처녀는 이내 군청 직원들의 신임을 얻었다. 더욱이 처녀는 지나가는 사람이 다시 뒤를 돌아다 볼만큼 아름다웠다. 애써 가꾸지 않아도 돋보이는 외모는 주변사람들의 시선을 붙잡아 맸다. 한창 피어나는 꽃봉오리의 어여쁜 처녀를 남자들이 그냥 둘 리 없었다. 여러 남정네들이 갖은 구애를 했지만 처녀는 요지부동이었다.

군청의 젊은 공무원 하나가 처녀를 눈여겨보았다. 그도 처녀를 좋게 생각하고 있었지만 내색은 하지 않았다. 그는 먼 도시 출신이었다. 말끔한 외모가 투박한 섬사람들과 사뭇 달라보였다. 남해에 집이 없었기 때문에 혼자 생활하고 있었다.

어느 해, 군청에서 정부에서 하달한 큰 사업을 벌였다. 업무가 많았기 때문에 여러 사람이 그 사업에 투입되었다. 당연히 야근도 잦았다. 군청에서는 처녀를 업무보조로 쓰기로 했다. 타자도 칠 줄 모르는 처녀는 혼자 연습을 하여 보조 역할을 제법 수행해나갔다. 여름이 되자 비가 잦아졌다. 6월 하순이 되자 장마가 시작되었다. 처녀는 창선도에서 남해군청까지 1980년에 개통된 창선교를 이용해 운행하는 버스로 출퇴근하고 있었다. 과중된 업무로 야근이 길어졌고 또 장대비가 내리고 있었다.

"미스 김! 그만하고 퇴근하세요."

주무관인 젊은 공무원이 쏟아지는 비를 바라보며 걱정스레 말했다.

"네. 내일 상부에 보고하신다는 데 마무리하고 들어가겠습니다."

"아니야. 내가 마무리할 테니까 빨리 들어가세요. 비가 너무 많이 오네…."

비는 쏟아지고 일은 빨리 끝나지 않았다. 처녀는 마무리하겠다고 고집을 부리고 있었다. 일을 마쳤을 때는 막차가 이미 끊어진 상태였다.

시골의 버스는 일찍 끊어진다.

"차가 있나?"

처녀는 시원스레 답하지 않았다.

"아는 언니 집에서 자렵니다."

"허, 부모님이 걱정하실 텐데…."

두 사람은 쏟아지는 비 때문에 선뜻 밖으로 나가지 못하고 있었다.

"배고프네. 나 국밥이나 한 그릇 먹을 건데 같이 가든가…."

처녀는 말이 없었다. 비가 그치기를 계속 기다릴 수 없어 젊은 공무원은 비를 무릅쓰고 먼저 길을 나섰다. 몇 발짝 앞서 가다 뒤를 돌아다보았다. 처녀가 머뭇거리다 그를 뒤따라갔다.

장맛비가 퍼붓던 그날 밤, 무슨 일이 있었는지는 모른다. 하지만 처녀가 젊은 공무원을 보는 표정은 예전과 달라져 있었다. 하얀 볼에 발그레한 홍조를 띠는 날이 많아졌다.

그로부터 2년 후, 처녀는 군청 일을 그만두었다. 부른 배를 숨기며 집에 두문불출했다. 집에서 난리가 났지만 처녀는 낙태수술을 하지 않았다. 젊은 공무원이 집으로 찾아오고 처녀는 건강한 딸을 순산했다. 그리고 3년 후에는 아들을 하나 더 낳았다. 젊은 공무원은 처녀와 아이들을 위해 집을 따로 얻어주었고 스스럼없이 드나들었다.

이담의 기억 속에 아버지의 모습은 그리 많지 않다. 아버지는 언제나 나그네였다. 예고도 없이 불쑥 왔다가 소리 없이 사라지는 그림자 같은 존재였다. 무언가 미안해하는 표정으로 짐짓 잘해주려고 애쓰는 것 같았지만 행동은 매우 어설펐고 부자연스러웠다. 이담도 그런 아버지에게 선뜻 다가갈 수 없었다. 그 어떤 원죄로 인하여 둘 사이는 넘을 수 없는 장벽 같은 것이 자리하고 있었다. 이담은 그런 아버지가 싫었고 차라리 죽어버렸으면 좋겠다는 생각도 하였다. 사생아보다는 고아가 더 낫다. 어머니가 너무 불쌍했고, 어머니는 왜 저런 아버지를 버리지 못하는지 이해할 수 없었다. 그러나 아버지는 분명 있었다. 낙원에서 쫓겨난 인간을 주시하고 있는 야훼처럼 먼발치에서 그를 늘 바라보고 있었고 굴레를 벗어날 수는 없었다. 그러나 이제는 이담의 밤하늘에 아버지의 별은 없다. 그 별은 짙은 구름에 가려져 있거나 반대편 하늘에 있다.

낮에 구한 노란 방수복 덕택에 그리 춥지 않았다. 웅크리고 있다 다리가 저려와 페트뗏목 위에 누워버렸다. 물결 따라 흔들리는 뗏목이 기분 좋지는 않았지만 달리 방법이 없었다.

'여기는 어디일까?'

이담은 밤하늘의 별을 바라보며 자신이 북반구에 있는 것은 틀림없다고 생각했다. 며칠 전 하와이를 출발했으므로 적도를 한참 넘어섰다.

하와이 호놀룰루의 좌표는 서경 157도 51분, 북위 21도 18분이다. 위도 상으로는 멕시코시티의 북위가 19도 24분이므로 2도 더 북쪽이다. 하와이와 멕시코 중부를 가로지른다면 평균 북위 20도 내외에 있을 것이다. 아무리 거센 허리케인에 떠밀렸다고 해도 남반구까지 떠밀려가지는 않았을 것이다. 무엇보다도 밤하늘에 떠 있는 북극성이 그가 북반구에 있음을 증명한다. 남반구에서는 북극성, 즉 폴라리스가 보이지 않는다. 남반구에서는 남십자성이 기준점 역할을 한다.

남태평양의 키리바시 해역에서 참치잡이를 할 때는 밤하늘에 비스듬히 떠 있는 남십자성을 항상 보았다. 남십자성 별자리는 남쪽 하늘의 은하수 가운데 위치하고 센타우루스자리와 무스카자리 사이에서 볼 수 있다. 네 개의 별들이 모여 십자가 모양을 이루었기 때문에 붙여진 이름이다. 정확한 십자가 모양은 아니고 오른쪽 델타(δ)별 쪽이 조금 짧다. 선원 중에는 가오리연 같다는 이야기를 하는 사람도 있었다.

북쪽의 감마(γ)별에서 남쪽의 알파(α)별로 선을 그으면 그 방향이 천구의 정남쪽을 가리킨다. 남반구에서는 남극성이 될 만한 눈에 띄는 별이 없기 때문에 남십자성을 바라보고 남극을 찾는다. 그래서 남반구 뱃사람들의 길라잡이 역할을 했다. 남십자성은 적위가 -57도이기 때문에 북위 30도 이남에서만 볼 수 있다. 한국에서는 보이지 않는다. 그러나 육지에서는 차폐물이 많고, 바다에서도 수평선 근처의 별자리는 잘 보이지 않으므로 실제로는 적도 부근에서야 볼 수 있다. 그러므로 항해를 할 때 남십자성이 보이기 시작하면 '남쪽바다에 접어들었구나.' 하는 생각이 들어 이국적인 느낌에 사로잡히곤 했다.

그런데 이담의 눈에 남십자성은 보이지 않았다. 이미 상당히 북쪽으로 떠밀려왔다는 증거다. 반면 북극성은 밤하늘의 중간 아래쪽에 떠 있다. 북극성은 어렸을 때부터 늘 보아왔고 찾는 방법도 쉽기 때문에 금방 알 수 있다. 항해를 할 때 북두칠성과 북극성이 보이면 왠지 고향이 가까워지는 것 같아 마음이 푸근해지곤 했다.

북극성이 보이는 것으로 보아 북반구임에는 틀림없으나 위도와 경도가 어느 정도인지 몹시 궁금했다. 큰 배를 타건 작은 배를 타건 뱃사람들은 늘 자신의 좌표를 중요시한다. 육지에서는 지면과 도로명이 있어 자신의 위치를 쉽게 파악할 수 있다. 하지만 난바다는 위치 표시가 없다. 그냥 물결뿐이다. 근처에 섬이 있으면 그나마 위치를 파악할 수 있지만 텅 빈 수평선이라면 눈 먼 봉사나 다름없다. 그리하여 옛사람들은 바다에서의 위치 파악을 위해 많은 노력을 기울였다. 현대에 들어서는 GPS가 개발되어 위치 파악이 쉬워졌지만 그렇게 되기까지 엄청난 노력이 필요했다. 이담은 내일은 뭔가 도구를 만들어 자신의 위치를 알아봐야겠다고 생각했다.

시계가 없으니 시간에 대해 무감각해진다. 너무 배가 고파 뇌에 영양이 제대로 공급되지 않으니 정신도 몽롱하다. 현실과 상상의 경계가 무너져 잘 구분되지 않는다. 시간에 맞춰 할일도 없으므로 그냥 무기력하게 누워 있을 뿐이다. 이담은 구겨진 신문지처럼 몸을 구부리고 잠이 들었다.

6

솜이불처럼 따뜻한 햇살이 내리쬐었다. 표류 셋째 날이 밝았다. 바다는 간밤에 아무 일도 없었다. 출렁이는 바닷물과 쓰레기 더미. 작열하는 태양. 모든 것이 전날의 풍경과 똑같았다. 하지만 인간이란 참으로 이상하다. 표류 3일째. 최악의 상황이지만 아주 익숙하다. 마치 오래전부터 이곳에 살아온 것 같은 느낌마저 든다. 물론 생존이 극도로 위협받고 있지만 그것조차도 아주 오래전부터 그래왔던 것 같은 생각이 든다.

'육지든 표류의 바다든 생존은 마찬가지다.'

이담은 그런 생각을 했다. 하긴 육지에서의 삶도 늘 표류하는 생활이었다. 무엇 하나 마음먹은 대로 되는 일이 없었다. 처음부터 어긋난 톱니바퀴처럼 제대로 맞물리지 않고 삐거덕거렸다. 동쪽으로 가고자 하면 바람이 북쪽으로 불었고, 들판으로 가고자 하면 산에 와 있었다. 되는 일이 없었기 때문에 '될 대로 되라.'는 자포자기의 심정으로 살기도 했지만 포기조차도 쉽지 않았다. 하여튼 그는 늘 자신의 의지와 상관없는 길을 걸어왔다. 그러더니 급기야 '표류'라니! 정말 헛웃음이 나오지 않을 수 없었다.

'제기랄. 그래도 살아야 한다. 너무 억울해서 죽을 수 없다. 끝까지 살아남는 자가 이기는 것이다.'

이담은 욕지거리를 해대며 그날 해야 할 일을 정리해보았다. 우선

물이 가장 중요하다. 담수증발기를 더 많이 만들어야 한다. 다음에 식량을 확보해야 한다. 난바다에 식량이라고는 물고기밖에 없다. 고기를 잡을 도구를 만들어야 한다. 뗏목도 보다 크게 만들어야 한다. 지금의 페트뗏목은 너무 작고 평평해서 자칫 바다에 굴러 떨어질 수 있다. 배처럼 난간이 있어야 안전하고 물건도 잘 보관할 수 있다. 그리고 위도와 경도를 파악하기 위한 도구를 만들어야겠다고 생각했다. 그 무엇하나 쉬운 일은 없어 보였다. 그러나 생존하기 위해서는 온 쓰레기 더미를 뒤져서라도 재료를 구해야 한다.

이담은 페트뗏목을 저어가면서 모선인 골드피시호를 떠올렸다.

'골드피시호는 나를 찾고 있을까? 아니다. 그런 희망은 없다.'

이처럼 너른 바다에서 갈매기 한 마리보다 더 존재감이 없는 인간을 어떻게 찾아낸단 말인가? 실제로 너른 바다에서 조난자를 찾는 일은 모래밭에서 바늘 찾기보다 더 어렵다. 작은 구명보트 정도는 파도의 너울에 묻혀 수평방향으로는 잘 보이지 않는다. 헬기나 비행기를 띄워 상공에서 찾아도 보일까 말까다. 그것도 날씨가 좋아야 한다. 게다가 골드피시호는 어창에 가득 실은 참치를 빨리 운반해야하기 때문에 아마 선원 실종신고를 하고 제 갈 길을 가버렸을 것이다. 선원사망은 보험처리가 가능하지만 냉동창고의 참치는 무보험이다. 상하면 무조건 버려야 한다.

만약 연안이라면 헬기를 띄울 수 있을 것이다. 조류의 흐름이나 바람의 방향으로 조난자의 위치를 추정하는 표류예측시스템을 가동하여 수색작업을 할 수도 있다. 그러나 여기는 지구에서 가장 넓은 바다인 태평양이다. 누가 여기까지 항공기를 띄우겠는가? 이담은 냉정하게 생각하기로 했다. 기다리는 구원은 오지 않는다. 스스로 살아가야 한다. 그런 생각을 하자 비감해져서 눈물이 삐져나왔다. 하지만 울어봤자 소용없다. 역시 수분만 빠질 뿐이다. 이담은 힘을 주어 뗏목을 저어나갔다.

그런데 이상했다. 페트뗏목을 저어갔는데 이상하게도 해류가 느껴지지 않았다. 대개는 노를 저으면 금방 물살을 느낄 수 있다. 유속이 빠를 때와 느릴 때는 확연히 차이가 있다. 유속이 빠른 곳의 순방향은 키만 잡고 있어도 배가 쑥쑥 나간다. 하지만 역방향일 때는 손바닥이 벗겨질 정도로 노를 저어도 잘 나가지 않는다. 죽방렴을 많이 설치해놓은 남해의 지족해협이나 명량대첩의 진도 울돌목은 물살이 매우 빨라 노를 젓기 매우 힘든 곳이다. 반면 물때가 바뀔 무렵에는 물살이 정지되어 있어 노젓기가 쉽다. 어느 바다든 만조와 간조가 있어 뱃사람들은 노젓기와 항해가 쉬운 물때를 맞춰 바다에 나갔다 돌아오곤 한다.

그러나 이 바다는 달랐다. 물살이 크게 느껴지지 않았다.

'이 바닷물은 흐르지 않는 것일까?'

쓰레기 더미들도 어디론가 흘러가는 것이 아니라 근처에서 서서히 휘돌고 있는 것처럼 보였다. 크게 소용돌이치고 있는 것이다. 아담은 쓰레기 더미들을 헤치며 필요한 물건들을 찾아 올리다 갑자기 한 가지 생각이 떠올랐다.

'혹시, 이곳은?'

매우 불길했다. 문득 머리와 등줄기가 고드름처럼 싸늘해지며 온몸에 소름이 돋았다.

'이곳은 쓰레기섬이 아닐까?'

뭍에서 가까워 쓰레기가 띠를 이루고 있는 것이 아니라 아예 쓰레기 더미가 몰려 있는 곳이 아닐까? 이담은 처음에는 가까운 곳에 육지가 있어 쓰레기가 길게 띠를 이루고 있는 것으로 생각했다. 본래 바닷가에는 들물과 날물이 드나들고 파도가 해안과 부딪히면서 반작용으로 긴 물골을 만든다. 그 물골을 따라 쓰레기 더미가 길게 띠를 이루어 모여 있곤 한다. 태풍이 치면 쓰레기의 양은 어마어마하게 늘어난다. 해변도 쓰레기 천지가 된다. 그는 처음에는 쓰레기골을 헤쳐 나가면 뭍을 발견할 수 있을 것으로 생각했다. 그러나 사흘 동안 관찰 결과, 이 쓰레기 더미는 그런 유형이 아니었다. 긴 띠가 아니라 둥글둥글 뭉쳐 있다. 폭도 너무 크다. 아무리 헤쳐 나가도 끝이 보이지 않는다. 해류도 거의 느껴지지 않는다. 그렇다면?

'혹시 이곳이 바로 북태평양에 있다는 거대한 쓰레기섬이 아닐까?'

그런 생각이 들자 온몸의 맥이 풀려 주저앉아버렸다. 'GPGP.' 한반도 15배 크기라는 거대한 쓰레기섬. 북태평양 한가운데 있다는 엄청난 규모의 플라스틱 쓰레기 섬. 바로 그곳이 아닐까? 증발기에 고인 물을 마시며 생각을 가다듬으려 애썼다.

이담은 배를 탈 때 쉬는 시간에는 주로 선실에서 스마트 폰으로 이 것저것 검색하는 것이 취미였다. 가끔은 외장형 하드디스크에 각종 영화나 다큐멘터리를 저장하여 태블릿PC로 보곤 했다. 그때 북태평양 쓰레기섬에 대한 기사를 본 적 있다. 유조선을 타고 미국산 셰일오일을 싣기 위해 여러 번 태평양을 항해하였으므로 그에 관한 내용을 관심 있게 찾아보았다.

'GPGP'

'GPGP'는 'Great Pacific Garbage Patch'의 약어다. '태평양의 거대한 쓰레기지대'라는 뜻이다. 북태평양 쓰레기 패치의 존재는 1988년 미국 국립해양대기청이 발표한 자료에서 예측되었다. 연구자들은 3년 동안의 연구를 통해 북태평양 해역에서 고농도의 해양 쓰레기가 축적되고 있다는 사실을 발견했다. 나아가 쓰레기 축적이 가속화될 것이라고 예측했다.

우려는 현실로 나타났다. 1997년 북태평양을 항해하던 찰스 무어 선장은 충격적인 장면을 목격했다. 그는 미국에서 1906년에 시작된 유서 깊은 요트경주대회인 트랜스팍(Transpac, Transpacific Yacht Race)에 참가하여 로스앤젤레스에서 하와이까지의 항해를 마치고 캘리포니아로 돌아가던 중이었다. 그와 동료선원들은 고기압의 영향 아래 바람과 파도가 잔잔한 북태평양 환류해역에서 수많은 플라스틱 조각들이 뭉쳐 있는 끔찍한 해역을 지나게 됐다. 그곳을 건너는 일주일 동안, 도처에 떠 있는 페트병·포장지·플라스틱·스티로폼 등과 부닥쳤다. 귀항 후, 무어 선장은 언론에 이에 대한 기사를 썼는데 많은 관심을 끌었다. 이로써 북태평양 쓰레기섬에 관한 존재가 세상에 알려졌다.

지구의 바다에는 5대 환류가 있다. 해류가 순환하여 휘도는 환류를 '자이어(gyre)'라고 한다. 세계적으로 다섯 곳의 자이어가 존재한다.

멕시코만과 남유럽·북아프리카 사이의 북대서양 환류, 남아메리카와 남아프리카 사이의 남대서양 환류, 하와이와 캘리포니아 사이의 북태평양 환류, 오스트레일리아와 남아프리카 사이의 남태평양 환류, 인도양의 인도양 환류 등이 대륙 사이에서 소용돌이치고 있다.

환류는 바닷물을 순환시켜 생태계를 건강하게 만들지만 북태평양 환류처럼 그 중심에 쓰레기를 모아놓기도 한다. 바다를 떠다니던 쓰레기는 자이어를 만나 한곳에 쌓인다. 환류의 중심에는 정도의 차이가 있을 뿐 대부분 쓰레기가 모여 있다. 자이어 다섯 곳 중 두 곳에 쓰레기 섬이 형성되었다. 대표적인 곳이 북태평양 GPGP다. 다른 한 곳은 북대서양 환류지역이다. 다만 인도양 환류에는 쓰레기가 없다고 한다. 역방향으로 부는 강력한 계절풍과 해류가 플라스틱 쓰레기들을 인도양 주변의 모든 해변으로 밀어내기 때문이다. 그 대신 인도양 주변의 해변은 쓰레기 천지다.

무어 선장의 발견 당시 북태평양 환류가 만들어놓은 쓰레기섬은 한반도 7배 크기인 155만 제곱킬로미터로 추정되었다. 그로부터 20년 후, 쓰레기섬의 규모는 한반도 15배로 커졌다.

'이곳이 정말 쓰레기섬일까?'

이담은 불안스런 생각을 떨치지 못하고 일어서서 사방을 둘러보았다. 생존에 필요한 물건을 찾기 위해 깊이 들어왔으므로 주위에는 온통 쓰레기 더미뿐이었다. 찢어진 청바지처럼 군데군데 물구멍이 드러나 보였지만 그것은 아름답고 푸른 바다의 모습과는 거리가 먼 것이었다. 이담은 절망스러웠다.

'어쩌다 이런 쓰레기섬까지 흘러들어왔단 말인가? 나는 정말 지지리도 운이 없는 놈이다. 로빈슨 크루소는 자연자원이 풍부한 무인도에라도 표류했는데 나는 쓰레기섬이라니?'

정말 비참했다. 펑펑 울고 싶었다.

'내가 더 이상 살아야 할 이유가 있나?'

그런 생각을 하니 가슴이 더 답답하고 타는 듯 목이 말랐다. 증발기고 뭐고 걷어차고 싶었다. 죽어버리고 싶었다. 이런 쓰레기섬에서 살아서 무엇 하나? 하지만 죽고 싶지 않다. 여태껏 힘들게 살아왔는데 죽는다면 너무 억울하다. 어머니의 얼굴이 떠올랐다. 이담은 이를 악물었다.

그날은 종일 일을 했다. 생존에 필요한 조건을 조금이라도 더 갖추어야 했다. 재료를 구해서 담수증발기를 두 개 더 만들었다. 증발기를 늘어놓기 위해 페트뗏목의 규모도 더 키워야 했다. 떠다니는 폐목과 페트병, 플라스틱 통을 그물로 얼기설기 엮었다. 파도에 풀리면 안 된다. 단단히 묶기 위해 여러 번 자맥질을 했다. 양쪽에는 역시 폐목과 페트병을 이용해 대략 20센티 높이로 난간을 만들었다. 난간을 만들고 나니 안정감이 들었다.

쓰레기 더미를 헤치다 낚싯바늘을 발견했다. 폐목에 걸려 떠다니는 낚싯줄을 걷어 올렸더니 주낙이었다. 길게 수평으로 뻗치는 모릿줄과 수직으로 내려뜨리는 아릿줄이 달린 것으로 보아 연승어업용이 분명했다. 우리나라에서는 장어·도미·복어 등을 잡을 때 쓴다. 원양에서는 다랑어를 잡을 때 많이 사용한다.

주낙을 얻자마자 낚시를 시작했다. 좋은 미끼가 없었으므로 썩은 물고기와 가짜 미끼도 사용했다. 그렇게 해서 손바닥만 한 붉은색 물고기 몇 마리를 잡을 수 있었다. 열기, 즉 불볼락과 도미 비슷하게 생겼는데 정확한 이름은 알 수 없다. 잡자마자 먹어치웠다. 머리와 내장은 미끼로 남겨두었다.

시간이 후딱 지나갔다. 살기 위해 일에 몰두하면 시간이 빨리 간다. 낮에는 너무 더워서 웃통을 벗고 있었더니 피부가 타서 껍질이 벗겨지기 시작했다. 선크림이 있었으면 좋겠다는 생각을 했다. 물건 중독이다. 인간은 죽는 순간까지도 물건을 생각한다.

종일 생존투쟁을 하다가 문득 날짜를 표시해야겠다는 생각을 했다. 배에서 떨어진지 사흘째다. 앞으로 얼마나 더 표류할지 알 수 없다. 표류 며칠 째인지 어디에든 표시를 하고 싶었다. 마땅한 물건이 없었다. 그래서 난간으로 붙잡아맨 폐목에 선을 긋기로 했다. 하나, 둘, 셋. 플라스틱 조각으로 빡빡 긁어서 금을 그었다. 제발 열 손가락이 넘지 않기를 기도했다.

오후에는 위도를 측정할 수 있는 도구를 만들었다. 위도는 지구 좌표축의 가로선이다. 적도를 중심으로 하여 남북으로 평행하게 그은 씨줄이다. 적도를 0도로 하여 남북으로 각 90도로 나누어 북쪽을 북위, 남쪽을 남위로 표시한다.

대항해시대에는 육분의를 사용하여 위도를 측정했다. 그는 육분의를 학교 실습실에서 보았다. 육분의는 배의 위치를 판단하기 위해 천체와 수평선 사이의 각도를 측정하는 도구다. 렌즈에 눈을 대고 별이나 태양에 초점을 맞추면 하단의 눈금자가 가리키는 위도를 읽을 수 있다. 육분의로 경도까지 측정할 수 있다고 하는데 그것은 불가능하다. 실제로 육분의로 측정할 수 있는 것은 위도나 태양, 달의 고도각뿐이다.

경도는 지구의 세로선이다. 해를 기준으로 지구가 얼마만큼 자전했는지를 나타내는 날줄이다. 경도는 영국 런던 그리니치천문대를 지나는 본초자오선과 지구상 한 지점을 지나는 자오선과의 각도를 잰다. 본초자오선을 중심으로 동서로 나누어 각각 동경 180도, 서경 180도로 정했다.

날줄인 경도의 측정은 항해자들에게 매우 어려운 난제였다. 위도는 정오에 태양의 고도를 재거나 밤에 북극성의 고도를 재면 어느 정도 측정이 가능하다. 하지만 경도 측정은 매우 어렵다. 육지에서는 목표물이 있어 어느 지점의 기준점을 알면 대강의 위치를 계산해 낼 수 있지만 바다에서는 불가능했다. 바다에서 자신의 위치를 파악하지 못하면 장님이나 마찬가지다. 어디로 가는지 알 수 없기 때문에 엉뚱한 곳으로 항해하거나 길을 잃는 경우가 허다했다.

이로 인해 대항해시대에는 경도를 측정하는 방법에 상이 걸렸다. 1572년 스페인의 펠리페 2세가 정확한 경도 측정방법 고안에 처음으로 상금을 걸었다. 하지만 뾰족한 방법이 나오지 않았다. 갈릴레오 갈릴레이, 아이작 뉴턴, 그리고 핼리혜성을 발견한 에드먼드 핼리 등 저명한 천문학자들도 경도 문제를 해결하려고 고심했지만 실패했다.

그러다 결국 큰 사고가 터지고 말았다. 1707년 쇼벨 제독이 이끄는 영국 함대는 프랑스와의 전투를 마치고 귀항하는 중이었다. 그런데 영국 남서부의 자욱한 안개 속에서 경도 계산을 잘못하는 바람에 악명 높은 실리제도의 암초지대로 들어서고 말았다. 안개 속에서 헤매던 군함 4척이 암초에 걸려 침몰하고 말았다. 결국 쇼벨 제독을 포함한 1700여 명이 사망하고 고작 26명만 살아남았다. 영국 최대의 해상재난 사고였다.

영국의회는 사고의 원인이 해상에서의 위치 파악, 즉 경도 측정의 잘못이라고 규정하고 '경도위원회'라는 대책위원회를 구성했다. 1714년 앤 여왕은 경도법을 공표했다. 1/2도 이내로 경도를 정확하게 측정할 수 있는 방법을 제시한 사람에게 2만 파운드를 주겠다고 현상금을 걸었다. 이 금액은 오늘날 100억 원 정도로 매우 큰돈이었다.

위원회는 당시 72세인 아이작 뉴턴에게 조언을 구하기도 했다. 뉴턴은 "한 가지 방법은 정확한 시계를 이용해 배가 위치한 곳의 시간을 알아내는 것입니다. 그러나 아쉽게도 정확한 시계는 아직 만들어지지 않았습니다."라고 말했다. 배가 출발한 모항의 시간과 배가 위치한 곳의 시간 차이를 계산하여 경도를 구하는 방법이었다. 지구는 24시간에 360도 자전하므로 경도 15도는 1시간이다. 거꾸로 동일한 위도 상의 두 점이 1시간 차이가 난다면 배는 경도 15도를 이동했다는 뜻이 된다.

이런 방법이 수학적으로 검증되자 많은 도전자들은 정확한 해상시계인 크로노미터(chronometer)를 만들기 위해 몰두했다. 수많은 아이디어가 나왔지만 번번이 실패했다. 그즈음 시골 목수인 존 해리슨은 경도 측정에 도전해보기로 결심했다. 호기심이 강했던 그는 독학하여 1713년 스무 살 때 진자시계를 완성했다. 1727년에는 두 개의 대형 괘종시계를 만들었는데 한 달에 1초밖에 오차가 나지 않았다. 당시 세계에서 가장 정확한 시계가 하루에 1분의 오차가 났던 것과 비교하면 굉장한 정밀성이었다. 그러나 그의 시계는 경도위원회의 심사를 통과하지 못했다.

그 후 수많은 시행착오와 갈등 끝에 1760년 해리슨은 자신의 야심작인 H-4 시계를 경도위원회에 자랑스럽게 내놓았다. 1761년에 실시된 156일의 시험항해에서 54초의 오차가 나 기준을 통과했지만 위원회는 "그것은 단지 운이었다."고 치부하고 해리슨의 손을 들어주지 않았다.

화가 난 해리슨은 79세의 나이에 자신의 억울함을 국왕 조지 3세에게 호소했다. 국왕이 주재한 시험에서 그의 H-4 시계는 다시 한 번 정확성을 입증했다. 1773년 늙고 지친 해리슨은 나머지 8,750 파운드의 상금을 받았지만 경도상 수상자로 공식 발표되지는 않았다. 전체적으로 해리슨은 크로노미터에 대한 연구로 중간 지불액을 합해 총 23,065파운드를 받았다. 그는 3년 뒤 83세로 사망했다. 무려 70년 동안 정확한 시계 만들기에 헌신한 삶이었다.

영국의 유명한 탐험가인 제임스 쿡 선장은 해리슨의 해상시계를 사용했다. 쿡은 자신의 항해일지에 해리슨의 시계에 대한 칭찬을 가득 담았다. 그로부터 몇 년 지나지 않아 정확한 해상시계는 60파운드만 주면 살 수 있는 물건이 되어 시간혁명을 일으켰다.

이담은 이러한 경도 측정에 관한 이야기를 학교 수업시간에 들었다. 요즘은 위성에서 보내는 신호를 수신해 사용자의 현재 위치를 파악하는 위성항법시스템인 GPS를 통해 정확하게 알아볼 수 있다. 스마트폰에서 구글 어스 앱을 다운받아 사용하면 순식간에 위도·경도 검색이 가능하다. 그러나 그의 스마트 폰은 먹통이다.

경도와 표준시를 이미 알고 있는 정확한 시계를 가지고 있다면 현재 위치의 시차를 계산하여 경도 측정이 얼마든지 가능하다. 그리니치천문대는 0시이고, 대한민국 서울의 표준시는 8시 30분, 동경 127.5도다. 그러므로 서울에서 표준시를 맞춘 시계를 가지고 있다면 서울의 경도와 현재 위치의 시차를 계산하여 경도를 파악할 수 있다. 학교 시험시간에도 경도·위도 모의 계산문제를 풀어본 적이 있으므로 어려운 일이 아니다.

그러나 달랑 옷 하나만 걸친 맨몸의 이담에게는 정확한 시계가 있을 턱이 없다. 나무 막대기를 이용한 해시계로 대충의 시간을 알아볼 수 있지만 표준시를 알지 못하므로 무용지물이다. 더욱이 출렁이는 뗏목 위에서는 해시계조차도 부정확하여 쓸모가 없다. 해가 뜨면 아침, 해가 중천에 떠 있으면 정오, 해가 지면 밤이다.

경도 측정은 어렵다 할지라도 위도는 측정해보고 싶었다. 특정 위치에서 천구북극의 고도는 그 지역의 위도와 같다. 북극성은 적위 +89도 2분으로 천구북극에서 불과 0.8도 떨어져 있다. 그러므로 북극성의 고도를 측정하여 다소 보정을 하면 그 지역의 위도를 구할 수 있다. 육분의 같은 장비를 이용하여 측정하더라도 오차가 있으므로 대략적인 위도를 측정하는 데는 북극성만 한 것이 없다.

이담은 쓰레기 더미를 뒤져 두 개의 얇고 기다란 막대기를 찾아냈다. 두 막대기를 컴퍼스 모양으로 만들기 위해 한쪽 끝을 낚싯줄로 동여맸다. 두 개의 막대기는 크게 벌리거나 작게 오므릴 수 있도록 유연하게 만들었다. 밤이 되어 북극성이 떠오르면 나무로 만든 컴퍼스의 한쪽 다리를 수평선에, 다른 한쪽 다리는 북극성에 맞출 것이다. 그리고 측정 각도가 달라지지 않도록 또 다른 막대기를 가로질러서 고정시켜놓을 계획이었다.

그런 준비를 해놓고 한동안 멍하게 앉아 있었다. 황혼은 그날도 매우 아름다웠지만 감탄스럽지 않았다. 항상 아름다운 것은 아름답지 않을 수 있다. 아름다움은 비교의 대상이다. 더욱이 배가 고프다. 배가 고프니 아름다운 풍경도 눈에 들어오지 않는다. 말하자면 금강산 구경도 식후경이다. 덤덤한 표정으로 노을 진 바다를 바라보았다. 대개 강이나 바다에서는 저녁이 되면 물고기들이 튀어 오른다. 물고기들이 튀어 오르는 이유는 물속의 용존산소가 부족할 때, 수면 위의 먹이를 잡아먹기 위해서, 몸에 달라붙어 있는 기생충 등을 떼어내기 위해서라고 알고 있다. 그런데 이 바다의 물고기는 저녁이 되어도 튀어 오르지 않는다. 죽음의 바다처럼 그냥 고요하다. 하긴 쓰레기 더미 사이로 튀어 오르다간 몸뚱이만 다칠 뿐이다.

모든 배들이 항해의 목적지가 있는 것처럼 이담도 하고 싶은 일이 있었다. 아니다. 중학교 3학년까지는 아무런 목표가 없었다. 오히려 방황하는 말썽꾸러기였다. 어머니가 아버지의 본처가 아니라는 사실을 알고부터, 그리고 자신이 사생아라는 것을 알고 나서 이담은 삐뚤어진 아이가 되었다.

세상 모든 것이 싫었다. 다른 아이들은 가난하더라도 엄마 아빠가 있는 가정에서 웃고 까불고 지내는데 그의 집안은 늘 절간 같았다. 어머니가 워낙 말수가 없는 탓도 있었지만 가난해서 먹고사는 데 급급했기 때문에 생존 이외의 대화가 거의 없었다. 서로의 상처가 되는 말은 금기시되었고 그의 집안은 늘 먹구름 저기압이었다. 자칫 잘못 건드렸다간 거센 비바람과 폭풍이 몰아칠 수 있기 때문에 서로 눈치를 보았다. 조심조심. 이담은 그런 집안 분위기가 싫었지만 역으로 아무도 그를 건드리지 않았기 때문에 제멋대로 행동할 수 있는 자유가 있었다.

아니다. 그것은 방종이었다. 아무도 통제하지 않는 궤도 이탈이었다. 더구나 반항할 원초적인 이유까지 있었으므로 누구도 야단하지 않았다. 공부는 뒷전이었고 하고 싶은 대로 쏘다녔다. 친구들은 가난한 섬마을의 집안일을 돕느라 바빴기 때문에 같이 놀아주는 경우도 많지 않았다. 차라리 자기도 고기잡이를 돕거나 뭔가 힘든 일을 해보고 싶었다. 친구들이 아버지나 삼촌과 함께 배를 타고 나가 큰 고기를 잡았다는 이야기를 무용담처럼 늘어놓을 때면 부럽기까지 했다. 그러나 마을사람들은 잘못 건드리면 쏘이는 고슴도치처럼 사생아인 그를 기피했다. 그는 점점 외톨이가 되어갔다.

이담의 학교는 섬에서 단 하나뿐인 중학교였으므로 남녀공학이었다. 그는 어머니를 닮아 곱상하고 귀티 나는 외모를 가지고 있었다. 사내애들은 그를 "지집애"라고 부르며 놀렸다. 이성에 대해 눈을 뜰 나이, 몇 명의 여자애들이 관심을 보였다.

"야! 무거운데 이것 좀 들어주라."

교실청소를 하기 위해 물을 가득 담은 양동이였다. 그는 그것을 물끄러미 바라보았다.

"야! 힘 두고 뭐하냐? 좀 들어달라고!"

"물을 조금만 담으면 되잖아!"

그는 물 양동이를 발로 차버렸다. 엎질러진 물에 여학생의 치마가 온통 젖었다.

"뭐하는 짓이야!"

주저앉아 울음을 터뜨리는 여학생을 두고 그는 휭하니 자리를 떠버렸다.

"나쁜 놈! 후레자식!"

친구를 위로하는 다른 여학생이 그의 뒤통수에 비수를 날렸다. 그는 실컷 때려주고 싶었으나 그리하지 못했다. 자신의 상처를 더 후벼파고 싶지 않았기 때문이다. 대신에 교실 뒤편으로 가서 주먹에 피가 나도록 나무를 두들겼다. 하루라도 빨리 족쇄와 덫의 섬으로부터 달아나고 싶었다. 넓은 육지로 달려가고 싶었다. 저녁밥을 먹으며 상처가 난 손을 바라본 어머니는 아무 말도 하지 않았다. 측은한 눈빛으로 한숨을 감추며 눈길을 피할 뿐이었다.

숨이 턱턱 막힐 정도로 더운 날씨였다. 그는 공부도 하기 싫고 마땅히 할 일도 없었으므로 바닷가에서 혼자 놀다 저물 무렵 터덜터덜 집으로 돌아왔다. 수묵화처럼 집에는 인기척이 없었다. 가방을 던져놓고 펌프를 품어 벌컥벌컥 물을 마시고 마룻장에 벌렁 누워버렸다. 그런데 방에서 끙끙거리는 신음소리가 들려왔다.

'뭐지?'

문을 벌컥 열었다. 어머니가 배를 움켜쥐고 쓰러져 있었다. 방바닥에는 먹은 것을 게워낸 토사물이 흩어져 있었다.

"어머니! 어머니! 왜 그러세요?"

그는 황급히 방으로 들어가 어머니를 마구 흔들었다.

"끄응! 허억!"

어머니는 다시 음식물을 토해냈다.

"어머니! 어머니! 정신 차리세요."

"끄응! 허억!"

어머니는 손을 내저으며 고통스러워했다.

"어머니! 어머니!"

그는 수돗가로 달려가 물을 한바가지 퍼다 어머니에게 먹였다. 물을 한 모금 마신 어머니는 허억 헛구역질을 하며 다시 토해냈다. 안되겠다는 생각을 했다. 빨리 병원에 가야 한다. 그는 어머니를 들쳐 업었다. 어머니가 이렇게 가벼운 줄은 몰랐다. 등에 어머니를 업고 고샅길을 내달렸다. 병원이 있는 면소재지까지는 대략 십리길이다. 나지막한 고개도 하나 넘어야 한다. 섬에는 택시가 있어 부르면 오기도 하지만 언제 올지 모른다. 택시를 부를 전화도 없다. 달리 방법이 없다. 그냥 업고 달리는 수밖에 없다.

허둥지둥 어머니를 업고 달리다 동네 아주머니를 만났다.

"아야! 왜 그러니?"

"큰일 났어요. 어머니가 아파요. 정신을 못 차려요."

"병원 가려고?"

"네."

"소재지까지 업고 가려고?"

"네. 빨리 가야 해요."

"야! 야! 그렇게 업고 못 간다. 차도 없고. 잠깐만 기다려라. 내가 리야까를 내줄테니 태우고 가라."

아주머니는 집안에서 황급히 손수레를 끌고 왔다. 짐칸에는 담요도 한 장 실려 있었다. 이담과 아주머니는 어머니를 담요로 둘러 수레에 앉혔다.

"조심혀! 빨리 가봐!"

이담은 수레를 끌고 달리기 시작했다. 고샅길을 벗어나 신작로로 들어서자 자못 속도가 붙었다. 아무 생각도 없었다. 잘못하면 어머니가 죽을지도 모른다. 어머니가 죽으면 안 된다. 그러면 나는 완전 고아다. 이담은 엉엉 눈물이 나왔다. 땀과 눈물이 범벅이 되어 눈앞을 가렸다. 고갯길이 힘들지도 않았다. 땀이 비 오듯 쏟아졌지만 빨리 병원에 가야 한다는 생각뿐이었다.

그렇게 삼사십 분을 달린 끝에 면소재지의 병원에 도착했다. 병원이라고 해봐야 온갖 것을 다 진료하는 내과의원이었다. 왕진을 가지 않았는지 나이든 의사가 선풍기 앞에서 바람을 쐬고 있었다. 어머니를 들쳐 업고 들어오는 이담을 의사가 놀라서 맞이했다.

"왜 그러니?"

"어머니가 토하고 정신을 못 차려요."

"얼마나 됐니?"

"몰라요. 학교에 갔다와보니 방에 쓰러져 계셨어요."

'아! 바다에서 놀지 말고 빨리 집으로 올 걸'하는 후회가 밀려왔다. 의사는 어머니의 입을 벌려 이것저것 살펴보더니 주사를 놓기 시작했다. 그리고 다시 입을 벌려 고무호스를 식도로 밀어 넣었다. 세 뼘 가까운 길이의 호스가 입안으로 들어갔다. 아프지 않을까 걱정되었지만 어머니는 별 반응이 없었다. 이어서 식염수를 호스 속으로 흘려 넣었다. 식염수가 반쯤 들어가자 어머니를 뒤집어 호스를 아래로 하고 등을 두드려 위 속의 내용물이 쏟아지게 했다. 지저분한 배출액이 흘러나왔다. 간호사가 용기를 받쳐 배출액을 받아냈다. 의사는 그런 과정을 몇 번이고 반복했다. 위에서 나온 배출액이 거의 투명해질 때까지 식염수를 넣고 받아내는 과정을 반복했다. 그리고 위에서 나온 가검물을 작은 유리판에 옮겨놓고 현미경으로 들여다보았다. 얇은 유리판을 통에 버리고 책상을 탁치며 일어섰다.

"지켜보자."

"괜찮을까요?"

"위를 세척하고 주사를 놓았으니 괜찮아질 것이다. 비브리오 패혈증이다. 여름철에는 조개류를 날 것으로 먹으면 안 된다."

'비브리오 패혈증?' 처음 듣는 단어였다. 나중에 도서관에 가서 찾아봐야겠다는 생각을 했다. 이담은 의원 대기실의 의자에 조신하게 앉아서 기다렸다. 그제야 맥이 풀리며 몹시 피곤했다. 배도 고팠다.

"어떡할 거니? 어머니는 오늘 집으로 갈 수 없다. 내일까지 경과를 봐야 한다. 아빠는 없니?"

"없습니다. 제가 여기에 있겠습니다."

"너 잘 데가 따로 없는데? 침대 아래서 잘래?"

의사는 병상 밑에 있는 기다란 보호자용 간이침대를 가리켰다.

"네."

이담은 "집에 가라."고 하지 않는 의사가 너무 고마웠다.

"김 간호사. 퇴근해요. 이 환자는 내가 간간이 살펴볼 테니까."

의사는 자기 집이 조금 떨어진 곳에 있는 이층집이라는 것, 갑자기 환자의 상태가 안 좋아지면 바로 연락을 하라는 것, 밤 열시쯤 와서 링거를 바꿔주고 상태를 체크할 것이라는 것 등을 일러주고 퇴근하였다. 의원 문을 나서다 의사가 뒤돌아섰다.

"저녁밥을 먹어야지. 먹을 곳이 있니?"

이담은 쭈뼛거리며 대답하지 못했다.

"받아!"

의사가 주머니에서 오천 원짜리 한 장을 꺼내 이담에게 건넸다.

'병원비도 없는데 밥값을 어떻게 받나?'

그런 생각 때문에 선뜻 손이 내밀어지지 않았다. 의사는 이담의 호주머니에 지폐를 쑤셔 넣어주고 뚜벅뚜벅 가버렸다.

"감사합니다."

기어 나오는 목소리로 의사의 등 뒤에 깊숙한 인사를 하면서 굵은 눈물이 뚝뚝 떨어졌다. 의사의 뒷모습이 성자처럼 보였다.

얼마 후, 놀란 누나가 헐레벌떡 달려왔다. 어머니는 조용히 잠들어 있었다. 함께 밤샘을 하겠다는 누나를 "내일 아침 일찍 도시락을 싸가지고 오라."는 말로 설득하여 돌려보냈다. 누나에게 병실을 지키라고 하고 밥을 사먹고 왔다.

그날 밤, 이담은 병상에 누워 있는 어머니를 오래도록 바라보았다. 창백한 얼굴이 너무나 슬퍼 보였다. 갯벌에 빠져 허우적거리는 한 여인이었다. 핏기 없는 어머니의 얼굴은 아름다웠지만 그것이 좋아 보이지는 않았다. '나는 무슨 일이 있어도 어리석은 선택은 하지 않겠다.' 그렇게 되뇌다 침대에 고개를 묻고 잠들어버렸다. 소변을 보기 위해 일어난 어머니가 이담의 어깨를 쓰다듬는 것을 그는 알지 못했다. 다행히 상태가 호전된 어머니는 이튿날 오후에 퇴원했다.

일주일 쯤 지난 후, 이담은 수업을 마치고 면소재지의 내과에 들렀다. 의원에는 할머니 할아버지 두엇이 대기하고 있었다. 차례가 오자 이담은 의사를 마주했다.

"왜 왔니? 어머니는 괜찮으시냐?"

"네."

"다행이다. 여름에는 날회나 조개류를 먹으면 안 된다. 패혈증에 걸릴 수 있다. 잘못하면 죽는다."

"네. 알겠습니다."

"왜? 약 타러 왔니?"

"아니요."

"그럼 왜?"

이담은 몹시 망설이며 쭈뼛거렸다.

"저… 의사가 되려면 어떡해야 하나요?"

"허."

나이든 의사는 안경 너머로 이담을 빤히 바라보았다.

"의사가 되고 싶다고?"

의사는 바람 빠진 헛웃음을 웃었다.

"네."

"공부를 열심히 해야지. 쉽지는 않다. 이 섬마을에서….."

의사는 등을 두드리며 공부를 열심히 하라는 말만 반복했다.

"가끔 놀러 오거라. 청소도 좀 해주고….."

그날 이후, 이담은 말수가 더욱 적어졌다. 뭔가 골똘히 생각하는 시간이 많아졌다. 그리고 팽개쳐놓은 책을 찾아 맹렬하게 공부하기 시작했다.

홀로 떠 있는 밤바다는 무섭도록 외롭다. 또한 밤이 너무 길다. 큰 배를 타고 항해할 때는 외롭다는 생각은 거의 하지 않았다. 동료선원도 많고 바쁘다. 무엇보다도 불빛이 있다. 육상과 마찬가지로 그냥 근무

한다는 느낌이다. 하지만 맨몸으로 표류하는 바다는 바로 죽음의 가장 자리에 놓여 있다. 아무도 없다. 불빛도 없는 암흑천지다. 순식간에 끝장날 수 있다. 그리고 아무런 흔적도 남지 않을 것이다.

위도를 측정하기로 했다. 정확하지는 않더라도 자신이 어디에 있는지 좌표를 알고 싶었다. 밤하늘에는 여전히 수많은 별들이 떠 있다. 학교 다닐 때 천체관측 동아리에 가입하여 활동한 적이 있다. 동아리 이름이 '별이 빛나는 밤에'여서 주제가인 윤항기 가수의 '별이 빛나는 밤에'를 수도 없이 불렀다. 동아리방에는 빈센트 반 고흐의 '별이 빛나는 밤' 아트포스터가 걸려 있기도 했다. 돈이 없어서 개인 망원경을 사지는 못했지만 동아리가 보유한 미국 셀레스트론(Celestron)사의 꽤 비싼 망원경과 굴절망원경 등을 들고 김해천문대를 비롯한 여러 곳을 다녔다. 그때는 정말 좋았다. 밤하늘을 보고 있으면 지구에서 일어나는 일들이 모두 하찮게 여겨졌다. 광막한 우주를 생각하면 사생아 따위는 정말 아무 일도 아니다.

우주에는 약 1천억 개의 은하가 있다 한다. 각 은하마다 약 1천억 개의 별이 있다. 그러므로 우주에는 대략 10의 22승이나 되는 별이 있다. 일상적인 숫자로는 셀 수 없다. 가히 '천문학적인 숫자'다. 더 많을지도 모른다. 다중우주와 평행우주이론이 맞는다면 인도에서 말하는 10의 60승이 되는 나유타만큼의 별이 있을지도 모른다. 지구는 그 많은 별 중의 하나다. 거의 무한대 분의 1이다. 사실 수학적으로 지구의 존재는 있으나마나다. 매 순간 어디선가 별들이 탄생하고, 또한 사라진다. 지구가 사라진다 해도 무한대의 상수는 바뀌지 않는다. 결국 우주에 아무런 영향도 미치지 못한다.

그 지구에 약 76억 명의 인간이 산다. 이담은 76억 분의 1이다. 인류의 삶을 좌우지하는 중요한 인물도 아니다. 타인에 대한 영향력도 전혀 없는 미약한 인간일 뿐이다. 무한대 분의 1을 다시 76억으로 나눈다면 이담은 정말 있으나마나한 존재다. 그가 쓰레기 바다에서 물에 빠져 죽는다 해도 지구는, 우주는 아무 일도 없다. 바닷가의 돌멩이 하나가 물속에 빠졌을 뿐이다. 그런 생각을 하니 슬프기보다는 담담한 생각이 들었다.

하지만 그는 '1'을 가지고 있다. 무는 아니다. '1'을 가지고 있으므로 존재를 표현할 수 있다. 너무나 소중한 '1'을 가지고 있으므로 우주에 대해 자신 있게 소리칠 수 있다.

"나는 살아 있다! 나는 반드시 살아남을 것이다!"

북태평양의 밤하늘은 신비롭다. 특히 주변에 큰 도시가 없어 천체 관측에 매우 유리하다. 하와이에는 마우나 케아(Mauna Kea)산이 있다. 해발 4,205미터의 휴화산 정상에 천문대가 있다. 지구 대기권의 중간쯤에 위치하여 빛이 대기에 흡수되는 것을 상당부분 막아준다. 대기가 매우 건조하여 천체 관측에 천혜의 조건을 갖추고 있다. 이러한 장점때문에 11개국에서 13개 망원경을 운영하고 있다. 하와이에 기항할 때마다 가보고 싶었으나 뜻을 이루지 못해 아쉬웠다.

밤하늘을 올려다본다. 무수한 별들이 보인다. 한국에서 볼 때보다 별자리가 오른쪽으로 치우쳐 있다. 육안으로 관측되는 별자리는 대부분 수만 광년 이상 떨어져 있는 것들이다.

정중앙에 목동자리가 있다. 알파별 아르크투르스는 1등성으로 북반구에서 가장 밝은 별이다. 전체 밤하늘에서는 시리우스, 카노푸스, 센타우루스 알파별 다음으로 네 번째 밝은 별이다. 그 왼쪽 옆에는 헤라클레스자리가 힘자랑을 하고 있다. 헤라클레스자리에는 북반구 하늘에서 가장 밝고 멋진 구상성단 M13이 가스등처럼 빛나고 있다. 빤짝빤짝 보석처럼 빛나는 M13 구상성단에는 30여 만 개나 되는 별들이 밀집돼 있다하니 놀랍기만 하다.

헤라클레스 왼쪽 위에 여름철 대삼각형이 있다. 거문고자리의 베가, 독수리자리의 알타이르, 백조자리의 데네브로 연결되는 거대한 삼각형이다. 여름철 북반구 밤하늘에서 쉽게 볼 수 있는 밝은 별 세 개로 길잡이 역할을 한다. 대삼각형 중 독수리자리 알타이르에는 견우성을, 거문고자리 베가에는 직녀성이라는 이름을 붙여 안타까운 설화를 만들어냈다. 두 별이 칠월칠석날 만난다는 설화는 별자리가 천구 중앙으로 이동하면서 느껴지는 착시현상이다.

오른쪽으로 가면 사자자리가 있다. 가운데의 레굴루스는 1등성으로 밝게 빛난다. 레굴루스 좌우에는 화성과 토성이 있는데 주의 깊게 관찰하지 않으면 놓친다. 목동자리 알파별 아르크투르스 아래쪽에는 처녀자리가 있다. 옆으로 길게 누운 곡물의 여신이 보리 이삭을 들고 있는 곳에 위치한 1등성이 스피카다. 밝은 은빛의 스피카는 처녀라는 이름에 어울리게 청순한 느낌을 준다.

아르크투르스의 일곱 시 방향 아래쪽에는 전갈자리가 있다. 남쪽 수평선 부근에서 볼 수 있으며 S자 모양 위쪽에 있는 알파별 안타레스는 1등성이다. 붉은 색을 띠고 있어 '화성의 라이벌'이라는 별명을 가지고 있다. 그 옆에는 궁수자리가 있다. 궁수자리는 주전자처럼 생겼다. 궁수자리 아랫부분 세 시 방향에 우리 은하계의 중심이 있다. 태양계는 은하 중심으로부터 3만 광년 정도 떨어진 가장자리에 위치해 있다. 광막한 우주에서 우리 지구는 단지 한 개의 점에 불과한 작은 별일뿐이다. 그런데 그 별에 다른 별을 바라보는 생명체가 있다.

남쪽 하늘에서 가장 밝게 빛나는 큰개자리의 알파별 시리우스와 남십자성은 보이지 않는다. 하와이에서 날씨에 따라 어쩌다 볼 수 있는 시리우스를 볼 수 없다는 것은 거기보다 더 북쪽으로 이동했다는 뜻이다.

목표인 북극성을 찾기로 했다. 북극성은 카시오페이아와 북두칠성의 중간에 위치해 있다. 북두칠성은 큰곰자리의 등과 꼬리 부분에 있는 일곱 개의 별이다. 그 모양이 국자처럼 생겨서 온갖 상상력을 자극한다. 일곱 개의 별 모두 2등성 내외의 밝은 별이므로 육안으로도 쉽게 찾을 수 있다. 국자의 국물이 흘러내리는 부분에 위치한 베타(β)별로부터 알파(α)별로 직선을 그으면, 두 별의 각거리를 다섯 배쯤 연장한 곳에 북극성이 있다.

북두칠성은 북극성을 중심으로 시계 반대방향으로 돈다. 한 시간에 15도씩 돈다. 낮에는 안보이지만 저녁 7시쯤에는 북극성 위에 있다. 국자가 뒤집어져 국물이 쏟아질 것 같은 모양으로 수평이다. 새벽 1시쯤에는 북극성 왼쪽에 위치하며 국자가 아래쪽으로 수직이다. 오전 7시가 되면 북극성 아래쪽에 수평으로 국자가 가장 안정적인 모양을 이룬다.

카시오페이아는 항상 북두칠성의 반대쪽에 있다. W자 모양을 이루고 있어 쉽게 찾을 수 있다. 카시오페이아 자리의 알파(α)와 베타(β)별, 엡실론(ε)과 델타(δ)별을 연결한 연장선이 만나는 점과 가운데 별인 감마(γ)별을 이은 각거리를 다섯 배쯤 연장한 곳에 북극성이 있다.

북극성은 작은곰자리의 알파(α)별이다. 적위 +89도 2분으로 천구 북극에서 불과 58분 떨어져 있으므로 정북에 가깝다. 2.5등성의 비교적 밝은 별이기 때문에 찾기 쉬워 예로부터 방위의 기준이 되었다. 이런 정도의 별자리 찾기는 뱃사람의 기본이다. 이담도 익숙하게 북극성을 찾아냈다. 항해를 할 때 북두칠성과 북극성이 보이면 왠지 고향이 가까워지는 것 같아 마음이 푸근해지곤 했다.

이담은 낮에 만들어놓은 나무 컴퍼스를 꺼냈다. 한쪽 다리를 어렴풋이 보이는 수평선에, 다른 한쪽 다리는 북극성에 맞췄다. 뗏목이 출렁거리므로 오차를 줄이기 위해 같은 동작을 여러 번 반복했다. 이어서 측정 각도가 달라지지 않도록 다른 막대기를 가로질러 고정시켰다. 내일 낮에 측정 각도를 계산해보기로 했다.

별자리를 살펴보니 대략 밤 열시쯤 된 듯하다. 또 하루가 지나갔다. 만약 표류하고 있는 곳이 정말 북태평양 쓰레기섬이라면 어찌해야 되나 하는 걱정이 들었다. 문득 대학 수능시험을 준비하며 언어영역 지문으로 읽은 영국 시인 T. S. 엘리엇의 「황무지 The Waste Land」라는 시가 생각났다. '4월은 가장 잔인한 달'로 시작되는 그 유명한 시의 서문에 이런 구절이 있다. '나는 쿠마에서 무녀가 항아리 안에 매달려 있는 것을 직접 내 눈으로 보았다. 그때 아이들이 "무녀 당신의 소원이 무엇이요?"라고 물었다. 그녀는 "나는 죽고 싶다."라고 대답했다.'

이담은 이런 쓰레기섬에서 사느니 차라리 죽고 싶다는 생각을 했다. 이곳이야말로 바다의 황무지인 '쓰레기 랜드—쓰랜드'라는 생각이 들었다. 참담한 기분이었다. 비참함에 잠겨 그는 찌그러진 페트병처럼 잠들었다.

8

표류 4일째. 처음으로 일출을 보았다. 수평선 위로 떠오르는 태양보다 더 일찍 잠이 깼다. 이담은 어머니가 아침의 태양보다 늦게 일어나는 것을 본 적이 없다. 어머니는 언제나 태양보다 일찍 일어나 태양보다 훨씬 더 늦게 잠들곤 했다. 장기 승선을 할 때는 일출을 자주 보았지만 여기서는 처음이다. 어디서건 수평선에서 떠오르는 태양의 모습은 장엄하다. 이글거리는 붉은 덩어리는 살아 있다. 살아서 하늘길을 쑥 쑥 걷는다. 태양이 떠오른다는 것은 지구의 하루가 또 시작되었다는 것을 뜻한다. 어젯밤보다 기분이 좀 더 나아졌다. 태양을 보면 다시 살고 싶다는 생각이 든다.

이담이 눈을 떠서 가장 먼저 한 일은 나무토막에 금을 그어 날짜를 표시하는 것이었다. 아침에 표시하지 않으면 나중에는 헷갈려서 빼먹거나 두 번 표시할 수 있다. 쓰레기 더미에 빠진 지 나흘째, 여기가 어디든 규칙적인 생활을 하기로 했다. 살아남으려면 일을 해야 한다. 일 자체가 생존투쟁이다. 더욱이 여기서는 무에서 유를 창조해야 한다. 만약 무인도라면 얼마든지 살아남을 자신이 있다. 그러나 여기는 아무것도 없는 망망대해다. 아니다. 아무것도 없는 것은 아니다. 쓰레기 더미는 있다. 그렇다면 이 쓰레기로 살아남아야 한다. 나아가 반드시 이 쓰랜드를 탈출해야 한다.

이담은 전날 계획했던 일 하나를 추진하기로 했다. 페트뗏목 하나를 더 만드는 일이었다. 살려고 하니까 물건이 하나씩 늘기 시작했다. 담수증발기 개수가 늘어나고, 낚시도구가 늘어나고, 물통이 늘어나고, 덮개비닐이 늘어났다. 그물 쪼가리가 늘어나고, 플라스틱 조각이 늘어나고, 노끈이 늘어났다. 도시에서 생활하다 보면 물건이 자연스레 늘어난다. 불필요한 물건을 버리고 간소하게 살려고 해도 생각처럼 쉽지 않다. 아까워서, 나중에 쓸 일이 있을까 봐 버리지 못한다. 그러다 보면 집 안이 온통 잡동사니 투성이다. 종국에는 물건에 치여서 살게 된다. 지나고 보면 다 쓰레기다. 결국 쓰레기를 만들어내다가 쓰레기에 묻혀서 쓰레기처럼 죽는 것이다. 그래도 인간은 물건을 버리지 못한다. 편리하게 살아야 한다는 강박관념과 저장이라는 잘못된 진화 때문에 엄청난 물건을 만들어낸다.

이담도 마찬가지였다. 살아남기 위해서 여러 물건을 장만하다 보니 페트뗏목이 좁았다. 좁은 뗏목에서 생활하려니 불편하고 더 많은 물건이 필요했다. 그래서 페트뗏목 하나를 더 만들기로 했다. 말하자면 집 한 채를 더 짓기로 한 것이다. 새로 지을 집은 물건을 잘 보관할 수 있도록 튼튼하게 짓기로 했다.

쓰레기 더미를 열심히 헤치며 페트병과 플라스틱 통, 나무토막, 그물끈 등을 모았다. 그것들을 엮어서 뗏목을 만들기 시작했다. 새로운 페트뗏목은 물건들이 유실되지 않도록 난간을 높이기로 했다. 말하자면 갈대바구니처럼 만들 생각이었다. 길이는 자신의 키보다 조금 더 길게, 너비는 양팔 간격 정도로 구상했다. 페트병과 플라스틱통은 주둥이 부분을 그물끈으로 단단하게 묶어 풀어지지 않게 했다. 전체적으로 뗏목의 모양을 유지시키고 내구력을 높이기 위해 떠다니는 길고 단단한 목재를 용골로 사용했다. 용골을 중심으로 칸칸마다 나무를 묶어 늑골로 사용했다. 갈비뼈처럼 가로지른 늑골 사이사이에 페트병을 촘촘히 묶어 흩어지지 않게 했다. 만약 이순신 장군처럼 거북선을 만들 수 있다면 얼마나 좋을까? 복원력이 뛰어나고 태풍도 잘 견딜 것이다.

하지만 재료가 없다. 최악의 상황에서도 위기를 극복한 이순신 장군을 떠올리며 최대한 튼튼하게 만들려고 노력했다. 단 하루에 끝낼 수 있는 일이 아니었으므로 여러 날에 걸쳐 완성하기로 했다.

이담은 쓰레기 바다를 헤치고 다니면서 몇 가지 특징을 발견했다. 우선 대부분의 쓰레기와 부유물이 '먹는 것'과 관계있었다. 가장 많은 비중을 차지하는 것은 페트병과 플라스틱용기였다. 그것들의 대부분은 음료수와 식품을 담는 용기였다. 비닐봉지와 파우치도 많았다. 이것도 먹는 것의 포장이었다.

스티로폼도 많았다. 포장용 스티로폼은 두께가 얇아 잘게 부서진 조각들이 많았다. 양식용 스티로폼은 1미터 정도로 큰 것도 있었고 끈으로 묶여 있었다. 원통형 스티로폼 부이(buoy)는 모서리가 둥글게 닳아 마치 커다란 알약 캡슐처럼 보였다. 검은색 공 모양의 부표도 많이 떠다녔다. 버려진 폐그물과 어구들도 많았다.

얼마 전 방문했던 남해의 고향바다가 떠올랐다. 어렸을 때 놀던 바닷가는 온통 쓰레기 천지였다. 온갖 종류의 쓰레기가 파도에 밀려와 해변을 뒤덮고 있었다. 그중에서도 가장 많이 눈에 띤 것은 스티로폼이었다. 거뭇거뭇 오염돼 있는 스티로폼 더미를 보고 있으려니 한숨이 나왔다. 그 바다에 다시는 자맥질할 수 없을 것 같았다. 실제로 바닷가에서 노는 아이들도 전혀 보이지 않았다.

파도에 휩쓸려 들어오는 쓰레기의 상당부분은 '먹거리'와 연관된 것들이었다. 하긴 인간처럼 많이 먹는 동물도 없다. 인간은 배가 불러도 먹는다. 먹고 또 먹고 또 먹는다. 동물은 비만이 되면 생태계에서 약자로 전락하여 생존을 위협받기 때문에 필요한 만큼만 먹는다. 재빨리 도망가야 하기 때문에 몸을 가볍게 만든다. 그러나 최상위 지배종인 인간은 무한한 포식자다. 도망갈 필요성을 느끼지 않기 때문에 꾸역꾸역 먹고 또 먹는다.

언제부턴가 TV프로그램에서는 '먹방'이 '대세'로 자리 잡았다. 음식을 먹는 방송프로그램을 지칭하는 먹방은 전 세계적으로 인기를 끄는 콘텐츠다. 채널을 돌리면 여기서도 먹방, 저기서도 쿡방이다. 인간은 지독하게 먹고 또 먹는다. 입이 찢어지게 먹는다. "맛있다!" "맛있다!"를 연발하며 "당신도 먹어봐라!" "이것은 꼭 먹어봐야 한다."고 강조한다. 그것을 보며 입맛을 다시고 깔깔댄다. 아프리카와 빈국에서는 수많은 사람들이 굶어죽지만 별로 관심 없다. 이담은 때로 꾸역꾸역 먹기만 하는 먹방 사람들을 보며 토하고 싶었다.

미국에서는 일 년에 약 200억 개의 핫도그를 소비한다. 인간에게 먹는다는 것은 이제 생존이 아니라 유희다. 살이 쪄도 거동이 불편해도 계속 먹는다. 그리고 먹거리에서 발생된 쓰레기를 대책 없이 버린다. 76억 인구가 쉴 새 없이 먹고 버린다. 내일 먹어야 할 것만 생각하고, 먹고 난 쓰레기는 전혀 관심 없다. '누군가 치우겠지.' 자기 일이 아니다. 먹고 버린 쓰레기의 대부분은 자연에서 생분해되지 않는다.

먹는 것 다음은 생활 쓰레기들이었다. 평범한 집안에서 볼 수 있는 모든 살림살이의 조각들이 바다에 떠 있었다. 플라스틱 기물·자동차 용품·화장품·옷·장난감·학용품·인형과 온갖 잡동사니들이 섞여 있었다. 심지어 어느 가정에서 깔깔거리며 보았을 TV·컴퓨터 모니터와 열심히 두드렸을 키보드도 있었다.

쓰랜드의 또 다른 특징은 동아시아의 쓰레기가 많다는 사실이었다. 북태평양 해류가 동아시아의 쓰레기를 쓸어온 것이다. 쓰레기에 붙어 있는 상표와 제조국을 보면 일본제품이 반 이상이었다. 일본열도가 태평양에 접해 있어 쓰레기를 방출하고 있었다. 그다음이 '세계의 공장'인 'MADE IN CHINA'였다. 양식장에서 쓰는 검은색의 부표는 대부분 중국제였다. 간간히 'MADE IN KOREA'도 눈에 띄었다. 매우 부끄러웠다. 한국인의 1인당 플라스틱 소비량이 세계 1위라는 뉴스를 본 기억도 떠올랐다.

쓰랜드에는 엄청나게 많은 쓰레기들이 떠다니고 있었다. 실제로는 이보다 수만 배 많은 쓰레기들이 있을 것이다. 금속이나 무거운 물건들은 이미 바닷속에 가라앉아버렸다. 해저에도 엄청나게 많은 쓰레기가 쌓여 있을 것이다. 바다 위나 바닷속이나 쓰레기 천지다.

이담이 살아온 도시는 거대한 쓰레기장이었다. 골목에는 쓰레기가 넘쳐나고, 수많은 건물 속에는 어마어마한 잡동사니와 쓰레기가 들어차 있었다. 만약 건물 전체를 투명하게 들여다볼 수 있다면 "저게 집이냐? 쓰레기장이지." 그런 말이 저절로 나올 것 같았다. 그럼에도 인간은 쓰레기 더미 속에서 잘도 산다. 쉴 새 없이 머지않아 쓰레기가 될 물건을 대량 생산하면서, 치우고, 폐기하고, 또 만들어내고, 편리하다고 자위하면서 살아간다. 더 많은 물건을 사지 못해 안달을 한다. 이제 쓰레기는 인간의 일상이다. 히말라야 고봉에도 쓰레기가 발에 밟힌다고 하니 최후의 보루마저 무너져버린 느낌이다.

불과 1백년 사이에 지구는 쓰레기별이 되어버렸다. 46억년 지구 역사 중 최근 1백 년 동안 인간은 지구별을 철저히 쓰레기로 만들어버렸다. 지구의 사생아인 인간은 쓰레기를 무한 복제하다가 마침내 쓰레기의 노예가 되어버렸다. 이제 인간은 쓰레기를 통제할 능력을 잃어버렸다. 앞으로 쓰레기를 전혀 발생시키지 않는다고 전제할 때, 지구의 쓰레기를 모두 없애는 데 무려 10만 년이 걸린다고 한다. 그때까지 인류가 살아 있을지 의문이다. 낙원은 사라졌다. 인류는 결국 쓰레기 때문에 멸종할 것이다. 쓰레기 사이에 누워 있는 인류의 두개골을 발굴하게 될 것이다. 두개골의 입과 눈구멍에는 쓰레기가 가득할 것이다.

창고뗏목을 만드는 중간에 가끔 바닷속에 쳐놓은 그물을 걷어 올렸다. 번번이 허탕쳤지만 어쩌다 물고기가 걸려 올라왔다. 잡은 물고기는 즉시 먹어치웠다. 미끼가 시원찮아서인지 낚시는 잘 되지 않았다. 낚시는 역시 기복이 심하다. 연안에서도 낚시 바늘을 집어넣기만 하면 고기가 올라올 때가 있고, 하루 종일 공칠 때가 있다. 낚시는 조수의 물 때와 고기떼가 몰려 있는 포인트가 중요하다.

아침부터 창고용 페트뗏목을 만들었기 때문에 피곤했다. 건조 중인

뗏목이 떠내려가지 않게 두 개의 뗏목을 단단히 연결했다. 햇빛이 너무 강력해 살갗이 타들어갈 것 같았다. 나무막대기와 비닐을 구해 차일을 쳤다. 그늘에 몸을 가렸더니 한결 나아졌다. 이담은 작업을 멈추고 벌렁 드러누웠다.

구름이 없는 하늘에 문득 두 줄기 하얀 선이 보인다. 비행운이었다. 제트비행기가 하늘을 발톱으로 긁으며 서쪽으로 날아가고 있었다. 이담은 벌떡 일어나 팔을 마구 흔들었다. 열심히 흔들었지만 비행기는 제 길을 갈 뿐이었다. 쓸데없는 짓이다. 그는 주저앉았다. 비행운이 생기는 8천 미터 상공에서 바다를 바라본다면 작은 뗏목 따위는 점도 아니다. 그냥 바다일 뿐이다.

다시 누워 하늘을 바라보았다. 비행기는 두 줄기 하얀 스프레이를 계속 뿌리며 둥근 호선으로 날아갔다. 선분의 끝부분은 솜사탕처럼 부풀었다 흩어져버렸다. 높은 하늘의 비행기를 보고 있자니 묘한 감정이 들었다. 며칠 만에 처음 보는 사람의 자취였다. 이 쓰레기 바다 위에도 누군가 있다. 저 비행기를 타면 집에 갈 수 있다. 하지만 비행기는 너무 높다. 희망과 절망감이 교차하며 가슴이 저려왔다. 예전에도 그런 때가 있었다.

어머니의 급작스런 병 이후에 이담은 딴사람이 되었다. 말수가 매우 적어졌고 공부에 매진했다.

"기초가 중요하다."

일주일에 한 번씩 청소하러 가는 면소재지 김 내과 의사가 그렇게 말했다.

'기초? 까짓것 그게 뭐 그리 중요해? 그냥 열심히 하면 되지.'

교만한 마음에 그렇게 생각했다. 그러나 공부는 그게 아니었다. 공부를 제법하고 연습문제를 풀어보았지만 정답을 반도 못 맞혔다. 마음이 급하다고 바늘허리에 실을 매어 쓸 일이 아니었다. 진도를 따라 잡거나 성적을 올려야겠다는 조급함을 제쳐두고 기초를 다지는 방향으로 전략을 바꿨다. 나름대로 계획을 세워 차근차근 한 단계씩 나아갔다. 지루하고 능률이 오르지 않을 때는 운동을 했다. 그렇게 중학교를 졸업했다. 성적은 중간을 살짝 넘었지만 개의치 않았다.

섬에서 하나뿐인 고등학교에 진학했다. 1학년 1학기 기말고사를 마치고 받아든 성적표는 매우 고무적인 것이었다. 반에서 3등, 전체에서 10등 안에 들었다. 공부에 자신감이 붙었다. 1학년 2학기 때는 전체에서 3등을 기록했다. 모두 놀랐다.

그 무렵 세 살 위의 누나는 고등학교를 이미 졸업한 상태였다. 섬에 일자리가 많지 않았으므로 남해읍의 작은 수산회사에 취업했다. 경리 업무와 온갖 허드렛일을 도맡아 했다. 월급은 적었지만 가계에 정기적인 수입이 생겼으므로 형편이 조금 나아졌다. 집안에서 웃음소리가 들리곤 했다. 가끔 기름에 튀긴 통닭을 먹기도 했다.

"얘야! 엄마랑 얘기 좀 할까?"

어느 날, 학교에서 늦게까지 자습을 하고 집에 돌아왔을 때 어머니가 이담을 불렀다. 좀처럼 자식을 따로 부르는 일이 없는 어머니였으므로 불안한 마음이 생겼다.

"우리 서울로 이사 가면 어떨까?"

"네? 서울로요?"

딴생각을 하고 걷다가 전신주에 머리를 부딪친 것처럼 띵했다. 한 번도 생각해 보지 않은 일이었다. 육지로 달아나고 싶은 생각은 많이 했지만 그럴 용기는 없었다. 갑작스런 '서울'이라는 단어가 충격으로 다가왔다.

"그래. 서울로 이사 갈까?"

"왜요?"

"얼마 전 김 내과 원장님을 만났단다. 그분이 너의 희망은 알겠는데 그 정도 실력으로는 의대에 갈 수 없다더라. 의대에 가고 싶으면 서울에 가서 좋은 선생 밑에서 공부하고, 학원도 다녀야 한다더라."

말은 안 했지만 어머니는 많이 고민한 표정이 역력했다. 머리가 복잡했다.

"그리고 네 누나 사정도 좋지 않다. 섬에 괜찮은 일자리가 없다. 좋은 일자리를 얻어 안정된 생활을 하려면 서울로 가야 한다."

"돈이 없잖아요?"

이담은 단도직입적으로 물었다.

"내가 알아서 하마."

"엄마, 괜히 고생시키기 싫어요."

뒤얽힌 그물 같은 복잡한 생각들이 일시에 몰려왔다.

"오늘 당장 결정할 일은 아니다. 차츰 생각해보려무나."

하지만 어머니는 이미 결정한 듯한 표정이었다.

이담의 가족이 서울행을 최종 결정하는 데는 시간이 그리 오래 걸리지 않았다. 섬의 세간살이라고 해봤자 1톤 트럭도 안 되었다. 고등학교 1학년 겨울방학 때 세 식구는 서울 봉천동 달동네로 이사했다. 언덕배기에 굴껍데기처럼 다닥다닥 붙은 시멘트집의 풍경은 따뜻한 남쪽마을과는 너무나 달랐다. 낡은 도배지의 바람벽에서는 황소바람이 숭숭 들어왔다.

'나는 공부하러 온 것이다.'

이담은 개의치 않았다. 서울시 관악구의 고등학교로 전학했다. 어느 하루 일부러 시간을 내어 서울대학교에 가보았다. 한글 자음 ㄱ·ㅅ·ㄷ을 겹친 '샤' 글자 모양의 교문을 바라보며 가슴이 뛰었다. '이 대학에 입학할 수 있으면 얼마나 행복할까?' 웃으며 학교 교문을 드나드는 학생들이 한없이 부러웠다.

서울로 이사 와서 어머니는 이런 당부를 했다.

"여기는 서울이다. 남쪽 고향과 너무 다르다. 힘들 것이다. 하지만 품위를 잃지 마라. 너희 선조는 비록 남해에 유배를 왔지만 예와 의를 잃지 않았다. 너희들은 그 자손이다. 아무리 어려운 상황이 되더라도 재물을 탐하지 말고, 도리에 어긋난 행동을 하지 마라."

어머니는 가끔 자신의 뿌리가 멀리 서포 김만중에 닿아 있다는 이야기를 하며 '품위를 잃지 마라.'고 강조하곤 했다. 서포 김만중이야 교과서에서 배웠지만 수백 년도 더 지난 선조를 거론하는 것이 가슴에 꽂히지는 않았다.

이담은 낯선 환경에 적응해가며 학습에 몰두했다. 서울의 공부 잘하는 학생들을 따라 잡기는 어려웠지만 고등학교 졸업 때는 내신 10% 안에 들었다. 대학수학능력시험도 괜찮게 치렀으나 의대 진학에는 못 미치는 점수였다. 다른 대학교의 공과대학에 합격했으나 간단하게 포기하고 재수를 선택했다.

재수 시절에는 학원 종합반에 다닐 형편이 안 되어 혼자 공부를 하고, 부족한 과목만 학원 강좌를 수강했다. 모의고사 성적도 잘 나와서 대학수학능력시험을 기대했다. 그러나 주요과목에서 몇 문제 실수를 하고 말았다. 실수도 실력이다. 결국 의대 입학에 다시 실패했다.

"삼수를 하고 싶으면 해도 좋다."

낙담한 아들에게 어머니는 담담하게 말했다.

"너무 죄송합니다. 돈만 쓰고 있네요."

"굶어 죽지는 않는다. 너는 아직 돈을 벌 때가 아니다."

이담은 재수 실패로 기가 푹 꺾였으나 마지막으로 한 번 더 도전하기로 했다. 여러 해 공부했으므로 부족한 과목의 보충에 치중했다. 세 번째 수능시험에서는 좋은 성적을 얻었다. 낙방이 두려웠으므로 지방 의과대학 세 군데에 원서를 넣고, 서울의 공과대학에도 지원했다. 마지막으로 어디를 지망할까 고민하다 국립 한국해양대학교 해사대학에 원서를 넣었다. 그가 해양대에 지원하게 된 것은 아주 우연이었다. 고향 친구를 만났는데 그가 멋진 마린 교복을 입고 나타났다. 항해사가 되기 위해 해양대를 다닌다는 것이었다.

"우리 학교 전부 공짜야!"

"정말?"

"전액 국비야!"

이담은 해사대학은 학비가 전액 국비로 지원된다는 말에 귀가 솔깃했다. 의대에 갈 것이지만 '혹시'라는 생각에 해양대에도 원서를 냈다. 전공은 기관시스템공학부를 선택했다. 기계에 약간의 관심이 있었기 때문이다.

입시 결과는 혼란스러웠다. 서울 소재 의대는 아예 낙방. 지방대학 의대는 추가합격 후보 5위로 발표되었다. 해양대는 합격이었다. 마음을 졸이며 의대 추가합격을 기다렸다. 성적 좋은 지원자들이 다른 대학으로 많이 빠져나가기를 간절히 기도했다. 그러나 원하는 합격통지는 오지 않았다.

그 무렵 이담의 세 식구는 이사를 해야 했다. 집주인이 주택을 다른 사람에게 팔아서 방을 빼야 한다는 것이었다. 월세 사는 처지였으므로 어쩔 수 없었다. 모아둔 돈이 조금 있어서 언덕 아래쪽으로 이사했다.

이담은 기다리던 의대 추가합격 소식을 듣지 못했으므로 해양대에 등록했다. 만약 그해에 대학에 입학하지 않으면 군에 입대해야 했다.

해양대가 전액 국비라는 점도 크게 작용했다. 해양대에 다니면서 의대 입시를 반수로 한 번 더 해봐야겠다고 생각하고 일단 해양대에 입학했다.

해양대에 다니면서 나름대로 시간을 쪼개 입시공부를 했지만 아무래도 집중력은 떨어질 수밖에 없었다. 결국 의대 입시 반수에 여지없이 실패하고 의사의 꿈을 접었다. 오랜 꿈이 무너지는 순간이었다.

다른 방법이 없었다. 해양대에 다녀야 했다. 원하지 않는 인생도 살아야 한다. 대학생활에 정을 붙이려 애썼다. 졸업을 하면 큰 배를 타고 오대양을 누비며 세상 구경이나 해야겠다고 스스로 위안했다. 돈도 차근히 모아서 고생하는 어머니를 편안히 모셔야겠다고 다짐했다. 의대는 잊어버리고 나머지 대학생활을 즐겁게 하려고 노력했다.

해양대를 다니던 어느 날, 누나가 쭈뼛거리며 이야기를 꺼냈다. 누나는 공무원이 되어 동사무소에 다니고 있었다. 회사를 다니며 몇 년 동안 악착같이 시험공부를 한 결과였다.

"담아! 사실은 너 의대에 추가합격했었다."

"뭔 소리야?"

"추가합격 통지가 왔는데 우리가 이사 가는 통에 몰랐다."

"장난해?"

"나도 전혀 몰랐다. 나중에 전에 살던 집에 가서 우편물을 찾아왔는데 거기에 추가합격 통지서가 있더라."

"정말이야?"

"응."

누나는 두려운 듯 동생의 눈치를 살피고 있었다.

"그걸 왜 이제 얘기해?"

"벌써 이 년도 더 지나버렸는데 어떡하니? 지금까지도 그 이야기를 못해서 혼자서 끙끙 속앓이를 하고 있었어. 미안해."

"헉! 돌겠군."

이담은 방문을 박차고 나와버렸다. 그날 저녁 엉망진창으로 술을 퍼마셨다. 기가 막혔다. 갑자기 이사만 가지 않았더라면…. 집에 전화가 연결돼 있었다면…. 마지막 날 한 번 더 학교에 확인전화를 해봤더라면…. 인생이 달라졌을 것이다. 혼자 술을 퍼마시며 미친놈처럼 울다 웃다를 반복했다. 내 인생은 어디로 떠가는 것일까? 도대체 어디로 표류하는 것일까? 그의 가슴에 세찬 격랑이 휘몰아쳤다.

비행기구름은 사라져버렸다. 여기는 쓰레기 가득한 바다다. 닿을 수 없는 비행기는 오히려 괴롭다. 이담은 간밤에 측정해놓았던 막대기 컴퍼스를 집어 들었다. 직각삼각형의 빗변을 끈으로 재고 그것을 여러 번 접어 나눈 후 대략의 각도를 측정했다. 당연히 오차가 발생하겠지만 대략 북위 35도에서 40도 사이로 판단되었다. 동쪽으로는 미국 샌프란시스코가 북위 37.5도다. 서울이 북위 37.5도이므로 샌프란시스코와 서울을 이은 위도선 근처에 떠 있을 것으로 추정되었다. 경도는 도구가 없어 측정하지 못했다. 그러나 하와이를 떠나 항해하다 태풍을 만났고 하루 정도 떠밀려 왔으므로 하와이 동쪽 어딘가에 떠 있을 것 같았다.

원래 북태평양 쓰레기섬 해역은 비가 잘 오지 않는다. 학교에서 배운 기상학이 생각났다. 적도 지역에서 가열된 공기는 상승한다. 상승한 기류는 지구가 자전함에 따라 원심력이 발생해 코리올리힘이 작용하면서 북반구에서는 시계방향으로 이동한다. 한국·일본 쪽에서 미국 캘리포니아 쪽으로 바람이 분다. 남반구에서는 시계 반대방향인 왼쪽으로 이동한다. 상승한 공기는 고위도 지방으로 향하면서 점차 온도가 낮아져 남북위 30도 부근에 이르면 더 이상 고위도로 이동하지 않는다. 차가워진 공기는 다시 지표를 향해 내려가고 바람은 적도 방향으로 불게 된다. 이 같은 현상은 영국의 변호사이자 기상학자인 해들리 (George Hadley, 1685~1768)가 1735년 〈일반 무역풍의 원인에 대하여〉라는 논문에서 대기순환 모형을 제시함으로써 '해들리 순환'이라 이름 붙여졌다.

이런 현상으로 적도 지역에서 상승한 고온다습한 기류는 극 방향으로 이동하면서 열과 습기가 점차 소멸된다. 위도 30도 부근에 이르면 건조한 상태가 되어 하강한다. 이로써 북태평양 해역에서는 아열대 고기압이 형성되어 비가 거의 오지 않는다. 바람도 거의 불지 않아 바닷물이 잔잔하다. 강수량보다 증발량이 훨씬 많아 고온건조한 상태가 지속되는 것이다. 내륙으로 치면 폭염과 건조한 환경이 지속되는 사막과 같아 이 지역을 '바다의 사막'이라 부른다. 그러다 많은 양의 수증기가 유입되거나 저기압이 통과하면 갑자기 국지성 폭우가 내리기도 한다. 하와이 해역에서는 매년 4~5개의 허리케인이 발생한다.

북태평양 고기압이 발달하여 짱짱하게 버티고 있으면 우리나라도 영향을 받아 찌는 듯한 폭염이 계속된다. 그러다 여름이 지나면서 북태평양 고기압 세력이 약화되면 방어막이 사라지면서 태풍이 북상한다.

이처럼 비가 적게 내리는 '바다의 사막'에서 살아남으려면 빨리 이곳을 벗어나는 게 최선책이다. '육지의 사막'이나 '바다의 사막'이나 마실 물이 없는 것은 마찬가지다. 물이 없으면 먹을 것도 없다. 하루 빨리 탈출하는 게 가장 현명한 방법이다. 하지만 이담은 어떻게 해야 할지 알지 못한다.

9

이담은 표류와 쓰레기 바다라는 두 가지 와류에 갇혀 있었다. 어떻게든 휘돌이 바다를 벗어나려 했지만 헤어 나오기는커녕 점점 더 안쪽으로 빠져드는 느낌이었다. 바다는 언제나 변화무쌍하다. 난바다에 내던져져 표류한다고 해서 모두 죽는 것은 아니다.

역사적으로 수많은 표류자가 있었다. 이담은 대학시절 흥미 있게 읽은 표류에 관한 기록을 떠올렸다. 친구로부터 "왜 재수 없게 그런 것에 관심을 기울이냐?"고 핀잔을 받기도 했지만 해상안전에 관한 강의를 듣다가 좀 더 깊이 읽은 것이다.

신라 4대왕 석탈해는 본래 다파나국 출신인데 태어나자마자 바다에 버려졌다. 아마 복잡한 출생의 비밀을 간직한 듯하다. 그는 표류 끝에 금관가야에 도착했으나 정착하지 못했다. 신라로 건너와 꾀를 써서 지배계급에 편입되고 나중에 왕이 된다. 신라인 연오랑과 세오녀는 표류를 당해 왜국의 왕과 왕비가 되었다. 토착민들은 새로운 문물을 가진 표류자들을 특별한 사람으로 대우했다는 증거다.

베트남 왕족 '리롱뜨엉(이용상)'은 내분을 피해 송나라로 가려다 표류하여 1226년 황해도 옹진 동쪽의 화산에 도착했다. 이용상 일행은 해적을 물리치고 고려민들을 구했고, 이 일이 고려 조정에 알려졌다. 고려의 고종은 안남국의 왕자가 표류해 왔다는 것을 알고 크게 환영하며 식읍을 내려 정착을 도왔다. 이용상은 '화산 이씨'의 시조가 되었다. 고려에 표착한 사람들은 상인의 비중이 가장 많았고, 사신·승려·어부도 있었다.

조선시대의 《표해록(漂海錄)》은 최초의 표류기록으로 유명하다. 1488년 최부는 제주도에서 나주로 항해하다가 흑산도 부근에서 풍랑을 만나 표류하여 중국 절강성 임해현에 도착했다. 최부는 이곳에서 명나라 관리의 조사를 받은 후, 일행 43명과 함께 소주·서주·천진·북경·요동을 거쳐 148일 만에 귀국하였다. 그 일행이 귀국하자 성종은 최부가 표류하게 된 과정과 명나라의 사정을 알고 싶어 표류일기를 써서 제출하도록 명하였다. 최부는《표해록》을 완성해 성종에게 바쳤다. 중국 남부의 문물을 익히게 된 최부는 수차를 제작하기도 했다.

홍어장수 문순득은 조선 순조 때인 1801년 12월 대흑산도 남쪽에 있는 태사도에 홍어를 사러 갔다. 돌아오는 길에 풍랑을 만나 표류하여 일본 남쪽 유구국(琉球國, 오키나와)에 도착했다. 그는 그곳에서 약 8개월간 머물다 중국을 거쳐 조선으로 돌아오고자 했다. 그런데 억세게 운이 없었는지 이번에도 풍랑을 만나 유구국보다 더 먼 남쪽으로 떠내려가 여송(呂宋, 필리핀 루손 섬)이라는 곳에 표착했다.

그는 거기에서 9개월간 머물다 중국으로 가는 상선을 타고 오늘날의 마카오에 도착했다. 그곳에서 3개월간 머물며 마카오에 전파된 유럽의 문화를 경험하였다. 이후 육로로 청나라 땅을 통과해 1805년 1월에 고향에 돌아올 수 있었다. 3년 2개월 만의 귀향이었다.

고향에 돌아온 문순득은 다시 홍어를 거래하기 위해 흑산도에 들렀다. 이때 흑산도에 유배당한 실학사상가 정약전을 만나게 된다. 문순득은 정약전에게 자신의 표류 과정과 기착지의 풍물을 자세히 들려주었다. 기록광 정약전은 문순득의 체험담을 날짜별로 기록해《표해시말(漂海始末)》이라는 책을 집필했다. 이 책은 동생 정약용을 비롯한 여러 사람에게 전해졌다.

이후 문순득은 제주도에 표착한 외국인 5명의 통역을 담당해 이들이 필리핀 루손 사람들인 것을 알아내 고향으로 돌아갈 수 있게 도왔다. 이런 공으로 조정으로부터 가선대부 종2품 공명첩까지 하사받았다.

　제주도 사람 장한철은 1770년(영조 46) 12월 대과를 보기 위하여 배를 탔다가 풍랑을 만나 오키나와의 무인도에 표착했다. 이듬해 1월 초, 산처럼 큰 베트남 상선을 만나 흑산도 앞바다에 이르렀으나 다시 풍랑으로 청산도에 표착하였다. 이후 어렵게 서울로 가서 대과를 치렀으나 낙방하고 말았다. 1771년 5월 초순 제주로 돌아온 장한철은 자신의 경험을 담은 《표해록》을 지었다. 장한철의 책은 당시의 해로·수류·계절풍 등에 관한 자료가 실려 있어 해양지리서로서 가치가 높다 한다.

　거꾸로 조선에 표류해온 외국인의 이야기도 상당수 전한다. 1627년(인조 5년) 제주도에 표착한 네덜란드인 벨테브레(박연)은 조선 여인과 결혼해 정착해 살았다. 훈련도감에 소속되어 대포의 제작법 등을 지도했다. 1653년 하멜 일행이 제주도에 표착하자 통역을 맡았다.

　1653년(효종 4년)에는 제주도에 하멜을 비롯한 36명의 네덜란드인 표착했다. 하멜 일행도 박연처럼 훈련도감에 배치되었다. 1656년 3월 전라남도 강진의 전라병영성으로 옮겨져 잡역에 동원되었다. 조선에 억류된 하멜과 7명의 동료는 1666년 배를 타고 탈출하여 일본 나가사키에 도착했다. 네덜란드로 돌아간 하멜은 14년 동안의 경험을 보고서로 작성했는데 그것이 유명한 《하멜표류기》다. 이 기록은 조선의 지리·정치·경제·군사·문화·풍속·교육·교역 등을 유럽에 자세히 소개한 최초의 문헌이다. 표류자 하멜의 책을 통해 조선은 유럽에 널리 알려지게 되었다.

기록에 의하면 조선 중기 이후 273년간 일본열도에 조선인이 표착한 사례는 967건, 9,751명이나 된다고 한다. 일본인의 조선 표착 건수도 100여 건에 이른다. 175년간 조선 선박이 중국에 표류한 건수는 172건이다. 242년간 중국선박이 조선에 표착한 건수도 240건이나 된다. 이러한 통계는 기록된 것만 집계됐을 뿐, 기록되지 않은 것을 포함하면 실제 표류 건수는 훨씬 더 많았을 것이다. 불행한 일이지만, 항해 중 예기치 않은 사고로 일어난 표류는 사람들의 이동과 새로운 문화 교류의 계기가 되었다.

우리나라뿐 아니라 외국에도 수많은 표류 사례가 있다. 프랑스의 의사·생물학자·정치인인 알랭 봄바드는 작은 배를 타고 대서양을 횡단한 것으로 유명하다. 그는 인간이 미리 준비한 식량 없이도 바다에서 잘 살아남을 수 있을 것이라는 이론을 세우고 직접 실험하기로 결정했다.

봄바드는 1953년 10월 대서양 단독 횡단을 시작했다. 길이가 4.5미터밖에 안 되는 조디악 팽창식 보트인 '에레티크'를 타고 항해했다. 항해 중 어떤 식량지원도 받지 않았다. 스스로 만든 작살과 갈고리로 물고기를 낚아채고 그물로 플랑크톤을 떠먹으며 생존을 이어갔다. 항해 중 바닷물도 장시간 제한적으로 마셨다. 65일 동안 4,400km의 항해 끝에 같은 해 12월 바베이도스에 도착했다. 봄바드는 자신의 항해기록을 책으로 출판했다. 그는 식량과 물의 지원 없이도 바닷물과 바닷속 동식물로 살아남을 수 있다는 것을 주장하고 스스로 입증했다.

영국인 모리스와 마릴린 베일리 부부는 집을 팔아 배를 샀다. 1972년 6월 그들의 이름을 딴 요트 오럴린 호는 템플강을 떠났다. 뉴질랜드에 가서 새 일자리를 찾을 생각이었다. 대서양을 지나고 서인도 갈라파고스군도에 접근할 때까지는 순조로운 항해였다. 그런데 1973년 3월 초 커다란 향유고래의 공격을 받아 요트가 침몰하기 시작했다. 근처 포경선에서 작살을 맞은 고래가 배를 적으로 알고 달려든 것이다. 부부는 침몰직전 구명보트에 옮겨 타고 망망대해를 떠돌았다. 그로부터 표류 117일 만인 1973년 6월 말 한국의 다랑어잡이 어선 월미 306호가 구명보트를 발견해 구조했다. 그들은 네 달 동안 표류하면서 7척의 배가 자신들을 스쳐지나갔다고 했다. 월미호에 구조되었을 때 부부는 울고 또 울었다.

엘살바도르의 어부 알바렌가는 2012년 11월 상어잡이를 나갔다가 거센 바람으로 항로를 벗어나 표류했다. 그는 마셜군도에서 덥수룩한 머리와 누더기가 된 옷을 입은 채 발견됐는데 무려 13개월이 지난 후였다. 너무 오랜 표류와 생존기록에 의심을 품은 경찰이 알바렌가의 배를 샅샅이 조사했다. 배에서는 죽은 거북의 뼈 외에는 아무것도 발견되지 않았다.

인도네시아의 18세 소년 알디 노벨 아딜랑은 2018년 7월 난바다에 홀로 남겨졌다. 바다에서 재래식 어구로 물고기를 잡다가 술라웨시 섬 앞바다에서 뗏목을 묶은 줄이 강풍에 끊어져 표류하게 된 것이다. 소년은 나무로 만든 작은 오두막 형태의 뗏목을 타고 해상을 정처 없이 떠돌았다.

바다를 떠도는 동안 물고기를 잡아 배를 채우고 매일 기도를 하며 사투를 벌였다. 식수는 빗물을 받아 마시고 그것마저 고갈될 때는 옷을 바닷물에 적신 뒤 짜내 마셨다. 그동안 10여 척의 배를 만났지만 구조되지 못했다. 소년은 표류한 지 49일 만에 파나마 화물선에 구조됐다. 아딜랑이 발견된 지역은 인도네시아에서 1천 920㎞나 떨어진 괌이었다.

바다가 있는 한 표류도 있다. 바다에서도 생존능력을 잘 발휘하면 얼마든지 살아남을 수 있다. 바다가 있다는 것은 섬이나 육지가 있다는 뜻이다. 살아서 떠돌다보면 언젠가는 육지를 만날 것이다.

10

며칠 동안 창고뗏목을 만드는 일에 집중했다. 쓰랜드를 헤집고 다니면서 이곳이 북태평양의 쓰레기섬 GPGP일 것이라는 확신이 깊어졌다. 가도 가도 쓰레기. 아무리 헤집고 다녀도 쓰레기 더미뿐이었다. 떠다니는 쓰레기 때문에 간신히 살고 있었지만 쓰레기 더미에 갇혀 오도 가도 못하고 있다는 절망감이 밀려왔다.

그러나 한편으로는 육지의 수많은 사람들도 결국 쓰레기 더미에서 살고 있다는 생각이 들었다. 파멸이 당장 코앞에 다가와 있지 않을 뿐, 예견된 재앙은 피할 수 없다. 다만 시간문제일 뿐이다. 육지의 그들이나 북태평양의 자신이나 똑같은 처지다. 바다 한가운데의 그는 재앙에 직면해 있을 뿐이다. 이담은 쓰랜드를 헤집고 돌아다니면서도 반드시 살아서 돌아가야겠다고 수없이 다짐했다.

어느 날 쓰레기 더미를 헤치다 줄줄이 엮인 소시지를 발견했다. 비닐 진공포장지 안에 들어 있는 소시지는 산소가 유입되지 않아 상하지 않았다. 포장지를 뜯자마자 고기를 갈아서 만든 가공육의 냄새가 코를 찔렀다. 흥분된 마음으로 한입 베어 물었다. 아! 이 향기로운 고기의 냄새. 조난당한 후 처음으로 먹는 고기였다. 고기의 맛은 실로 꿀맛이었다. 인간은 역시 고기를 먹는 동물이다. 아껴 먹으려고 남겨두려 했으나 배고픔의 본능은 보관을 허락하지 않았다.

어떤 날은 물에 젖은 《플레이보이》 잡지를 발견했다. 특수지로 인쇄한 화보들에는 선정적인 미녀들이 가득했다. 쫑긋한 토끼 귀 머리띠를 쓴 모델들은 아름다움을 넘어 뇌쇄적이었다. 유조선에서 그것들을 보았다면 욕정에 못 이겨 수음이라도 했을지 모른다. 그러나 쓰랜드의 늘씬 섹시한 미녀들은 아무런 감정도 불러일으키지 않았다. 쓰레기 더미 속의 미녀 사진들은 전혀 자극을 주지 못했다. 그래도 마음에 드는 사진 한 장을 찢어 뗏목에 붙여놓을까 하는 생각을 해보았다. 배고파 죽겠는데 부질없다는 생각이 들었다. 이담은 사진 몇 장을 찢어 파도 속에 띄워 보냈다. 미녀들은 쓰레기에 섞여 둥둥 떠내려갔다.

어떤 날은 두툼한 손가방을 발견하여 열어보았다. 뜻밖에 1백 달러 짜리 지폐가 두 뭉치나 있었다. 벤자민 프랭클린의 초상화가 선명한 지폐는 쓰레기 더미 속에서 빛났다. 물에 젖어 서로 달라붙었지만 어림잡아 가늠해보니 200장쯤 되어 보였다. 2만 달러. 큰돈이다. 일 년은 족히 먹고 살 돈이다. 하지만 쓰랜드에서 지폐가 무슨 소용인가? 쓸데도 없는데…. 이담은 지폐뭉치를 바다에 풍덩 던져버렸다. 그러다 갑자기 생각이 달라졌다. 혹시 구조된다면 요긴하게 쓸 수도 있다는 생각에 다시 건져냈다. 잘 말려 두기로 했다.

그사이에 초승달이 점점 상현달로 바뀌어갔다.

11

비는 여전히 오지 않았다. 그러나 하늘이 흐려지기 시작했다. 출퇴근하는 것처럼 일상적인 일에 몰두했다. 아침에 눈을 떠서 증발기로 식수를 만들고, 어부들처럼 쓰레기 더미 사이에 쳐놓은 그물을 걷어 고기를 잡았다. 페트뗏목을 저어 다니면서 생존에 필요한 물품을 모았다. 쓸 만한 물건은 창고뗏목에 보관했다. 일회용 라이터도 가끔 눈에 띄었다. 인쇄된 글씨가 파도에 많이 지워졌지만 일본 것이 많았다. '아싸노래방.' 어쩌다 한국 노래방 상호가 찍힌 것도 발견했다. 태평양 한가운데까지 흘러들다니, 노래방 영업은 끈질기다. 내부에 출렁거리는 것이 액화가스인지 바닷물인지 모르겠지만 액체가 보였다. 인간은 불을 다루는 유일한 종이다. 언젠가 쓸 날이 올지도 모른다. 이담은 라이터가 눈에 띨 때마다 챙겨놓았다.

아무도 없는 바다 한가운데서는 시간이 뭉개진다. 천지의 운행에 따라 시간은 흐르지만 시간의 구분은 없다. 시계가 없었으므로 몇 시에 무슨 일을 해야 한다는 일거리도 없다. 혼자였으므로 다른 사람과의 약속도 없었다. 해가 뜨면 아침, 중천에 있으면 정오 즈음, 해가 지면 저녁이었다. 그리고 달이 떴다. 매일매일 달라지는 달의 모습이 날짜의 흐름을 알게 해줬다. 삭에서 초승으로, 점점 배가 불러 상현으로 변하는 달의 변화가 그가 바다에 표류한 날의 축적을 말해주었다. 뭉개진 시간 속에서 오직 생존만 있을 뿐이었다.

그가 난바다에 있는지 없는지 아무도 관심 없었다. 인간은커녕 자연도 관심을 기울이지 않았다. 높은 하늘의 비행기는 그냥 지나가고, 가끔 물 밖으로 뛰쳐 오르는 물고기도 그를 경계하거나 눈여겨 바라보지 않았다. 물속에서 자맥질할 때도 붙잡으려 하면 본능적으로 도망갈 뿐 호기심을 보이지 않았다. 작은 물고기는 그의 몸을 툭툭 건드려보다가 뜯어먹을게 없는 것을 알고 다른 곳으로 헤엄쳐 가버렸다. 그는 완전한 단독자였다.

시간이 뭉개지니 기억도 뭉개졌다. 가끔 환상이 나타났다. 수면 위에 도시가 그려지고 사람들이 걸어 다녔다. 사람들이 돌고래처럼 수영을 하고 풍선이 날아다녔다. 쇼핑센터가 나타났다 사라지고 잔디밭에 아이들이 뛰어 다녔다. 수평선 위에 고속열차가 빠르게 지나가고 신호등이 깜빡거렸다. 자동차가 하늘을 날아다녔다. 그러다 풍경이 사라지고 다시 한가로운 구름이 뭉게뭉게 피어올랐다.

환청도 들렸다.

"담아! 뭐하니? 밥 먹자!"

어머니의 목소리가 가끔 들려왔다. 고개를 돌리면 어머니는 사라졌다. 여학생들의 깔깔거리는 웃음소리도 들렸다.

"호호호호. 쟤는 웃겨."

"누구지?"

그네들은 물결 속에 묻혔다.

"기관사! 빨리 함교로 올라오라."

선장의 목소리도 들렸다.

"넵!"

고개를 움찔했으나 배는 없었다.

언젠가 단독 요트항해자들이 환각과 환청을 경험했다는 책을 읽은 적이 있다. 산악인·극지탐험가·심해잠수부·갱도 생존자 등도 그런 경험을 했다고 한다. 8천 미터급 고봉 산악인에게 누군가 비상식량을 건넨다. 단독 항해자는 조타실에서 키를 잡고 있는 낯선 선원을 본다. 매몰된 광부는 어두운 갱도를 뚜벅뚜벅 걸어오는 아내와 말을 걸기도 한다. 그들은 진짜로 실체를 보았다고 생생하게 증언했다. 이담도 그들처럼 환각과 환청에 시달렸다. 기억의 앞뒤가 자꾸 뒤섞였다.

이담이 해양대학을 졸업하고 처음 탄 배는 유조선이었다. 해기사 자격증을 딴 졸업생들의 취업률은 거의 100%에 가까웠다. 사관들이 주로 타는 상선은 산적화물(bulk)선·컨테이너선(container ship)·탱커(tanker)선·자동차 운반선(car carrier)·냉동선(refrigerator ship)·여객선(passenger ship) 등이었다.

3급 해기사 졸업생들은 어선은 타지 않는다. 주로 상선을 탄다. 그중에서도 전장이 200~300미터나 되는 컨테이너선을 많이 탔다. 컨테이너 1만개를 실을 수 있는 1만 TEU급 컨테이너선은 길이가 350미터, 너비가 45미터에 달한다. 63빌딩 높이(277m)보다 더 길다. 석탄·광석·철강·시멘트·곡물·원목 등 포장하지 않은 산적화물을 수송하는 벌크선도 승선했다.

이담은 탱커선인 원유운반선을 타게 되었다. 배의 이름은 '블루 웨일(blue whale)호'. 대왕고래라는 뜻의 멋진 이름이었다. 선적은 대한민국이었다. 세계의 상선들은 상당수가 자기 나라에 선적을 등록하지 않는다. 대신 편의치적(Flag of Convenience)제도를 이용해 다른 나라에 선적을 등록한다.

편의치적이란 선박의 국적취득 요건인 자국민 소유, 자국 건조, 자국민 선원의 조건을 갖추지 않더라도 선주가 희망하면 다른 나라에 선적을 등록할 수 있게 해주는 제도다. 이 제도는 최소한의 제약을 받으며 선박을 운항하기 위해 생겨났다. 세금을 적게 내며, 싼값으로 선원을 채용하고, 운항 및 안전기준 회피, 선박에 대한 저당권 확보를 용이하게 해준다. 일종의 조세피난처로 비용절감을 노린 선주들이 많이 이용한다. 전 세계 상선의 약 30%가 편의치적을 하고 있다. 대표적인 편의치적국은 파나마·라이베리아·바하마·마셜 아일랜드 등이다. 이담은 병역특례 때문에 대한민국 국적선을 타게 되었다.

탱커선은 수송하는 화물에 따라 원유탱커·LPG탱커·LNG탱커·케미컬탱커 등으로 나뉜다. 탱커선은 안전과 해양오염 등의 이유로 고도의 기술로 건조되며, 다른 선박에 비해 검사가 많고 까다롭다. 그러나 많은 양의 원유와 액화가스를 실을 수 있는 탱크를 확보해야 하기 때문에 선박의 구조는 비교적 단순하다. 구조가 가장 복잡한 선박은 단연 여객선이다. 탱커선 구조물의 대부분은 화물을 싣는 격벽 탱크다. 선미(Poop) 20% 가량에 선교와 마스트, 기관실, 펌프실이 있다. 갑판은 화물 탱크의 뚜껑에 해당하며 각종 파이프 외에는 별 시설물 없이 밋밋하다. 선수(Fore Castle)에는 계류용 윈치, 묘쇄고(닻사슬 창고) 등이 있다.

이담이 타게 된 원유운반선의 재화중량은 18만DWT(dead weight ton). 원유를 18만톤 실을 수 있는 초대형 유조선 VLCC(Very Large Crude-Oil Carrier)급이었다. 제원은 길이 280미터, 너비 50미터, 깊이

25미터로 갑판 넓이는 축구장 두 배 크기에 달했다. 15.4노트(시속 28.5 ㎞)의 속도로 거친 파도를 힘차게 헤쳐 나갔다.

승선인원은 20명가량이었다. 조직은 선박을 총지휘하는 선장 아래 갑판부, 기관부, 통사부로 나뉘었다. 갑판부에는 1등 항해사, 2등 항해사, 3등 항해사(이상 사관)와 갑판장, 1타수(해드마스터, 펌프맨), 2타수, 3타수와 갑판원(이상 부원)이 있었다. 기관부는 기관장, 1등 기관사, 2등 기관사, 3등 기관사와 조기장(no.1 오일러), 2오일러, 3오일러, 1기원, 2기원 등으로 구성됐다. 통사부에서는 통신사와 주방장, 싸롱이라 부르는 주방 보조원이 일했다. 어떤 배는 대학의 실습과정인 실습사관이 타기도 하는데 그의 배에 실습생은 없었다.

이담은 취업하여 처음 타게 된 유조선이 마음에 들었다. 유조선은 워낙 큰 배이고 설비가 잘돼 있어 한마디로 폼나 보였기 때문이다. 기관실 업무는 어떤 배나 마찬가지지만 유조선은 컨테이너선이나 벌크선보다 사관들이 선호하는 배다. 항해 외에 선적, 하역 등의 업무가 적은 편이기 때문이다. 게다가 블루 웨일(blue whale)호는 세계 조선업계 1위를 자랑하는 우리나라의 조선소에서 건조한 배였기 때문에 더욱 애착이 가고 자부심이 들었다.

그는 3등 기관사로서 보일러, 조수기, 냉동기 등을 담당했다. 하지만 기관실의 막내 사관으로서 상사들이 시키는 온갖 일을 이것저것 처리했다. 대학에서 많이 배웠고 3학년 때 실습선도 탔지만 승선근무는 경험이 으뜸이다. 그는 경험을 쌓고 많이 배우겠다는 성실한 자세로 묵묵히 근무했다.

기관실은 엔진이 작동되는 소리에 귀청이 찢어질 것 같았다. 세계 최대 선박엔진 회사인 독일의 만 디젤&터보(MAN Diesel & Turbo - MAN Energy Solutions)사와 국내 H중공업이 공동제작한 3만 마력의 엔진은 뜨거운 열기를 내뿜으며 스물네 시간 꿍꽝거렸다. 작은 건물 크기의 2행정 디젤 엔진이 돌아가는 소리에 온몸의 세포가 부들부들 떨릴 정도의 엄청난 힘이 느껴졌다. 선박의 심장인 엔진이 멈추면 모든 일이 마비되기 때문에 항상 긴장상태가 지속됐다. 3교대로 근무를 서고 기관실의 온갖 허드렛일을 하며 업무에 익숙해지도록 노력했다.

부족한 경험은 차츰 쌓아가면 되지만 가장 힘든 것은 인간관계였다. 뱃생활은 고립되고 폐쇄된 집단생활만이 가지는 특수한 문화가 자리 잡고 있었다. 선박 안에서 적은 인원들이 몇 개월씩 갇혀서 생활하다 보니까 작은 일로도 툭탁거렸다. 이담은 선배들로부터 그런 이야기를 수없이 들었기 때문에 무조건 참았다. 대학을 갓 졸업한 3등 사관은 풋내기였으므로 부원들은 기어오르고, 상사들은 어린애 취급을 했다. 별 도리가 없었다. 경력이 쌓이고 직급이 오르는 것 외에는 참는 것이 유일한 방법이었다.

"직속 상사를 잘 만나야 한다."

맞는 이야기였다. 어느 직장이건 바로 위 고참이 가장 중요하다.

"어! 이쁘게 생겼네."

승선 후 첫 신고를 했을 때 2등 기관사가 내뱉은 말이었다.

"잘 가르쳐주십시오."

그는 군기가 잔뜩 든 신병처럼 직속 상사에게 잘 보이기 위해 무진 애를 썼다. 근무도 대신 서주고, 일지도 대신 쓰고, 세탁기도 대신 돌려줬다. 하여튼 그의 비위를 거스르지 않기 위해 무조건 기었다.

"너 연평해전이라고 아냐?"

어느 날 2기사가 담배를 빼어 물며 물었다.

"네. 들어는 보았습니다."

"야, 임마! 내가 거기 참전용사야."

"예? 대단하십니다."

이담이 호응을 보이자 2기사는 제2 연평해전에 참전했던 일을 장황하게 늘어놓기 시작했다. 자신은 서해에서 고속정 참수리호를 탔다는 것. 어느 날 북한 경비정 두 척이 북방한계선(NLL)을 넘어와 선제공격을 했다는 것. 자신은 빗발치는 총탄 속에서 죽음을 무릅쓰고 싸워 북한군을 퇴치시켰다는 것. 아군 고속정 한 척이 침몰하고 아군 여섯 명이 전사했지만 우리가 승리한 전투라는 것. 전우들의 값진 희생이 있었기에 대한민국이 건재하다는 것을 열정적으로 이야기했다. 마지막에는 감정을 이기지 못해 눈물이 그렁그렁하기까지 했다.

"넵. 너무 훌륭하십니다. 잘 받들겠습니다."

"그래, 잘해라."

2기사는 이담의 어깨를 툭툭 치며 자리를 떴다.

블루 웨일호의 2기사는 해군 부사관 출신이었다. 그는 해군 근무 중 제2 연평해전을 겪었다고 했다. 군에서 제대한 후 다른 일을 하다 한국해양수산연수원 해기사양성과정에서 교육과 실습을 받고 3등 기관사 자격증을 땄다. 그 후 경력이 쌓여 2등 기관사가 되었다. 블루 웨일호 승선은 3년째라 했다. 그는 누구에게나 연평해전 참전을 훈장처럼 이야기하고 다녔다.

"그 사람 얘기 완전 뻥이야. 경력증명에 그런 것은 없어."

그가 정말로 연평해전에 참전했는지는 알 수 없지만 나라를 지킨 일이었으므로 아무도 토를 달지 않았다. 그는 배에서 모든 권한을 가진 선장 외에는 안하무인이었다. 규정에 어긋나고 돌출행동이 많았지만 선원들은 그와 부닥치기 싫어 내버려두었다. 특히 그는 해양대학 출신들을 '집 강아지'라 부르며 비하했다.

"야. 임마! 선장이 네 선배라고 그걸 믿고 까부냐?"

그런 말을 입버릇처럼 해댔다.

"2기사와 붙지 마라."

대학 2년 선배인 3항사가 맨 처음 한 말이었다. 이담도 직속상사와 부딪히고 싶지 않았다. 그 앞에서는 항상 '예스 맨'처럼 행동했다. 워낙 폐쇄된 집단이었기 때문에 남들 앞에서 2기사에 대한 욕이나 불평도 하지 않았다. 그저 승선생활이 그러려니 했다.

"너 애인 있냐?"

"없습니다."

"자식, 잘 생겼는데 애인도 없구나. 하긴 배를 오래 타면 있는 마누라도 다 도망간다."

업무에 익숙해지랴, 2기사의 비위를 맞추랴 시간은 빠르게 흘러갔다. 블루 웨일호의 주요노선은 울산-사우디아라비아 라스타누라항이었다. 해상거리는 약 2만5천㎞. 서울-부산을 30회 왕복하는 거리였다. 항로는 울산을 출발하여 대한해협과 남지나해, 말라카 해협, 인도양을 지났다. 페르시아만 입구의 호르무즈 해협을 거쳐 사우디아라비아의 라스타누라항에 도착했다. 약 16일 항해했다. 4일가량 원유를 선적하고 같은 루트로 돌아오는 데 다시 22일이 걸렸다. 돌아올 때는 배가 무거워 항해일수가 더 많았다. 울산 앞바다에서 정유공장 해상 부이(Buoy)에 접안해 해저 파이프라인을 통해 지상의 원유탱크에 하역했다. 3일 정도 펌핑을 하고 기상을 판단해 며칠 쉬었다. 왕복 항해에 대략 45일이 걸렸다. 약 50일에 한 번씩 순환하는 셈이었다.

가끔 미국산 셰일오일을 싣기 위해 태평양 노선도 항해했다. 수입항은 텍사스주의 코퍼스 크리스티(Corpus Christi) 오일 터미널이나 휴스턴 오일 터미널이었다. 거기서 셰일오일을 실었다. 각종 자갈, 모래, 부산물 등이 섞인 셰일층에서 퍼 올린 미국산 셰일오일은 중동산 원유보다 가격이 쌌다. 게다가 한국은 다양한 원유 수입선을 확보해야 하기 때문에 수입량이 점차 증가하고 있었다. 실제로 한국의 미국산 셰일오일 수입량은 캐나다, 중국과 함께 3위 안에 들었다. 바다야 어디든 마찬가지지만 중동노선을 항해하다 미국 태평양 노선을 항해할 때는 뭔가 외출하는 기분이 들었다.

정말 바다의 아름다움을 느낄 수 있는 청명한 날도 있고, 폭풍우가 몰아치는 날도 있고, 중동으로 들어서면 몸이 익어버릴 정도로 뜨거운 날도 있었다. 그런 변화무쌍한 바다를 철갑의 대왕고래는 지칠 줄도 모르고 묵묵히 항해했다.

유조선을 타면서 이담의 머릿속에는 두 가지 생각뿐이었다. 돈을 벌어 힘겹게 살아가는 어머니를 편하게 모시자. 일단 병역특례 의무승선 기간 3년을 채우고 나서 이후의 진로는 궁리해보자. 그래서 마음을 비우고 즐거운 마음으로 생활하고자 했다. 직장생활은 어디든 마찬가지다. 세상 어디에도 내 맘에 쏙 드는 일은 없다. 업무에 충실하고 쉬는 시간에는 책을 보거나 미리 다운로드한 영화를 태블릿PC로 보았다. 선내가 답답할 때는 갑판에 올라가 바다를 보았다. 그냥 하염없이 바다를 바라보았다.

"야. 너는 맨날 보는 바다가 지루하지도 않냐?"

멍하니 바다를 바라보고 있는 그에게 붙여진 별명이 '멍 바다'였다. 그렇게 일 년이 후딱 지나갔다.

배가 인도양을 지날 무렵이었다. 뜨거운 태양이 배를 쨍쨍 달궈 갑판 위에는 올라갈 엄두도 못내는 날이었다. 2기사가 씩씩거리며 기관실로 내려왔다.

"야! 삼 기사 어딨어?"

2기사의 손에는 물바가지가 들려 있었다. 이담은 하던 일을 멈추고 2기사 앞으로 다가갔다.

"이거 마셔봐!"

2기사는 바가지의 물을 이담의 입에 억지로 부었다. 찝찔했다.

"이게 청수냐?"

2기사는 물바가지를 그의 얼굴에 던져버렸다. 순간 뺨에 따귀가 날아왔다. 눈에 불꽃이 번쩍 튀었다. 휘청거리는 이담을 2기사는 발로 냅다 걷어찼다. 이담은 바닥에 나뒹굴었다. 쓰러진 이담을 향해 발길질이 계속됐다. 놀란 부원들은 바라만 보고 있었다.

"일어나! 똑바로 서."

가슴에 주먹이 날아왔다.

"이 새끼야! 이게 청수냐? 선장님이 샤워하는데 짠물이 나왔어. 내가 불려가서 깨졌잖아. 주방에서도 짠물이 나왔어. 이 새끼! 똑바로 못해!"

다시 발길질이 날아왔다.

"죄송합니다. 몰랐습니다."

"빨리 가서 고쳐, 새끼야!"

이담은 조수기로 달려갔다. 조수기(Fresh Water Generator)는 해수를 담수화시켜 선원들과 기계가 사용할 수 있는 청수를 만드는 장비였다. 식수와 목욕물은 당연히 민물이어야 했다. 또한 기계에 계속 바닷물을 공급하면 염분이나 해양 유기물이 기계에 달라붙어 수명을 짧게 한다.

이 때문에 청수를 공급하는 조수기는 매우 중요한 장비였다. 그것은 이담의 담당이었다. 즉시 달려가 염도계를 살펴보니 염도가 3.1%나 되었다. '저압 증발식 조수기'는 엔진 냉각수를 이용해 바닷물을 끓인 다음, 압력을 낮추어 끓는점을 낮추고, 차가운 바닷물을 이용해 증발된 증기를 응축시켜 청수를 만들어낸다. 그게 고장 났으니 사고가 분명했다.

장비를 살펴보니 압력을 낮추는 컴프레서에 이상이 있었다. 압력이 너무 낮아 염분 제거가 잘 안 되고 있었던 것이다. 이담과 부원들은 힘을 합쳐 신속하게 압력기를 고쳤다. 얼마 후 조수기가 제대로 작동돼 염분이 거의 없는 청수가 배출되었다.

그날 밤 이담은 자기 방의 걸쇠를 잠그고 맞아 터진 입술을 바라보며 소리죽여 흐느꼈다.

"딸꾹! 딸꾹!"

자꾸 딸꾹질이 났다. 흐느낌에 섞여 딸꾹질이 계속되었다. 아무리 자기가 잘못했다 해도 그처럼 심한 폭행은 명백한 인권유린이었다. 뱃생활이 그러려니 여겨도 분노가 쉽사리 가라앉지 않았다.

2기사의 횡포는 평소에도 그치지 않았다. 마음에 안 든다고 기합을 주고, 틈만 나면 정강이를 걷어찼다. 듣기 싫은 이야기를 횡설수설하고 얼굴에 침도 뱉었다. 술에 취해 그의 방에 오줌을 싼 적도 있었다.

'3년만 채우면 다른 배를 타야겠다.'

이를 갈며 그렇게 다짐했다.

며칠 후, 2기사가 그의 방에 왔다.

"괜찮냐? 그러니까 잘해야지. 나는 졸병 때 너보다 더 맞았어. 이리 와봐. 얼굴 좀 보자. 어이쿠! 잘 생긴 얼굴에 흠집 났네."

2기사는 이담의 뺨을 어루만지며 위로하는 척했다. 한 손으로는 그의 엉덩이를 툭툭 쳤다. 그는 뒤로 물러서며 몸을 뺐다. 몸을 더듬는 손이 징그럽고 불쾌했다. 2기사는 근무시간에도 그의 허리를 껴안고 몸을 만지는 등 불필요한 신체접촉이 잦았다.

"괜찮습니다. 근무 나가겠습니다."

그는 2기사를 피해 도망치듯 갑판으로 달려갔다. 바다를 향해 욕이라도 실컷 퍼붓고 싶었지만 그리할 수도 없었다.

승선근무 2년이 살짝 지난 봄이었다. 선실에서 잠을 자고 있는데 무언가 짓누르고 있는 듯한 답답한 느낌에 눈을 떴다. 더듬는 손도 느껴졌다.

"가만있어!"

깜짝 놀라 몸을 빼려 했으나 침상 구석에 몰려 여의치 않았다.

"왜, 왜 그러세요."

"넌 너무 이쁘게 생겼어. 난 네가 좋아."

2기사는 몸을 더욱 밀착해왔다. 역한 술 냄새가 섞인 뜨거운 숨결이 느껴졌다.

"이, 이러지 마십시오."

이담은 있는 힘을 다해 2기사를 밀쳐냈다. 재빨리 문을 열고 나왔다.

"어! 이 새끼 봐라."

그는 흥분했는지 선실 벽에 이담을 거세게 밀어붙이고 허리를 껴안았다. 이담은 그의 팔을 빠져나가려고 버둥거리다 바닥에 쿵하고 넘어졌다. 그 위에 2기사의 몸이 덮쳐왔다. 자신보다 덩치가 큰 2기사를 밀쳐내기 힘들었다. 팔을 뻗었더니 쇠파이프가 손에 걸렸다. 이담은 쇠파이프를 들어 그의 뒤통수를 힘껏 때렸다.

"아악!"

2기사는 머리를 감싸 안으며 나뒹굴었다.

"사람 살려! 이 새끼가 사람 죽인다."

벌떡 일어선 이담은 다시 힘껏 쇠파이프를 내리쳤다.

"사람 살려! 사람 살려! 누구 없어?"

분노의 쇠파이프질은 한동안 멈추지 않았다.

"개새끼! 죽어! 죽여버리겠다."

이담의 눈에서는 핏물이 튀고 있었다. 비명소리를 듣고 선원들이 달려왔다. 쇠파이프를 든 이담을 제압하고, 2기사를 들쳐 업고 나갔다. 그게 끝이었다.

얼마 후, 징계위원회가 열렸다.

"내 배에서는 어떤 이유로든지 상사 폭행은 용납할 수 없다."

이담이 폭행사유를 상세하게 진술하며 선처를 호소했음에도 불구하고, 선장의 결정은 단호했다.

"오늘부로 3등 기관사 이담을 모든 업무에서 배제한다. 사우디 라스타누라항에서 하선시킨다."

'하선! 끝장이다.'

그는 밀물 속의 모래탑처럼 허물어졌다. 사우디아라비아에서 하선당해 돈을 탈탈 털어 서울로 돌아왔다. 그렇게 2년 반의 유조선 생활이 끝났다. 허망했다.

우연과 필연, 운명이라고 말하는 것들. 삶은 참으로 알 수 없다. 모든 삶의 눈앞에는 많은 길들이 놓여 있지만 결국 사람은 한 개의 길을 택해 걸어간다. 그런데 갈림길에서 선택의 각도가 조금만 벌어져도 나중에는 엄청난 차이가 발생한다. 처음 각도가 조금 어긋날 때 사람들은 별게 아니라고 생각한다. 그러나 작은 차이가 시간과 공간 속에서 연장되면 나중에는 완전히 다른 결과가 발생한다. 만약 이순신이 유성룡을 만나지 않았다면 임진왜란의 양상은 완전 달라졌을 것이다.

이담의 블루 웨일호도 마찬가지다. 그는 대학 졸업 후 컨테이너선이나 자동차운반선을 선택할 기회가 있었다. 그런데 유조선을 덥석 집었다. 유조선을 선택한 것을 잘못이라고 할 수는 없지만 그로 인해 결국 태평양 한가운데의 쓰레기섬에 표류하게 되었다. 하지만 먼 옛날 그리스의 헤라클레이토스도 같은 강물에 발을 두 번 담글 수 없다 하지 않았는가? 이담도 다른 배를 탈 수 없었을 것이다.

12

표류 열흘째. 지난밤 상현달이 뜰 때 달무리가 둥글게 나타나더니 아침이 잔뜩 흐려 있었다. 그토록 기다리던 비가 올지 모른다는 기대감이 들었다. 서둘러 빗물을 받을 플라스틱통과 페트병을 여러 개 준비해놓았다. 가능한 한 많은 빗물을 받을 작정이었다.

쓰레기 더미 사이에 쳐놓은 그물을 걷어 물고기 몇 마리를 잡아먹었다. 어제의 가장 큰 소득은 폐그물 사이에 끼어 있는 낚시용 손칼을 습득한 것이었다. 쓰레기 더미를 헤쳐 나가며 맞닥뜨린 폐그물 사이에 뭔가 기다란 물건이 끼어 있었다. 쓸모 있는 물건이라는 것을 직감하고 조심스럽게 잡아당겼다. 엉긴 그물 사이에 손바닥보다 약간 긴 나무손잡이 칼이 끼어 있었다. 고리에 달린 줄이 그물에 엉켜 있었다. 아마 어떤 어부가 작업 중에 분실한 모양이었다. 그는 마치 보물이라도 발견한 것처럼 가슴이 뛰었다. 바다에 빠뜨리지 않으려고 매우 조심하며 그물 사이에서 칼을 꺼냈다.

일본제 접이식 칼(folding knife)이었다. 물에 뜰 수 있도록 손잡이는 나무로 만들었다. 펼친 칼날에 다치지 않도록 손잡이에 기다란 홈을 파고 거기에 칼날을 접어 넣었다. 칼날과 손잡이 연결부위에 한쪽만 뚫려 있는 금속 링을 둘렀다. 뚫려있는 부분으로 칼날이 지나가게 하여 펼친 다음, 금속 링을 돌려서 칼날이 접히지 못하도록 하는 단순한 방식이었다. 손잡이 끝에는 금속고리가 박혀 있어 끈을 매달 수 있게 했다. 단순한 만큼 고장 날 일이 매우 적은 쓸모 있는 칼이었다.

원래 접이식 잭나이프는 17세기경부터 선원들이 쓰던 물건이다. '잭(jack)'은 남자, 강하다는 등의 뜻을 가진 선원들을 통칭하던 단어다. 로버트 루이스 스티븐슨의 소설 『보물섬』에 나오는 해적 선장 애꾸눈 잭도 선원이다. 영화 〈캐리비안 해적〉의 주인공 잭 스패로우는 참새처럼 수다스럽고 우스꽝스런 선원이다. 개량된 잭나이프는 낚시나 등산·캠핑용으로 다양하게 사용되고 있다.

바닷물에 절었지만 녹슬지 않은 길고 날렵한 칼날은 아주 예리했다. 시험 삼아 뗏목 난간의 나무를 깎아보았더니 연필 깎이듯 아주 시원스레 잘려나갔다. 마치 복권에 당첨된 것처럼 귀한 보물을 얻은 기분이었다. 칼이 있다면 뭐든지 할 수 있다. 일이 훨씬 쉬워진다. 인간에게는 역시 금속이 필요하다. 이담은 접이식 칼을 분실하지 않도록 손잡이 고리에 끈을 다시 달아맸다. 그리고 목에 걸었다. 가슴에 달랑거리며 부딪히는 잭나이프의 감촉이 매우 기분 좋았다. 영화 속의 한 장면 같다는 생각이 들어 픽하고 싱겁게 웃었다.

오후가 되자 후드득 후드득 비가 내리기 시작했다. 일렁이는 바다 위에 빗방울이 무수한 동심원을 그려냈다. 혀를 내밀어 빗물을 받아 먹었다. 혓바닥에 부딪히는 빗물의 감촉이 첫 키스처럼 짜릿했다.

'얼마 만에 마셔보는 자연수인가?'

이담은 플라스틱통에 괴는 빗물을 몇 번이고 비워 마셨다. 몸속에 수분이 충분히 공급되자 쑥 들어갔던 눈두덩이 다시 튀어나오고 피부가 팽창하면서 살 것 같았다. 약간 추웠지만 웃통을 벗어 빗물에 몸을 씻었다.

문득 TV 다큐멘터리에서 본 사막의 꽃이 생각났다. 사막의 식물들은 아주 적은 수분으로 살아남기 위해 놀라운 생존활동을 펼친다. 선인장과 다육식물은 수분 증발을 최소화하기 위해 잎을 가시로 변형시켰다. 가시는 목마른 동물의 공격을 방어하는 역할도 한다. 줄기는 뭉툭하고 둥글게 커서 그 안에 많은 물을 저장할 수 있다. 몸통은 몇 달간 가뭄이 지속돼도 견딜 수 있는 물탱크 역할을 한다.

사막의 식물들은 건기에 견디기 위해 땅에 깊고 긴 뿌리를 박고 최대한 휴면상태로 지낸다. 그러다 비가 내리면 재빨리 잎과 꽃을 피워낸다. 먼지 풀풀 날리는 사막이 마술을 부린 것처럼 일시에 푸른 양탄자와 꽃밭으로 변한다. 초절정 개화를 통해 색채의 폭발이 일어난다. 벌과 나비가 날아들고 짧은 시간에 수정과 번식이 이루어진다. 칼라하리 사막에 자생하는 악마의 발톱 같은 식물은 3~4월의 짧은 우기에 아주 탐스러운 잎사귀와 트럼펫 모양의 대단히 아름다운 꽃을 피워낸다. 재빨리 열매를 맺고 번식한 후 건기의 휴면에 들어간다. 적은 강수를 이용하여 최단기간에 생장과 번식을 하는 놀라운 생존전략을 구사한다. 사막에서 사는 식물처럼 바다의 표류자도 빗물을 최대한 활용해야 한다.

"그래, 내려라! 내려! 폭풍우만 치지 말고 실컷 내려라. 그리고 이 쓰레기도 씻어가려무나."

이담은 제법 내리는 비를 기분 좋게 맞아가며 그동안 바닷물에 절은 옷을 빠는 등 이른바 '집안일'에 몰두했다. 콧노래까지는 아니지만 모처럼 기분이 좋아지는 것은 어쩔 수 없었다. 만약 육지의 휴일이었다면 비를 바라보며 맥주라도 한 캔 마시고 빗소리 자장가 삼아 낮잠이라도 한잠 잤을 것이다.

좁은 뗏목이었지만 세간이 제법 늘었기 때문에 소금기를 씻어내고 살림을 정비했다. 그러다 이상한 기분에 사로잡혔다. 그림자처럼 무언가 뒤에서 다가오고 있는 느낌이 들었다. 미어캣처럼 뗏목에서 일어나 사방을 둘러보았다.

"헉! 세상에! 오 마이 갓!"

페트뗏목의 아홉시 방향에 검고 커다란 널빤지 같은 벽 하나가 떡하니 서 있었다. 흘수선 아래쪽에는 퇴색한 붉은색이 드러나 보였다. 바닷물에 녹슬지 않도록 칠한 방청 페인트의 색깔이 확연히 구분되었다. 검은색 상단에는 선교(bridge)와 안테나가 흐릿하게 보였다. 둔중하게 떠 있는 배는 마치 하늘에서 내려온 방주 같았다.

"배다!"

분명 배였다. 그것도 아주 큰 화물선이었다. 이담은 뿌연 비안개 속에서 갑자기 나타난 배의 모습에 둔기로 얻어맞은 것처럼 머리가 띵해졌다. 배다. 배가 맞다.

"헬프 미(Help me)! 헬프 미!"

조건반사적으로 팔을 흔들었다. 빗물 받기는 나중일이다. 목이 터져라 고함을 질렀다.

"사람 살려! 살려주세요!"

"여기요! 여기!"

윗옷을 벗어 마구 흔들었다.

"여기, 사람 있어요! 사람~."

그러나 커다란 선박에서는 아무 기척도 없었다. 갑판에는 아무도 보이지 않았다. 갑판에 사람이 있더라도 비가 와서 시야가 뿌옇기 때문에 보이지 않을 것 같았다. 또한 넓은 바다에서는 작은 뗏목이나 구명보트 정도는 일렁이는 파도에 묻혀버려 잘 보이지 않는다.

이담은 팔을 흔드는 것만으로는 뗏목이 발견될 수 없다는 생각이 들었다. 이럴 때 적색 연기를 뿜는 신호홍염이나 발연부신호탄이 있어야 한다. 그러나 그것이 있을 리 없다. 다급한 마음이 들었다. 어떻게든 저 배의 선원들이 자신을 발견해야 한다. 저 배를 잡아타야 한다. 젖지 않게 비닐로 싸놓은 일회용 라이터를 꺼냈다. 윗옷에 불을 붙였다. 비에 젖어 불이 잘 붙지 않았으나 점화를 거듭한 끝에 나일론이 녹아내리며 타기 시작했다. 불이 붙은 옷을 막대기에 걸쳐 둥그렇게 흔들었다.

"헤이! 헤이!"

횃불 같은 불막대기는 검은 연기를 내며 순식간에 타버렸다. 더 태울 것은 없었다. 그래도 타버린 막대기를 계속 흔들어댔다.

"사람 살려! 여기요! 여기!"

그런데 미동도 하지 않던 배의 후방 해치(Hatch, 화물창덮개)가 서서히 열리면서 무언가 다량의 액체를 쏟아내기 시작했다. 멀리서 보았지만 거무스레한 액체가 분명했다. 뭘까? 액체 따위는 관심 없다. 반드시 구조되어야 한다.

"헬프 미! 헬프 미!"

이담은 목이 쉬도록 비명에 가까운 소리를 질러댔다. 그때 갑판 위에 성냥개비 머리만한 물체 두엇이 나타났다. 그들은 갑판을 왔다 갔다 하면서 뗏목 쪽을 바라보는 것 같았다. 이쪽을 바라보는 것으로 보아 이담을 발견한 것 같았다.

"헬프 미! 사람 살려! 살려 주세요!"

이담은 자기가 발견됐다는 생각에 두 팔을 저으며 더욱 크게 소리를 질렀다.

"타~ 타~ 타~ 타!"

갑자기 총소리가 들렸다. 뗏목 근처에 총알이 꽂히며 물 파편이 튀겼다. 등줄기에서 정수리까지 소름이 솟구치며 섬뜩했다.

'저 녀석들이 미쳤나?'

그래도 구조 요청을 멈출 수 없었다.

"헤이! 헤이!"

멈칫거리며 소리를 질렀다.

"드르륵 드르륵 타 타 타 타!"

선박으로부터 총알이 계속 날아왔다. 이번에는 뗏목 가까운 곳까지 총알이 팍팍 꽂혔다. 이담은 본능적으로 물속으로 뛰어들었다. 뗏목으로부터 멀어져야 한다. 잠수하여 한참 헤엄친 뒤에 머리만 살짝 내밀고 스티로폼 조각을 붙잡았다. 총소리는 멈췄다.

'도대체 왜 총을 쏘는 거야?'

'보트를 타고 나를 잡으러 올까?'

그런 걱정이 들었다.

'잡히더라도 구조는 되는 거다. 그런데 구조돼도 죽을 수 있다.'

짧은 순간 온갖 생각이 머리를 스쳐갔다. 그러는 사이 페트뗏목과 창고뗏목이 제멋대로 흘러가고 있었다. 저건 안 된다. 뗏목을 만드느라 얼마나 고생했는데 저것이 사라지면 완전 절망이다. 이담은 살살 헤엄쳐 뗏목까지 다가왔다. 뗏목을 붙잡은 채 목만 내밀고 가끔 선박을 바라보았다. 선박은 조용했다. 비는 추근추근 내리고 후방 해치에서는 검은 액체가 계속 흘러나오고 있었다. 선박으로부터 더 이상의 총알은 날아오지 않았다.

이담은 선박으로부터 멀어지기 위해 페트뗏목에 올라타 반대방향으로 노를 저었다. 이제 선박은 멀리서 레고블록처럼 보였다. 어처구니없는 일이었다. 사람을 구해줄 수 있는 배가 나타났는데 배로부터 도망가야 한다니. 이 무슨 아이러니인가? 이게 인간의 본모습인가? 이담은 절망감에 사로잡혀 아무 일도 하지 않고 빗속에 쪼그려 앉아 있었다. 윗옷을 태워버려 추웠으므로 차양막을 걸어 몸을 감쌌다. 비 맞은 개처럼 덜덜 떨며 한 덩어리의 살로 웅크렸다.

깜빡 잠이 들었을까? 밤이 되었다. 비는 여전히 추적추적 내리고 있었다. 멀리 수평선에서 선박의 불빛이 보였다. 도대체 오랫동안 뭘 하고 있는 것일까? 가까이 다가가고 싶은 생각도 없지 않았으나 총알이 두려웠다. 한편으로는 '죽이기야 할까?'라는 생각도 들었다. '내일 아침에 다시 가볼까?' 하는 생각도 들었다. 선택장애를 가진 햄릿증후군의 인간처럼 밤새도록 고민하다 지쳐 쓰러졌다.

어김없이 아침이다. 서늘한 바람이 불어왔다. 바람 속에서 톡 쏘는 듯한 기분 나쁜 냄새가 났다. 비는 그쳤다. 배부터 살폈다. 맑은 하늘에 돌출물 없이 수평선은 일직선뿐이었다.

"가버렸군."

허탈했다. 걸리적거리는 물체가 없는 수평선이 야속했다. 이담은 어제의 일을 바둑 복기처럼 정리해보았다. 하지만 표류자를 향해 왜 총을 쏘았는지 도무지 이해되지 않았다.

다음 순간 이담은 소스라치게 놀랐다. 배가 머물렀던 주변에 하얀 물체들이 수없이 떠 있었다. 물고기들이었다. 배를 허옇게 드러낸 물고기들이었다. 큰 물고기·작은 물고기·넙적 물고기·날렵한 물고기·붉은 물고기·푸른 물고기·길쭉한 물고기·발 달린 물고기·흐물흐물 연체동물… 등 온갖 종류의 물고기들이 스티로폼 조각처럼 둥둥 떠 있었다. 어떤 물고기들은 아직 죽지 않았는지 수면에서 몸을 비틀며 고통스럽게 파닥거리고 있었다. 죽은 물고기들이 너무 많아 예수처럼 그

위를 걸어가도 몸이 가라앉지 않을 것 같았다.

"아~."

이담은 신음소리를 내며 한동안 열린 입을 다물지 못했다. 머릿속에 백지장이 놓여 있고 잊힌 기억들이 한꺼번에 모조리 떠오른 것 같았다. 잠깐 뇌기능이 작동하지 않았다. 집단 폐사다. 여름철 폭염으로 인해 남해안 양식장의 물고기 수십만 마리가 집단 폐사했을 때와 같은 풍경이었다. 그러나 여기는 양식장이 아니다. 태평양 한가운데다. 유심히 살펴보니 바닷물 색깔도 어제보다 훨씬 더 탁해져 있었다. 아침부터 나던 냄새가 더 역하게 느껴졌다. 갑자기 헛구역질이 났다.

"흐억 컥 컥, 꾸륵 꾸륵~."

먹은 게 없으므로 노란 위액만 올라왔다. 받아놓은 빗물을 마셨다. 분명 그들은 유독물질을 바다에 버리고 갔다. 분노가 치밀었다.

'못살겠다. 여기서는 살 수 없다.'

이담은 뗏목을 저어 다른 곳으로 가려고 마음먹었다. 그러다 다시 방향을 돌렸다. 먹을 것을 확보해야 한다. 아직 죽지 않은 물고기는 먹을 수 있을 것이다. 폐사체 사이로 뗏목을 저어 파닥거리는 물고기를 끌어올렸다. 물고기는 고통스러워 보였다. 하지만 먹어야 한다. 손칼로 배를 갈랐다. 다행히 독한 냄새는 나지 않았다. 창자 속에서 플라스틱 조각과 비닐들이 한 뭉치 나왔다. 샅샅이 훑어 바다에 던져버렸다. 등 쪽의 살을 발라 씹어 보았다. 괜찮았다. 썩은 내는 나지 않았다. 오염물질에 중독되어도 당장 죽지는 않는다. 중독되어 죽는 것은 나중

일이다. 일단 먹고 살아야 한다. 인간은 나중 일은 별로 생각하지 않는다. 우선 먹는 데 치중하고 쓰레기를 마구 버린다. 쓰레기 처리는 나중 일이고 내가 할 일도 아니다.

오랜만에 물고기를 실컷 먹었다. 처음으로 배부르게 먹었다. 갑자기 많이 먹은 탓에 위가 좀 아팠지만 신경 쓰지 않았다. 먹을 수 있을 때 먹어둬야 한다. 영양분을 비축해야 한다. 남은 물고기는 포를 떴다. 길고 얇게 잘라 창고뗏목에 걸쳐 말리기로 했다. 어포가 되면 오래 먹을 수 있다. 뭍에 올라가면 생선요리는 더 이상 먹지 않을 것이다. 야채와 육고기만 실컷 먹을 것이다.

나쁜 놈들. 이곳은 저주받은 바다다. 무엇을 버렸는지 수많은 바다 생물들이 일시에 죽어버렸다. 육지 폐기물을 바다에 버리기 시작한 해양투기는 인간들의 오랜 습성이다. 일단 육지에서 안 보이면 되므로 눈 가리고 아웅이다. 하늘을 나는 비행기도 바다에 항공유를 마구 버린다. 선박은 말할 것도 없다. 육지에서 처리하기 힘든 폐기물을 밤중에 몰래 버린다. 처리하기 힘든 독한 화학물질도 몰래 해양투기한다. 심지어는 방사능 폐기물도 몰래 버린다.

유조선을 탔을 때도 배에서 발생한 폐기물을 아무렇지 않게 서슴없이 버리는 것을 보았다. 귀항지에 가까워지면 남은 식재료를 아낌없이 바다에 버린다. 새로운 식재료를 실어야 하기 때문이다.

해양투기가 국제적인 문제로 떠오르자 런던협약('폐기물 및 기타물질의 투기에 의한 해양오염방지에 관한 협약')이 맺어졌지만 사실상 무용지물이다. 법적 구속력이 없어 협약국들이 이를 준수하지 않아도 제재할 수 없다. 협약을 주관한 영국도 방사성 물질의 해양투기를 포기하지 않았다. 선진국일수록 유해물질 배출량이 많고, 그만큼 처리비용도 많이 든다. 겉으로는 환경을 부르짖지만 실제로는 몰래몰래 버린다. 서로 암묵적으로 묵인하고 폭로는 금기사항이다.

우리나라도 서해와 동해의 해양투기구역에 1년에 수만 톤을 버리고 있다. 지금은 금지됐지만 유해물질 뿐만 아니라 인간과 가축의 똥오줌도 가차 없이 버려왔다. 투기구역의 일부 바닷물은 공업용수로도 쓰지 못할 만큼 오염된 것으로 알려졌다. 전문가들은 앞으로 해양투기를 중단해도 오염구역이 자연적으로 복원되려면 최소 100년은 걸릴 것이라 한다.

이담은 이 더러운 쓰레기 바다를 탈출하고 싶었다. 그러나 한편으로는 이곳에서 견디고 있으면 구조될지 모른다는 생각도 들었다. 쓰레기 더미를 헤치면 생존은 가능하다. 난바다에 나가면 굶어죽을지 모른다. 그곳에는 또 다른 어떤 일이 일어날지 모른다. 육지 사람들도 어차피 쓰레기 더미 속에서 살아간다. 당장 죽지는 않지만 서서히 쓰레기에 파묻히고 있다. 이 더러운 바다를 견디며 살아갈 것인가? 아니면 난바다의 모험을 할 것인가? 이담은 고민에 고민을 거듭했다.

"안되겠다. 탈출하자."

최소한 오염지역이라도 벗어나고 싶었다. 어차피 반쯤은 죽은 목숨이다. 청명에 죽으나 한식에 죽으나 마찬가지다. 이담은 떠나기로 했다. 어쩌다 이 쓰랜드에서도 살지 못하고 떠나야 하는 처지가 비감했다. 그는 창고뗏목을 매달고 서둘러 노를 저어나갔다.

13

어느 방향으로 가야할까? 그래야 육지와 가까워질까? 쓰랜드는 바람이 거의 불지 않는다. 자신이 어디에 있는지 모르므로 어떤 해류가 흐르는지 알 수 없다. 바다에서는 바람과 해류를 모르면 완전 까막눈이다. 유조선에서 본 〈생존자들 Against the Sun〉이라는 영화와 예전에 읽은 『콘 티키』라는 책이 생각났다.

제2차 세계대전이 한창이던 1942년 1월, 미 항공모함 엔터프라이즈호에서 어뢰 폭격기 편대가 이륙했다. 일본군의 잠수함을 찾아내 폭격하기 위해서였다. 그런데 그중 한 대가 위치를 잃었고 연료부족으로 추락해버렸다. 폭격기에 타고 있던 조종사 해럴드 딕슨 상사와 동료 두 명은 추락한 항공기에서 탈출하여 생존장비인 작은 구명보트에 올라탔다.

미 해군은 사라진 군인들을 찾기 위해 수색대를 보냈으나 망망대해에서 그들을 찾을 수 없어 수색을 포기하였다. 표류자들이 가진 것이라고는 고무보트와 작은 잭나이프, 권총 한 자루가 전부였다. 항법사

토니와 통신사 진은 수영도 할 줄 몰랐다. 그들은 작은 고무보트에 몸을 의지한 채 빗물을 받아 마시고 물고기와 갈매기를 잡아먹으며 생존을 이어갔다. 폭풍우를 이겨내고 상어에 물려가면서 바다를 떠돌았다. 그렇게 34일. 생존자들은 약 1,600키로를 표류한 끝에 남태평양 쿡 제도의 외딴섬 '푸카푸카(Pukapuka)'에 도착했다. 이 섬은 쿡 제도 라로통가 섬에서 무려 1,100km나 떨어져 있었다. 얼마 후, 생존자들은 미국으로 귀환했다. 표류 군인들이 의지했던 구명보트가 미국해군항공박물관에 전시돼 있다 한다.

그들이 34일 동안 1,600키로를 표류했다면 하루에 대략 50키로를 이동했다는 뜻이다. 서울 광화문에서 영종도 인천공항까지의 거리가 약 50키로이므로 꽤 긴 거리다. 그들은 아마 페루해류를 탔을 것이다. 훔볼트 해류라고도 부르는 페루해류는 남극대륙 부근에서 발원하여 남아메리카 서해안을 따라 흐른다. 그러다 페루 앞바다에서 서쪽으로 방향을 틀어 남태평양 한가운데로 흘러든다. 갈라파고스 제도 근처에서 파나마 해류, 남적도 해류와 합류한다. 시계 반대방향으로 흐르므로 페루해류를 타면 남태평양 서쪽의 섬에 닿을 수 있다.

실제로 노르웨이의 인류학자 겸 탐험가 토르 헤위에르달은 손수 만든 '콘 티키'라는 뗏목을 타고 페루에서 폴리네시아의 섬에 도착했다. 그는 1940년대에 폴리네시아에서 인류학을 연구했다. 헤위에르달은 폴리네시아인들이 동남아시아에서가 아니라 남아메리카에서 이동한 것이라 확신했다. 현지조사를 통해 폴리네시아인들의 선조가 남아메리카에서 뗏목으로 페루해류를 타고 건너왔다고 결론짓고 이를 발표했다. 하지만 학계에서는 남아메리카인들이 태평양을 건널 만한 기술과 능력이 없다고 판단하고 그의 이론을 인정하지 않았다.

"그렇다면 직접 고대 항해를 재현해 보이겠다."

냉담한 반응을 받은 헤위에르달은 자신의 연구를 스스로 입증하고자 했다. 1947년 그는 탐험할 대원들을 모집했다. 어렵게 페루정부의 후원을 받아 남아메리카인들이 잉카시대에 만든 것과 똑같은 방식으로 뗏목을 만들었다. 뗏목의 이름은 '콘 티키(Kon-Tiki)'라 지었다. '태양의 신'이라는 뜻이었다. 식료품도 옛날 방식 그대로 준비했다. 1947년 4월 28일 여섯 명이 페루의 카야오항을 출발했다.

이들은 온갖 고생 끝에 101일 동안 약 8천 키로를 항해하여 마침내 폴리네시아 투아모투 제도의 바로이아섬에 도착했다. 이로써 남아메리카 문명이 태평양 여러 섬에 영향을 주었다는 학설이 인정되었다. 이후 헤위에르달은 갈라파고스제도·이스터섬 등을 조사하였다. 1969년에는 고대 이집트인의 중남미 항해를 입증하기 위하여 갈대배인 파피루스선을 타고 대서양 횡단에 성공하기도 했다.

이담은 이 두 가지 이야기를 곰곰이 생각해 보았다. 만약 그가 남태평양에서 표류했다면 페루해류를 타고 어떤 섬이든 도착할 수 있을 것이다. 그러나 북태평양 해류는 완전 다르다.

일반적으로 해류는 바다 위에서 불고 있는 바람의 영향을 많이 받는다. 바람이 불면 마찰력에 의해 바닷물 표면이 일정한 방향으로 밀려가면서 해류를 만든다. 그런데 지구가 서쪽에서 동쪽방향으로 자전하므로 유체역학에 따라 북반구에서는 오른쪽으로 힘이 작용한다. 두 가지 요인이 섞여 표층해수는 바람이 부는 방향과 약 45도를 이루어 흐르게 된다. 그 아래쪽의 해수는 마찰의 영향을 받아 시계방향으로 흐른다. 이러한 현상을 처음 이론적으로 규명한 학자의 이름을 따서 '에크만 수송'이라 부른다.

북태평양에서는 쿠로시오해류·북태평양해류·캘리포니아해류가 시계방향으로 흐른다. 쿠로시오해류는 일본 동쪽 연안과 쿠릴열도를 따라 북상하고, 북태평양해류는 캄차카 반도에서 휘돈다. 이어서 캘리포니아해류는 알래스카와 캐나다 연안을 거쳐 북아메리카 서해안을 따라 남하하여 캘리포니아 남쪽까지 내려간다. 다시 적도와 북위 10도 사이에서 서쪽으로 흐르는 북적도반류를 형성하여 하와이 쪽으로 흐른다. 그러므로 어떤 해류를 만나느냐에 따라 도착지가 달라질 수 있다. 게다가 북태평양에는 중간에 섬도 없다.

항해를 할 때는 표층 바람도 매우 중요하다. 특히 동력이 없는 배는 해류와 바람에 절대적으로 의존하여 항해한다. 그런데 북태평양의 해풍은 매우 독특하다. 북태평양에서는 북위 30도를 기준으로 북쪽에는 편서풍이 분다. 아래쪽은 북동무역풍이 분다. 두 해풍은 북위 30도 근방에서 만난다. 그러므로 그가 북위 30도 이상에 있다면 서풍을 탈 확률이 높다. 그 아래쪽에 있다면 동풍을 타게 된다. 서풍을 타면 캘리포니아쪽으로, 동풍을 타면 일본 쪽으로 가게 된다.

'어느 쪽으로 가야 할까?'

이담은 고민에 고민을 거듭했다. 아무래도 일본 쪽으로 가야 구조될 확률이 높다고 판단되었다. 서쪽에는 그가 떠나온 하와이도 있다. 그쪽에는 섬도 많다.

"서쪽으로 가자."

그렇게 결정했다. 서쪽은 해가 지는 방향이다. 무조건 해가 기우는 쪽으로 뗏목을 저어나가기로 했다. 이담은 창고뗏목을 매달고 노를 저어나갔다. 이동하는 동안에는 고기잡이에 매달릴 시간이 적으므로 당분간은 말리고 있는 생선으로 허기를 때우기로 했다. 너무 열심히 노를 젓다간 탈진할 수 있으므로 체력을 안배했다. 특히 뜨거운 한낮보다는 아침, 저녁과 시원한 밤에 이동했다.

돛을 만들면 항해가 훨씬 더 수월할 것이다. 항해는 꼭 순풍일 때만 하는 것은 아니다. 역풍일 때도 돛을 사선으로 조정하고 지그재그로 나아갈 수 있다. 바람의 역학만 잘 이용하면 된다. 주변을 뒤져 돛이 될 만한 재료를 찾아보았다. 하지만 마땅한 것이 없었다. 비닐조각 등을 얼기설기 엮어 돛 비슷한 것을 만들었지만 바람을 잘 품지 못하고 그냥 펄럭일 뿐이었다. 바람도 너무 약했다. 그냥 그늘막으로 사용한다 셈치고 놔뒀다. 쓰랜드를 탈출한다는 생각을 하니까 마음이 자못 편해졌다. 목적지를 정하고 이동하고 있으니 활력도 솟아났다.

"하여튼 가보자."

항해는 뱃사람의 숙명이다.

유조선에서 하선 당했다는 사실을 가족에게 털어놓을 수 없었다. 인천공항에 내려 서울집에 들를까 고민하다 그냥 부산으로 직행했다. 갑자기 무직자가 되어버렸다. 앞일이 막막했다. 은행에 들러 2년 동안 모은 돈의 일부를 찾았다. 고시원에 들어갔다.

낮에도 캄캄한 고시원에서 주로 잠을 잤다. 잠의 둑이 무너져버린 듯 낮에도 밤에도 계속 잠만 잤다. 답답할 때는 술도 마셨다. 울화통이 터져 견딜 수 없었다. 도대체 뭐가 잘못이란 말인가? 왜 하필 그런 인간을 만나게 되었을까? 그때 참아야 했나? 머리를 쥐어뜯었다. 한동안 폐인처럼 지냈다. 아무하고도 연락하지 않았다. 가장 큰 문제는 병역이다. 남은 1년을 채우지 못하면 군에 입대해야 한다. 군대생활이 두렵거나 회피하고 싶은 생각은 없었다. 하지만 너무 억울했다. 다시 배를 타기로 했다. 여러 해운회사에 이력서를 냈다. 그러나 선원수첩에 적혀 있는 '하선'이라는 주홍글씨를 보고 그를 채용해줄 해운회사는 없었다.

절망스러웠다. 칙칙한 고시원에 처박혀 있는 것도 지겨웠다. 일단 아르바이트라도 하면서 앞일을 모색하기로 했다. 처음 얻은 일자리는 대형할인마트의 공산품부였다. 3개월짜리 단기 알바였다. 맡은 일은 입고되는 상품을 나르고 진열하는 것이었다. 재고를 파악하고 포장박스를 정리하여 치웠다. 어려운 일은 아니었지만 근무시간에는 잠시도 쉴 틈이 없었다. 무슨 물건이 그렇게 많이 들어오는지? 쇼핑할 때는 잘 몰랐지만 막상 창고에서 일해 보니 어마어마한 물량의 유통에 놀랐다. 상품의 종류도 많았지만 쉴 새 없이 드나드는 차량이 엄청난 양의 박스를 쏟아놓고 갔다.

이담은 대형할인마트에 처음 갔을 때의 기억을 떠올렸다. 서울에서 살 때 친구들과 함께 구경하러 갔다. 한국에 진출한 미국의 다국적 기업 월마트였다. 일단 그 규모에 놀랐다. 시내 외곽에 자리한 마트의 주차장에는 차량이 빼곡했다. 건물은 창문도 없는 거대한 창고였다. 번들거리는 조명의 매장에 들어서니 진열대에 상품이 가득했다. 길고 높은 선반에는 엄청나게 많은 상품들이 종류별, 가격대별로 쫙 진열돼 있었다. 실생활에 필요한 모든 물건이 있는 것 같았다. 식품·과일·공산품·주방용품·욕실용품·의류·문구·공구류·차량용품·가전제품… 등 없는 물건이 없었다. 특히 진열대에 가득한 브래지어와 팬티는 어린 그의 눈에 충격적이었다. 디자인, 색상, 사이즈별로 엄청난 양의 상품이 마치 공장의 컨베이어 벨트처럼 진열돼 있었다.

'아! 사람들이 이 많은 물건들을 모두 소비하는구나!'

입이 다물어지지 않았다. 월마트는 자체적으로 쏘아올린 인공위성을 이용해 세계에서 가장 싼 물건을 세계 매장에 공급한다는 이야기를 듣고 어안이 벙벙했다. 이렇게 많은 상품들이 과연 팔려나갈까? 섬마을 구멍가게에서 기껏해야 과자봉지나 라면을 보고 자란 그에게 대형할인마트의 풍경은 눈두덩을 세게 얻어맞은 것 같은 충격이었다. 인간의 모든 욕망이 진열대에 쌓여 있었다. 대량생산과 대량소비의 컨베이어 벨트 위로 사람들이 끊임없이 이동하고 있었다. 카트에 물건을 잔뜩 사가지고 나가는 사람들의 표정은 만족스러워 보였다. 그런 모습을 보며 자신도 그 대열에 합류하고 싶었다.

할인마트에서 일하며 이담은 자신이 초라하게 느껴졌다. 대량소비의 현장에서 가격표가 달린 상품들은 나름대로 존재의 이유가 있다. 그러나 팔리지 않는 것은 가치가 없다. 폐기처분될 뿐이다. 팔리지 않는 인간들도 가치를 상실한 것이다. 가치를 상실하면 유통되지 않는다. 그는 어떤 이유에서건 하선을 당했고 이제 팔리지 않는 인간이 되고 말았다. 자신의 몸값이 몇백만 원짜리 가전제품보다 낮게 가격표가 매겨지는 것을 보며 한숨이 나왔다.

마트에서 일하면서 유효기간이 지난 식품들을 동료들과 나눠 먹었다.

"괜찮아! 먹어도 안 죽어!"

이담은 처음에는 찜찜해서 망설였지만 동료들이 죽지 않는 것을 보고 스스럼없이 먹었다. 반출은 금지되었지만 집으로 가져가기도 했다. 식료품값이 절감되기 때문이었다. 유효기간이 지난 식품들을 우걱우걱 씹어 먹으며 '나의 유효기간은 언제까지일까?'를 생각했다. 빈곤은 유효기간을 짧게 만든다.

물건을 몰래 훔쳐가는 고객들도 있었다. 보안부서에서는 CCTV로

그런 고객들을 잡아냈다. 대부분 실수로 착각했다는 변명을 늘어놓았지만 CCTV 화면기록은 속일 수 없었다. 주의를 주고 훈방하는 게 다반사였지만 드물게 절도죄로 경찰에 넘기는 경우도 있었다.

도대체 왜 인간은 물건 앞에서 욕망을 주체할 수 없는 것일까? 물건은 욕망의 표현인가? 인간과 물건은 동격인가? 그런 깊은 회의감이 들었다. 그렇지만 이담에게 마트에 있는 물건들을 마음껏 가져가라고 한다면 자신도 트럭을 몇 대라도 빌려올 것 같았다.

열심히 일했지만 세 달 동안 모은 월급은 너무 적었다. 하긴 잡역부의 급여는 최저임금이었다.

마트를 그만두고 한동안 쉬었다. 서울에 가서 어머니를 보고 싶었지만 엄두가 나지 않았다. 사실을 이야기하면 충격을 받을 것이다. 가족에게 걱정을 안겨주고 싶지 않았다. 어떻게든 부산에서 일을 하다 다시 배를 타야겠다고 마음먹었다. 매일 인터넷을 뒤지다 구인광고를 보았다.

'환경미화원 모집.'

'에이! 그런 일까지 할 수 있나? 그래도 명색이 해기사인데.'

페이지를 넘겨버렸는데 자꾸 생각났다. 문의해보니 일단 보수가 마트보다 높았다. 새벽 세 시에 출근해서 점심 이전에 일을 마친다는 근무시간이 마음에 들었다. 오후에는 해운회사에 이력서를 내는 등 자기 일을 볼 수 있다는 장점도 있었다. 이력서를 보내고 면접을 봤다.

"할 수 있겠어요?"

구청 외주업체의 관리부장은 몇 번이나 물음표를 찍었다.

"뭐라도 해야 합니다."

"며칠 하다가 그만둘 거면 처음부터 아예 덤비지 마세요. 그런 사람 너무 많아요."

"아닙니다. 오래 하고 싶습니다."

이것저것 물어보더니 출근하라고 했다. 청소차 뒤에 매달려가면서 골목골목에 내놓은 쓰레기를 짐칸에 던져 넣었다. 맡은 구역을 그날그날 처리해야 했기 때문에 정신없이 바빴다. 악취와 질질 흐르는 썩은 물만 빼면 환경미화원도 할 만했다. 두꺼운 고무장갑을 끼고 청소복을 입었지만 더러운 쓰레기의 악취가 온몸을 파고들었다. 어쩌다 잘못 묶은 쓰레기봉투가 터져 내용물이 쏟아질 때는 정말 난감했다. 특히 비오는 날은 일하기 힘들었다. 쓰레기가 빗물에 젖어 무겁고 썩은 물이 줄줄 흘렀다. 쓰레기봉투를 던지면 썩은 물이 공중에 흩어져 몸을 덮쳤다. 얼굴에 튀기기도 해 질겁했다.

그래도 함께 일하는 동료들은 별로 불평하지 않았다. 몰래 버린 쓰레기도 치우며 묵묵히 일했다. 일을 마치면 샤워를 하고 막걸리도 마셨다. 이담도 동료와 어울려 몇 잔 마셨다. 힘들고 더러운 일을 하는 그들은 오히려 마음씨가 더 좋아 보였다. 서로 힘들기 때문에 헐뜯기와 미루기를 삼갔다.

"먹고살려고 하는 거지."

"누군가는 해야 하는 일이야."

"그래도 보수가 쬐끔 낫잖아. 나이 들면 이 일도 못해."

집에 오면 악취가 배인 것 같아 다시 비누로 빡빡 씻었지만 냄새는 가시지 않았다. 차츰 익숙해지자 냄새에 둔감해졌다. 갑자기 시작한 일 때문에 집에 오면 쓰레기 문제에 조금씩 관심을 기울이기 시작했다. 인터넷에서 많은 정보를 찾아봤다. 쓰레기에 관심을 기울일수록 절망감만 앞섰다. 그가 할 수 있는 일은 없었다. 그냥 동료들과 함께 부지런히 치울 뿐이었다.

아침까지 골목 청소를 한 후, 어쩌다 청소차 운전수와 함께 부산 생곡쓰레기매립장에 갔다. 대개는 덤프 운전수 혼자 가는데 혼합 폐기물이 있을 경우 조수로 따라갔다.

생곡매립장은 거대한 쓰레기 산이었다. 입구에는 쉴 새 없이 쓰레기차가 드나들었다. 차량을 계량하고, 반입 불가한 폐기물이 없는지 검사했다. 매립장에 들어가 덤핑을 하고 나오면 불도저가 흙으로 덮었다. 이담은 매립장에 버려지는 쓰레기를 보고 망연자실했다. 엄청난 쓰레기양이었다. 산처럼 쌓인 쓰레기 더미를 보니 말이 나오지 않았다.

"왜? 놀랐냐?"

운전수가 툭 쳤다.

"네."

"인천 매립지를 보면 기절하겠군."

"여기가 가득 차면 나중에는 어디다 묻어야 할까요?"

"어디긴 어디야? 자네 엉덩이에 묻어야지."

하긴 고시원에서 혼자 사는 자신도 매일 쓰레기를 만들어낸다. 쓰레기에 관한 한 모두가 공범이다. 매립장에서 돌아오는 내내 우울하고 절망스러웠다. 이담은 쓰레기 청소일을 하면서 문득 예전에 보았던 〈월-E Wall-E〉라는 영화를 떠올렸다. 〈니모를 찾아서〉로 아카데미상을 수상한 앤드류 스탠튼 감독과 디즈니&픽사 애니메이션이 합작한 이 영화의 배경은 쓰레기에 뒤덮인 지구다.

2105년. 사람들이 버린 쓰레기와 폐기물로 인해 지구는 더 이상 살아갈 수 없는 곳이 되고 만다. 지구는 인간이 버린 온갖 쓰레기, 폐기된 자동차, 부서진 건물 등으로 폐허가 되고 말았다. 생물은 없고 거대한 모래폭풍이 부는 죽음의 행성이 되었다.

지구는 삭막하고 황폐한 디스토피아다. 결국 지구인들은 거대한 크루즈우주선 '엑시엄(AXIOM)'을 타고 우주로 도피해버렸다. 지구에는 생존을 위해 고군분투하는 인간은 하나도 없다. 대신 청소로봇 '월-E'와 바퀴벌레 한 마리가 지키고 있다.

월-E는 'Waste Allocation Load Lifter Earth'로 쓰레기 처리 로봇이다. 인류가 지구를 떠나면서 실수로 마지막 로봇의 전원을 끄는 것을 잊어버려서 계속 작동되고 있는 것이다. 바퀴벌레는 월-E의 애완동물이다.

월-E는 매일 혼자서 쓰레기를 치운다. 7백 년 동안 묵묵히 같은 작업을 반복해온 월-E는 지극히 성실한 일꾼이다. 쓰레기를 압축하여 정방형으로 만든 후 벽돌처럼 탑을 쌓는다. 수백 년 동안 월-E가 치운 쓰레기는 어마어마한 양으로 초고층 빌딩 수 개 분량이다.

지구에 버려진 모든 것에는 하나의 상표가 붙어 있다. 각종 생활용품, 쇼핑몰, 주유소, 자동차, 심지어 화폐까지 온통 붉은색의 'BnL' 로고 일색이다. BnL은 'Buy & Large'의 약자로 지구 최후의 초거대기업이다. BnL은 엄청난 과소비를 조장하고, 정치·경제·문화를 주무른다. 아이들의 교육까지 주관한다.

한편 월-E는 인간이 버린 신기한 물건들을 수집하는 남다른 수집가다. 지포라이터·전구·루빅스 큐브 등 쓰레기 더미 속에서 발견한 보물들을 작은 상자에 차곡차곡 담아 집으로 가져가 세세하게 분류한다. 버려진 냉장고에서 작은 식물을 발견하자 집에 가져가 소중히 보살핀다. 바퀴벌레를 집으로 초대해 식사를 함께하는가 하면, 밤하늘을 보고 감상에 젖기도 한다. 마음에 드는 음악도 듣고, 밤에는 아이포드로 비디오를 감상하며 하루의 피로를 씻는다.

반면 우주를 떠도는 우주선 엑시엄 속의 인간들은 주체성을 상실해버렸다. 사람들은 프로그래밍된 기계가 시키는 대로 하고 의자에 앉아서 산다. 너무 편한 생활에 모두 뚱보가 되어버렸고 걷지도 서지도 못한다. 그러던 어느 날, 눈부시게 새하얗고 미끈한 신형 로봇 이브가 우주선에서 내려오고 월-E는 첫눈에 사랑에 빠진다. 사랑에 빠진 월-E와 이브 로봇은 지구를 구하려 애쓰고 우여곡절 끝에 다시 지구에 귀환한 사람들은 초록의 지구를 만들어나간다.

이런 영화의 청소로봇 월-E처럼 이담은 매일 쓰레기를 치웠다. 쓰레기가 쏟아져 나오고 치우고, 또 버려지고 또 치우고, 비가 오나 눈이 오나 쓰레기를 치웠다. 부산의 골목길은 생산라인이 한시도 멈추지 않는 쓰레기 공장이었다. 끝없이 쏟아져 나오는 쓰레기 골목길을 오가는 동안 몇 달이 흘러갔다.

날씨가 풀려 일하기가 조금 수월해졌다. 부산은 비탈이 많고 길도 좁다. 그래서 동네 군데군데 쓰레기 집하장을 만들어 놓았다. 종량제 쓰레기봉투와 재활용 쓰레기를 분리배출할 수 있게 했다. 두 종류는 따로 처리한다.

이담은 쓰레기 집하장에서 쓰레기봉투를 열심히 청소차에 퍼 날랐다. 차량 뒤쪽의 열린 공간에 봉투를 던져 넣으면 롤러가 회전하면서 너른 철판이 쓰레기를 안쪽으로 밀어 넣는다. 이른바 압착식 진개차다. 쓰레기를 청소차에 던져 넣을 때는 내용물 따위는 신경 쓰지 않는다. 어차피 쓰레기인데 내용물을 따질 필요도 없다. 빨리빨리 일을 해야 하기 때문에 쉼 없이 기계적으로 일한다. 어두운 새벽에는 잘 보이지 않기 때문에 경험과 느낌으로 일한다.

뒤섞인 어떤 쓰레기봉투를 들려는 순간, 뭔가 느낌이 이상했다. 100리터짜리 큰 봉투였다. 봉투 밑에 핏물이 흥건했다. 날이 밝아오고 있었기 때문에 언뜻 눈에 띄었다. 너무 무거워서 옆으로 치워놓았다. 작은 봉투를 던져 넣고 동료를 불렀다.

"같이 좀 들어요."

"야! 그걸 혼자 못 들어!"

고참이 툴툴거리며 다가왔다. 두 사람은 봉투 양끝을 들고 롤러 입구에 던져 넣었다. 롤러 날에 봉투가 끼어 뿌직 소리를 냈다. 롤러가 압착하는 순간, 봉투가 퍽 터지며 핏물이 사방으로 튀었다. 두 사람이 펄쩍 뛰었으나 이미 핏물이 덮친 후였다.

"스톱! 스톱!"

청소차 아래로 핏물이 질질 흘러내렸다.

"스톱! 롤러 반대로 돌려!"

운전기사가 레버를 틀어 롤러를 반대로 돌렸다.

"뭐야! 뭐야!"

"아! 씨바! 엿 같네."

고참이 쓰레기봉투를 끌어내렸다. 찢어진 봉투 사이로 사람의 팔이 툭 삐져나왔다.

"악!"

"뭐야. 사람이야?"

"야! 야! 손대지마. 빨리 신고해!"

놀란 운전기사가 질겁하며 황급히 경찰에 신고했다. 고참이 담배를 빼어 물었다.

"아. 좆도. 이 짓도 못해먹겠네."

"저도 한 대 주세요."

담배를 든 이담의 손이 부들부들 떨렸다. 경찰차가 달려왔다. 봉투를 칼로 찢으니 토막 난 여자의 시신이 엉겨 있었다. 벌거벗겨진 채로 잘린 나신은 누군가 내다버린 고깃덩이 같았다. 피가 뒤엉킨 머리카락 사이로 여자의 퀭한 눈이 둘러싼 사람들을 빤히 쳐다보고 있었다.

그날 이후 쓰레기봉투를 들기가 무서웠다. 어쩌다 개나 고양이의 사체가 섞여 있는 것을 보긴 했으나 사람의 시신은 처음이었다. 봉투마다 토막 난 시체가 들어 있는 것 같았다. 무서운 꿈에 시달렸다. 부릅뜬 눈이 계속 그를 쫓아다녔다. 얼마 후, 이담은 청소차 일을 그만뒀다.

14

바람은 거의 불지 않았다. 해류도 느껴지지 않았다. 뗏목 두 개를 끌고 가는 일은 매우 힘들었다. 수면의 부유물을 헤치며 노를 젓다 보니 더욱 힘이 부쳤다. 뗏목을 하나로 합칠까 하는 생각도 했다. 그러나 애써 마련한 살림을 포기할 수 없었다. 이동하는 동안에도 먹고 살아야 한다.

달이 밝았으므로 주로 밤에 이동했다. 서쪽으로 이동하고자 했으나 과연 제대로 가고 있는지 의문스러웠다. 다만 해와 별을 보고 방향을 가늠할 뿐이었다. 뜨거운 한낮에는 노젓기를 멈추고 고기를 잡았다.

낚시를 드리우거나 그물을 쳤지만 고기는 잘 잡히지 않았다. 말린 고기를 뜯어먹었다. 받아놓은 빗물도 점점 바닥을 드러내고 있었다.

막상 물과 먹거리를 제대로 구할 수 없는 바다의 사막에서 생존투쟁을 벌이다 보니, 예전에 승선했던 유조선은 풍요의 창고였다는 생각이 들었다. 비록 고립된 선박이었지만 유조선 안에서는 먹을 것이 넘쳐났다. 뱃사람들은 먹을 것은 아끼지 않았다. 고생하기 때문에 먹기라도 잘해야 한다는 신조였다. 한번 출항할 때마다 거의 두 달 분의 부식을 저장해야 했기 때문에 어마어마한 양을 실었다. 종류도 쌀과 곡물, 야채, 육류, 생선, 가공식품 등 매우 다양했다. 육지에서 먹는 것은 거의 실었다. 교대로 야간 당직을 섰기 때문에 언제든지 식당에 가면 먹을 것이 있었다. 배가 고프면 언제든지 꺼내서 먹었다. 그리고 귀항지에 가까워지면 남은 식재료 중 반납이 안 되는 것은 가차 없이 바다에 버렸다. 육지에 가져가도 어차피 쓰레기였다. 정말 풍요의 탱크였다.

유조선 탱크에 적재한 18만 톤, 110만 배럴의 원유는 대량생산과 대량소비를 움직이는 거대한 몬스터였다. 깊은 땅속에서 파낸 원유는 동력을 제공하고 온갖 석유화합물을 만들어낸다.

플라스틱의 주 원료는 원유다. 1863년 뉴욕의 당구공 제조업체들은 당구공의 재료인 코끼리 상아를 대체할 수 있는 대체물질을 개발하는 사람에게 1만 달러를 주겠다는 신문광고를 냈다. 상아가 너무 비쌌기 때문이다. 인쇄공 하야트(John Wesley Hyatt)는 이 광고를 보고 연구를 시작했다.

수년간의 연구 끝에 1869년 셀룰로이드를 만드는 데 성공하였다. 하지만 셀룰로이드는 상아와 같은 탄성을 가지지 못했기 때문에 당구공을 대체하지는 못했다. 그 대신 썩지 않는 신물질 플라스틱 시대를 열었다.

기술발전으로 원유에서 수지, 에틸렌을 뽑아내는 정제법이 개발되면서 플라스틱은 지구의 총아가 되었다. 모든 물건을 만들어낼 수 있는 마법의 재료가 되었다. 썩지 않아 영원히 존재하는 지구의 신이 되어버렸다.

만능과 무소불위의 원유를 싣고 오대양을 떠다니는 유조선은 21세기 인간의 욕망을 대변하는 거대한 방주였다. 그런 방주들이 공룡처럼 수없이 바다를 떠다니고 있다.

날씨는 여름날의 세탁소처럼 무더웠다. 습기를 머금은 대기는 아주 기분 나빴다. 사람을 금방 지치게 했다. 열기를 식히기 위해 물속에 들어갔다 나와도 그때뿐이었다. 바닷물이 마르면 피부에 소금기가 달라붙어 더 끈끈했다. 염분이 땀구멍을 막아 체온이 더 올라가는 것 같았다. 무더운 대기는 밤에도 식지 않았다.

열대야가 계속됐다. 아무 생각도 들지 않았다. 그냥 시원한 에어컨 바람을 쐬며 아이스크림이나 먹고 싶었다. 영화라도 한 편 본다면 더욱 확실한 행복이다. 그런 육지생활이 절실하게 그리웠다. 그러나 여기는 태평양 한가운데. 그냥 시원한 물이라도 실컷 마셨으면 소원이 없겠다.

　매일 아침 뗏목 난간에 표시를 했기 때문에 날짜의 흐름은 알고 있었다. 밤에 뜨는 달의 변화를 보아도 날짜가 얼마나 지났는지 알 수 있었다. 대략 닷새를 항해했다. 그런데도 너른 바다는 나타나지 않았다. 가도 가도 쓰레기 더미뿐이다. 혹시 자신이 제자리를 맴돌고 있지 않을까 하는 의구심이 들었다. 서쪽방향이라 하지만 난바다에는 특별한 지형지물이 없으므로 그쪽으로 가고 있는지 어쩐지 알 수 없다. 더욱이 북태평양 쓰레기섬은 환류 때문에 생겨난 것이다. 환류에 몸을 맡기면 소용돌이로 인해 빙글빙글 돌게 될 것이다. 어쩌면 구심력 때문에 소용돌이의 중심으로 점점 더 빠져들고 있을지도 모른다.

　이담은 절망스러웠다. 희망이 보이지 않았다. 게다가 엊그제 이동하면서 본 마네킹이 자꾸 떠올랐다. 쓰레기 더미 사이에서 하얀 물체가 눈에 띄어 물고기인가 하는 생각에 가까이 다가갔다. 아니었다. 가랑이를 벌리고 있는 흰 물체를 보고 기겁했다. 죽은 사람의 시체 같아 보였다. 옷도 입지 않았고 물고기에 뜯어 먹히지도 않아 형체가 온전했다. 자세히 보니 목 없는 마네킹이었다. 마네킹은 하늘을 향해 배를 내밀고 둥둥 떠 있었다. 죽어서도 썩지 않는 괴물. 죽어서도 바다를 떠돌고 있는 괴물. 어느 옷가게에서 멋진 옷을 걸치고 있었을 마네킹이 버려진 채 태평양을 떠돌고 있었다. 평소에는 아무렇지도 않았을 마네킹이 너무 무서웠다. 흡사 자신의 모습 같아 서둘러 지나쳤다.

　20세기 이전의 바다는 침몰의 시대였다. 인간은 침몰하지 않으려고 갖은 애를 썼다. 가라앉으면 끝이었다. 그러나 가라앉는 바다는 오히려 인간과 공존했다. 가라앉은 것들은 대부분 자연으로 돌아갔다. 서로 해치지 않았다. 하지만 21세기 플라스틱 바다는 부유의 시대가 되고 말았다. 죽은 원혼처럼 가라앉지도 못하고 떠도는 물질들로 가득해졌다. 가라앉지 못하는 바다는 썩고 있다. 46억년 동안 생명의 어머니 역할을 하던 바다를 포식자 인간이 불과 1백년 만에 죽이고 있다. 인간의 욕망은 언젠가는 바다 전체를 덮어버려 공멸할 것이다. 죽어가는 바다에서 이담도 영혼이 없는 마네킹처럼 떠돌고 있었다.

15

해가 바닷속으로 뛰어들려 하고 있었다. 절망에 사로잡힌 이담은 아무 것도 하기 싫었다. 먹고 싶지도 않았다. 아니 먹을 것도 없었다. 말린 물고기는 다 먹어버렸다. 이동 중에는 물고기를 거의 잡지 못했다. 너무 덥고 바다가 부풀어 올라 물고기들이 깊은 바닷속으로 내려가 버린 듯했다. 받아놓은 빗물은 바닥났다. 증발기로 물을 만들고 있지만 겨우 혀를 적실 정도였다.

불안한 황혼은 핏빛으로 변했다. 화가 뭉크의 그림《절규》속의 붉은 하늘처럼 타올랐다. 금방이라도 하늘에 불이 붙어 풍경 전체가 타버릴 것 같았다. 무서웠다. 죽고 싶었다. 살아서 돌아갈 가능성은 없고 설령 구조된다 해도 그냥 표류하는 인생이다.

게다가 주변은 온통 쓰레기 천지다. 아름다운 섬 청정 남해바다의 기억은 산산조각난 지 오래다. 태평양 한가운데까지 쓰레기가 넘쳐난다. 이런 환경에서는 살아갈 수 없을 뿐더러 산다는 것이 무의미하게 느껴졌다. 어차피 쓰레기 더미 속에서 죽어갈 것이다. 이번 생은 완전 망했다. 희망이 없다.

죽어버리고 싶었다. 이담은 죽기로 했다. 하나 둘 셋 뛰어들자는 결심을 하기도 전에 그의 몸은 "풍덩" 바닷속으로 가라앉고 있었다. 눈을 감았다. 눈을 뜨면 죽지 못한다. 눈앞에 무엇이 보이면 생각이 달라진다. 팔짱을 끼었다. 움직이지 말자. 팔을 움직이면 가라앉지 않는다. 아무 생각도 하지 말자. 그냥 자연으로 우주로 돌아가는 것이다. 남해의 잠수왕이 물속에 빠져 죽다니…. 정말 어처구니없다. 삶은 이처럼 알 수 없는 것이다. 전혀 엉뚱한 곳으로 엇나간 삶이었지만 그래도 살아왔다. 이젠 모두 안녕이다. 어머님 죄송합니다. 숨이 찼다.

"딸꾹 딸꾹!"

꿀꺽 꿀꺽. 바닷물이 목으로 넘어갔다. 마지막 숨 한 모금. 그것을 삼키면 죽는다. 죽는구나. 죽으면 이 고통스런 삶도 끝이다. 삶이 끝난 후에는 아무 것도 없다. 생각이 사라지기 때문에 알 수도 없다. 유기물에서 무기물로 돌아가는 것이다. 먼지나 진흙과 같다. 죽자! 죽는구나.

그런데 무엇인가 엉덩이를 쿡쿡 질렀다. 마치 막대기로 엉덩이를 쑤시는 것 같았다. 자꾸 몸을 툭툭 쳤다. 감전처럼 찌릿찌릿했다. 신경세포가 살아났다. 몸이 가라앉지 않았다. 눈을 떴다. 눈을 뜨자 본능적으로 손발이 허우적거렸다. 수면 위로 푸욱 솟아올랐다. 붉은 바닷물이 보였다. 머리를 흔들며 전율했다.

"어푸! 어푸!"

바다는 아무 일도 없었다. 황혼은 점점 수그러들며 치자색으로 변하고 있었다. 해는 수평선에 사과조각만큼 걸려 있었다. 일단 수면 위로 솟아오르자 자연스럽게 헤엄이 쳐졌다. 뗏목 모서리를 잡았다. 뗏목을 잡고 정신을 수습했다. 실패인가? 뗏목에 머리를 기대고 한동안 있었다. 죽지 못했나? 다시 뗏목에 올라탔다. 몸을 기역자로 꺾어 바닷물을 꺽꺽 토해냈다. 시큼한 위액까지 뱉어냈다.

그때 이담의 눈에 거무스레한 물체가 눈에 들어왔다. 둥글넓적한 함지박을 엎어놓은 것 같았다. 어른주먹처럼 솟아나온 돌출물 속에 반들거리는 눈동자가 그를 빤히 바라보고 있었다. 큰 눈동자가 더없이 착해 보였다. 이담의 눈동자도 그것을 바라보았다. 거북이가 눈을 깜박였다. 이담도 덩달아 눈을 깜박였다.

"뭐지?"

이담은 조금 전에 자신이 저질렀던 일은 까맣게 잊고 뗏목을 저어 물체에 다가갔다. 바다거북이었다. 등딱지가 1미터쯤 되는 상당히 큰 거북이었다. 뗏목이 다가갔는데도 거북은 달아나지 않았다.

'이 녀석이 내 엉덩이를 찔렀나?'

갑자기 웃음이 나왔다.

"킥 킥 킥!"

바다거북은 이담을 먹이로 착각했을까? 아니면 그냥 장난이었을까? 바다거북은 주로 해조류를 뜯어먹지만 잡식성이기 때문에 해파리나 오징어, 해면동물 등을 먹고 산다. 녀석이 그를 먹이로 착각하고 쿡쿡 찔렀을 수도 있다. 아니면 호기심으로 건드렸을 수도 있다. 어쨌든 이로 인해 이담은 자살에 실패했다. 덕택에 살게 됐다. 고맙기도 하고, 우습기도 하고, 어처구니없기도 했다. 여러 가지 복잡한 생각이 들어 등딱지를 어루만져주었다. 거북은 목을 빼어 그의 손등을 쿡쿡 찔러댔다. 거북은 사람을 크게 두려워하지 않기 때문에 가까이 가면 장난을 치며 놀기도 한다.

'먹이를 달라는 행동일까?'

뗏목을 찾아보니 마른 어포 한 조각이 있었다. 그것을 입가에 가져다 댔더니 앙증맞게 물어 삼켰다.

"거북아! 여기는 먹을 게 없구나. 내일 오렴. 고기를 잡아줄게."

해가 꼴까닥 가라앉아 바다가 검푸르게 어두워졌다. 거북도 파도에 가려 보이지 않았다. 증발기를 찾아 남은 물을 마셨다. 갑자기 극심한 허기가 몰려왔다.

'그래 낚시라도 해보자.'

낚싯줄을 꺼내 바다에 드리웠다. 페트뗏목과 창고뗏목 사이에 그물도 드리웠다. 죽는 것도 마음대로 안 된다. 죽지도 못하면 살아야 한다. 산다는 것은 늘 배고프다는 뜻이다.

16

잘 잤다. 모든 일을 포기하고 '될 대로 되라'고 생각하니 마음이 편해졌다. 바람이 자못 선선했으므로 그냥 누워 있었다. 어젯밤 늦게 상당히 큰 물고기 한 마리를 잡았다. 졸고 있었는데 낚싯줄을 쑥 당기는 입질에 놀라 잡아챘더니 두 뼘 크기의 둥그런 물고기가 올라왔다. 어두워서 고기의 종류는 알 수 없었다. 접이칼로 배를 갈라 내장을 버리고 회를 떠서 살을 씹어 먹었다. 달짝지근한 생선살이 맛있었다. 마늘을 갈아 넣은 양념된장 생각이 났다. 호사스런 생각이다. 빈 위속에 음식물이 들어가니 잠이 쏟아졌다. 그대로 떨어져 잠들어버렸다.

쓰랜드 탈출에 실패했다. 제자리를 맴돌고 있는 것 같다. 죽는 일도 실패했다. 실패, 실패의 연속이다. 앞으로 어떻게 해야 할까? 곰곰이 생각했다. 뾰족한 방법이 떠오르지 않았다.

바다에서 표류한다고 다 죽지는 않는다. 엘살바도르의 어떤 어부는 상어잡이를 나갔다가 표류했는데 무려 13개월 만에 구조됐다고 한다. 마셜군도에서 덥수룩한 머리와 누더기 옷으로 발견된 그는 물고기와 거북이를 잡아먹고 살았다고 한다. 그런데 1년 넘게 표류한 사람답지 않게 상당히 건강했다고 한다. 멕시코에서는 어부 3명이 9개월 동안 표류했다가 구조됐다는 이야기도 있다. 어쨌든 잘 견디기만 하면 언젠가 구조될 수 있다. 그런 생각을 하고 있는데 무엇인가 손등을 자꾸 간질였다. 가려워서 긁으려고 몸을 일으켰다.

"어? 이게 뭐야?"

풍뎅이였다. 풍뎅이 한 마리가 이담의 손등에서 기어 다니고 있었다. 엄지 손톱만한 풍뎅이의 등껍질은 짙은 진초록으로 아름다웠다. 콤팩트디스크의 표면처럼 무지갯빛이 아롱거렸다. 투구 앞쪽에 위협적인 창이 있었다. 톱니가 달린 분절된 작은 발들을 부지런히 움직이며 먹을 것을 찾고 있었다.

'풍뎅이가 어디서 날아왔지?'

쓰랜드에서 처음 보는 육지동물이었다. 북태평양 한가운데서 풍뎅이를 보다니 너무 신기했다. 쓰레기 더미의 나무토막 속에 들어 있던 알이 부화했을까? 그건 불가능하다. 알이 부화하여 성충이 되려면 담수와 먹이가 절대적으로 필요하다. 그렇다면 근처를 지나는 배에서 날아왔을까? 가까운 곳에 섬이 있나? 알 수 없다. 하여튼 풍뎅이가 뗏목에 날아왔다는 것은 좋은 신호다. 갑자기 희망이 생겼다.

중남미와 멕시코·브라질 등에는 많은 종의 풍뎅이가 산다. 풍뎅이는 숲이 우거지고 비가 많이 내리는 곳을 좋아한다. 고대 마야인들은 풍뎅이를 귀하게 여겨 황금풍뎅이 장신구를 만들기도 했다. 멕시코에는 전설이 하나 있다. 공주가 한 남자를 사랑했다. 그러나 가족과 부족은 만남을 반대했다. 슬픔에 빠진 공주는 죽었다. 죽은 공주가 풍뎅이로 환생하자 연인 남자가 풍뎅이를 아름답게 치장한 후 가슴 근처에 달고 다녔다. 이를 본떠 멕시코 사람들은 살아 있는 풍뎅이로 장신구로 만든다. 풍뎅이 등딱지에 형형색색 물감을 칠하고 아름다운 보석과

금으로 치장한 브로치를 만들어 단다. 이를 스페인어로 풍뎅이를 뜻하는 '마케치'라 부른다.

이담은 손등을 살살 돌려 풍뎅이가 손바닥 위에 올라오도록 했다. 바지락거리는 모습이 귀엽다. 어렸을 때 섬에서도 풍뎅이를 가지고 놀았다. 풍뎅이 목을 비틀어 뒤집어놓으면 날개를 퍼덕이며 팽이처럼 빙글빙글 돌았다. 그때는 그것을 재미로 여겼지만 잔인한 놀이였다.

풍뎅이는 꽃이나 열매, 썩은 동식물, 똥 등을 먹고 산다. 먹이로 줄만한 것이 없다. 말린 생선 조각을 조금 찢어 손바닥에 놓았더니 냄새를 맡고 기어온다. 앞발로 그걸 붙잡고 씨름을 하는 데 먹는지 어떤지 모르겠다. 문득 풍뎅이를 키우고 싶다는 생각이 들었다. 그는 칼로 플라스틱 통을 잘라 곤충채집통 비슷한 것을 만들었다. 그 속에 풍뎅이를 넣고 물을 주었다. 더위에 쪄죽지 않도록 공기가 잘 통하게 하고 그늘에 놓아두었다.

죽지도 못했으니 다시 먹고 살아야 한다. 증발기에 바닷물을 잔뜩 부어놓고 고기잡이에 나섰다. 페트뗏목과 창고뗏목 사이에 그물을 치고 낚시도 드리웠다. 그렇게 부산을 떨고 있는데 물살에 바다거북이 밀려왔다.

"어? 얘가 안 갔나?"

거북이 멀리 가버린 줄 알았다. 그래서 잊고 있었다. 그런데 거북은 뗏목 주위를 맴돌고 있었다. 움직임이 활발하지 않았다. 고개를 주억거리기는 하는데 왠지 힘이 없어보였다. 그냥 둥둥 떠 있었다.

'어디 아픈가? 병들었나?'

뗏목을 저어 가까이 가보았으나 눈만 끔벅일 뿐 잠수하지 않았다. 바다거북은 수심 1천 미터까지도 잠수한다. 바닷속에서 먹이 활동을 하다가 체온을 높이거나 기생충들을 없애기 위해 가끔 물위에 떠올라 일광욕을 한다. 그러다 다시 잠수한다. 큰 눈은 왠지 착해 보이고 성질도 온순해 사람들이 좋아한다. 그런데 바다거북은 바닷속으로 들어가지 않았다. 달리 방법이 없었으므로 내버려두었다. 한 시진쯤 지나 그물을 걷으려 했더니 그물 상단에 쓰레기와 함께 둥그런 뭉치가 걸려 있었다. 야자열매였다.

"야자다!"

그물을 당겨 야자열매를 건졌다. 묵직한 무게가 느껴졌다. 표면은 바다이끼가 끼어 미끌미끌했지만 흔들어보니 내용물이 느껴졌다. 이끼를 씻어내고 열심히 껍질을 벗겼다. 갈색의 속껍질이 나타났다. 접이칼을 스크루처럼 계속 돌려 구멍을 뚫었다. 마침내 구멍이 생겼다. 썩지는 않았을까? 열매를 들어 과즙을 조금 마셨다. 약간 떫은맛이 났지만 썩지는 않은 것 같았다.

기적 같았다. 표류 후 처음 먹는 육지의 맛이었다. 물고기만 먹다가 과즙을 마시니 환상적이었다. 일단 먹어두자. 이담은 야자 과즙을 꿀럭꿀럭 다 마셔버렸다. 그물 걷는 일을 제쳐두고 칼로 야자열매를 반으로 갈랐다. 힘든 노력 끝에 단단한 껍질을 반으로 쩍 가르는 순간 하얀 속살이 나타났다. 아! 눈부셨다. 광채가 나는 아름다운 순백색이었다. 칼로 긁어 조금 먹어봤다. 약간 달콤하고 고소한 맛이 기막혔다. 육지에 있을 때는 속살을 긁어먹는 게 귀찮아 즙만 마시고 버렸는데 이게 이렇게 맛있을 줄 몰랐다. 한 조각을 떼어 풍뎅이에게 주었다. 풍뎅이가 냄새를 맡고 다가와 우물거렸다. 이담은 거북에게도 주고 싶었다. 팔을 뻗어 거북의 입에 갖다 댔다. 덥석 받아먹었다. 맛이 괜찮은지 뱉지 않았다.

'갑자기 먹여 살릴 식구가 둘이나 생겼군.'

왠지 흐뭇하고 기분 좋았다. 그물을 걷으니 물고기 몇 마리와 게 한 마리가 버둥거리며 올라왔다. 물고기를 죽여 놓고 게를 집어 들었다. 우리나라의 꽃게와 달랐다. 가재와 비슷하게 생겼는데 분명 게 종류다. 하와이에서 먹었던 야자집게가 생각났다. 강력한 집게발로 야자열매를 부숴 먹고 살기 때문에 코코넛크랩이라 불린다. 게 요리는 아주 맛이 좋았다. 단맛이 감돌고 살이 쫄깃한 바닷가재에 가까운 맛이 났다.

그물로 잡은 게를 손으로 들어 한참 바라보았다. 생명에 위협을 느낀 게는 버둥거리며 집게발을 세워 필사적으로 달려든다. 하지만 살려 줄 수 없다. 나도 먹고 살아야 한다. 다리를 뚝 분질러버리고 게딱지를 까버렸다. 그랬더니 조용해졌다. 게를 익혀서 먹으면 더 맛있을 것이다. 어쩌다 운 좋게 잡은 것도 감지덕지인데 입맛은 한발 더 앞선다. 어쨌든 오늘은 풍성한 식단이다.

배가 부르니 아무 일도 하기 싫다. 노를 저어봤자 맴돌기만 할 뿐이다. 풍뎅이와 야자열매를 보니 육지가 가깝지 않을까 하는 생각도 들었다. 제발 그랬으면 좋겠다. 달이 만월을 지나 하현으로 변했다.

17

풍뎅이는 잘 견디고 있었다. 야자껍질과 속살을 깎아주었다. 게살도 넣어주었다. 풍뎅이는 잡식성이기 때문에 이것저것 잘 먹는다. 썩은 것도 잘 먹는다. 할 일이 없을 때는 풍뎅이를 들여다보는 것이 유일한 즐거움이다.

"제발 오래 살아라. 나와 함께 육지로 가자."

갇혀 있는 풍뎅이가 불쌍해 뚜껑을 열어줄까 하는 생각도 했으나 쓰레기 위로 날아가도 생존 가능성은 희박했다. 물도 없고 먹이도 없다. 잘 키우리라는 자신감은 없지만 그래도 플라스틱 통이 안전하다. 풍뎅이는 어쩌다 날개를 붕붕거리기는 했으나 힘이 없는지 바닥에 떨어져 버렸다. 가끔 꼼짝도 하지 않았다. 잠을 자는 듯 했다. 이담은 플라스틱 통 속의 풍뎅이가 꼭 자신 같았다. 본래 살 곳이 아닌데 어쩌다 흘러들어왔다. 벗어날 수도 없다. 머리 꺾인 풍뎅이처럼 뱅뱅 맴돌 뿐이다.

풍뎅이의 처지도 안됐지만 바다거북도 안쓰러웠다. 어떤 때는 보이지 않아서 가버렸구나 생각했는데 다시 뗏목 주위에 있었다. 바다거북이 가까이오자 이담은 바다에 뛰어들었다. 등껍질을 잡고 몸을 만져봤다. 배가 불룩했다. 이상했다. 혹시 산란기인가? 바다거북은 산란을 위해 수천 킬로를 이동하여 좋은 모래밭을 찾는다. 알을 낳을 때가 됐으면 바닷가 모래로 올라가야지 왜 여기에 있을까? 자맥질하여 밑에서 바라보았다. 둥그런 배가 보트처럼 떠 있을 뿐 물갈퀴의 움직임이 둔했다. 잠수를 하려고 버둥거리지만 잘 안 되는 것 같았다. 거북이를 잘 모르고 별다른 방법도 없었으므로 그냥 뗏목 위로 올라왔다. 자기를 살려준 바다거북을 잡아먹고 싶지는 않았다. 가까이 다가가 잡은 물고기 조각을 떼어 주었지만 먹성이 시원찮았다.

"거북아, 너 어디 아픈 거니?"

바다거북이 걱정되었지만 별 수 없었다. 더운 한낮에는 쉬고, 증발기로 물을 만들었다. 저물 무렵 그물을 걷어 물고기를 잡았다. 뗏목을 저어 이동한 곳에서는 물고기가 조금 더 잡혔다.

밤이 되자 뗏목 주변에 퍼런 인광이 나타났다. 처음에는 밤하늘의 별이 바닷물에 반사되는 줄 알았다. 그러나 인광은 수면 아래에 있었고 뗏목 주위를 맴돌았다. 반딧불이처럼 밝아졌다 어두워졌다를 반복하는 것을 보고 바다생물인 줄 알았다. 노를 물속에 집어넣으면 달아났다가 다시 다가왔다. 선원들에게서 오징어가 인광을 낸다는 이야기를 들었으므로 아마 그런 어류인 것 같았다. 집어등과 채낚기가 없었지만 잡아보고 싶었다. 인광 사이에 낚시를 집어넣었다가 갑자기 채는 방법을 여러 번 시도해보았지만 걸리지 않았다. 힘만 들어 포기하고 드러누워버렸다.

창선섬에 살 때 여름밤이면 밤고기를 잡으러 다녔다. 시원한 바닷바람이 너무 상쾌했다. 석유를 묻힌 횃불을 비추면 물고기들이 몰려왔다. 그것을 족대그물로 떴다. 작은 물고기들이 횃불 속에서 은빛으로 파닥였다. 재수가 좋으면 길을 잘못 든 숭어나 쥐치도 잡을 수 있었다.

고기를 잡다 잠시 쉴 때면 바닷가 인광을 가지고 놀았다. 물살이 자갈해변에 밀려올 때면 퍼런 인광도 함께 밀려왔다. 그것을 손바닥에 묻혀 비비면 불꽃놀이처럼 반짝반짝 퍼지다가 사라졌다. 팔뚝에 묻히면 스타워즈의 광선검처럼 빛이 나 휘둘렀다. 장난삼아 친구의 뺨에 비비면 시퍼런 외계인이 되어 "왁" 얼굴을 디밀고 깔깔거렸다. 그 시절은 가난했지만 행복했다. 이담은 살며시 미소를 지었다. 자고 나면 그냥 똑같은 아침인 그 시절로 돌아가고 싶다. 그러나 지금 그는 쓰랜드에 혼자 있다.

후덥지근한 대기 속에서 눈을 떴다. 아침부터 푹푹 찐다. 비가 시원하게 왔으면 좋겠다. 그러나 구름덩이는 보이지 않고 무덥기만 하다. 물을 마시고 무심코 창고뗏목을 바라보았다. 페트뗏목과 창고뗏목 사이에 쳐놓은 그물에 바다거북이 걸려 있었다.

"헉!"

순간 불길한 생각이 들었다. 거북은 목을 물속에 처박고 있었다. 황급히 그물을 잡아당겼다. 창고뗏목이 끌려오며 거북이도 따라왔다. 만져보니 움직임이 없었다.

"죽었나?"

거북은 매우 무거웠으므로 그물과 함께 뗏목 위로 끌어올렸다. 눈꺼풀이 쳐지고 목이 축 늘어져 있었다. 목을 잡고 흔들어보았다. 거북의 목은 인형팔처럼 맥없이 흔들릴 뿐 살아 있는 기미가 안보였다.

"아! 죽어버렸구나."

이담은 넋이 나간 것처럼 털썩 주저앉았다. 슬펐다. 며칠 전부터 움직임이 활발하지 않더니 죽어버린 것이다. 한동안 죽은 바다거북을 앞에 놓고 바라보기만 했다. 목을 늘어뜨린 거북은 검은 이불뭉치처럼 미동도 하지 않았다. 자기를 살려준 거북. 울음이 나왔다. 가족이 죽은 것처럼 엉엉 울었다.

"거북아! 거북아! 흑 흑!"

한동안 그렇게 흐느꼈다.

"딸꾹 딸꾹!"

울음이 멎자 딸꾹질이 나왔다.

"왜 죽었을까?"

힘들여 거북을 뒤집었다. 타일처럼 갈라진 연노란 배가 불룩했다. 몇 번이나 망설인 끝에 접이칼로 배를 갈랐다.

"퍽!"

창자가 터지며 온갖 쓰레기가 쏟아져 나왔다. 비닐조각, 플라스틱 뚜껑, 낚싯줄, 노끈 등이 연거푸 나왔다. 심지어 낚싯바늘과 갈고리도 있었다. 그물은 창자를 옥죄며 감겨 있었다. 배에서 나온 쓰레기의 양은 큰 세숫대야에 넘칠 분량이었다. 차마 눈뜨고 쳐다볼 수 없었다. 얼마나 심한 고통을 겪다 죽었을까?

거북은 배 속에 들어찬 쓰레기와 오물 때문에 잠수를 못하고 먹이활동도 하지 못하다가 굶어 죽은 것이다. 한숨이 나오며 분노가 치솟았다. 더 갈라볼 필요도 없었다. 창자를 가른다는 것이 인간의 몹쓸 짓을 확인하는 것 같아 미안하기만 했다.

"쓰레기가 너를 죽였구나."

이담은 쏟아져 나온 쓰레기가 보기 싫어서 창자와 함께 바닷물에 버렸다. 뜨거운 태양 아래 배를 드러낸 거북은 먹이가 흩어진 지저분한 소 여물통처럼 보였다. 이담은 자기를 살려준 거북의 장례를 치러주고 싶었다. 아무리 먹을 것이 없지만 그냥 바닷속으로 돌려보내주고 싶었다. 그러나 다음 순간, 그럴 수 없었다. 죽은 생물은 이미 죽은 것. 인간은 먹고 살아야 한다. 거북의 고기는 육고기와 비슷해 물고기보다 맛있다는 이야기도 떠올랐다. 결국 입술을 꼭 깨물고 등껍질 안쪽의 살을 차근차근 발라냈다. 마지막으로 옴폭한 함지박 같은 등껍질만 남았다. 육각형 무늬의 거북등은 자못 장엄해 보였다. 하지만 죽어버렸다. 이제 바다로 돌아가야 한다.

"풍덩!"

이담은 거북의 껍질을 바닷속에 밀어 넣었다. 그리고 바다 밑바닥에 고요히 가라앉기를 기원했다. 배가 고팠지만 당장 거북의 살을 먹고 싶지는 않았다. 일부는 그늘에 놓아두고 일부는 햇볕에 말렸다.

아마 죽은 바다거북은 바다 쓰레기를 먹이로 착각하고 덥석덥석 먹은 것 같다. 거북은 즐겨먹는 해파리와 비닐조각을 구분하지 못한다. 노끈과 해초도 구분하지 못한다. 병뚜껑을 먹잇감으로 알고 삼켜버린다. 잡식성이기 때문에 큰 눈을 껌벅이며 이것저것 먹는다. 그렇게 삼킨 쓰레기들은 당연히 소화되지 못하고 위와 창자에 뒤엉킨다. 장이 막히는 경우도 있다. 배설도 되지 않는다.

해양생물학자에 따르면 거북의 배 속에 쓰레기가 가득 차면 부력을 상실한다. 부레도 기능하지 못해 잠수가 어려워진다. 잠수도 못하고 먹이활동을 하지 못해 마침내 죽는다. 바다거북은 백 년도 넘게 살기 때문에 장수의 상징으로 불린다. 그런데 바다쓰레기 때문에 플라스틱 피해의 상징이 되어버렸다.

이담은 죽은 바다거북 때문에 종일 우울했다. 일상적인 일도 하기 싫었다. 파도에 몸을 맡기고 출렁이면서 생각의 쳇바퀴만 돌렸다. 해가 질 무렵, 배가 고파 거북의 살을 조금 씹었다.

중남미 사람들은 거북이 고기를 즐긴다고 한다. 남태평양 섬사람들도 거북 고기를 먹는다. 귀한 손님이 찾아오거나 생일 같은 특별한 날에 거북 요리를 별식으로 즐긴다. 함께 배를 탔던 선원 중에 거북 고기를 맛있게 먹었다고 자랑한 사람도 있었다. 하지만 우울한 기분에 먹은 거북의 살은 별 맛이 없었다. 물고기보다 질기고 약간 닭고기 비슷한 맛이 났다. 더구나 자기를 살려준 거북의 살덩이를 살기 위해 먹어야 한다는 사실이 매우 언짢고 서글펐다. 그래도 몇 덩이를 질경질경

씹어 먹었다.

18

우울한 기분으로 잠이 들었다. 홀로 표류하는 인간에게 우울증은 치명적이다. 우울증은 자주 다가오고 거기서 헤어 나오지 못하면 무기력에 빠져 결국 죽는다. 절망감은 죽음에 이르는 병이다. 아무도 내가 여기에 있는 줄 모른다. 구조될 수 있을까? 살아서 돌아갈 수 있을까? 희망도 없다. 잠이 든 것 같지만 얕은 가수면 상태에 빠져 꿈과 현실이 필름처럼 마구 뒤섞였다. 고향마을이 떠올랐다가 대학시절로 바뀌고 유조선 갑판에서 누군가에 쫓겨 마구 달아났다. 도망치려 했지만 발이 떨어지지 않았다. 붙잡히는 것보다 차라리 바다에 뛰어드는 게 낫다는 생각이 들었지만 몸이 움직여지지 않았다.

"꽈광!"

갑자기 하늘이 번쩍이며 번개가 하늘을 갈랐다. 이담은 깜짝 놀라 눈을 떴다.

"꽈과광!"

천둥이 치며 찢어진 Z자의 번개가 다시 바다를 때렸다.

"쏴!"

소방호스 물줄기 같은 비가 갑자기 쏟아졌다. 이담은 몸을 일으켰다. 비가 온다. 폭우가 쏟아진다. 물을 받자. 서둘러 물통을 챙겼다.

"우르르 꽝!"

불안정한 대기는 연신 번개와 천둥을 던지고 있었다. 바람이 거세지며 풍랑이 일었다. 45도로 솟구쳐 기운 페트펫목이 뒤집어질 것 같았다. 그러다 다시 뒤로 솟구쳤다. 바이킹 놀이기구를 탄 것처럼 앞뒤로 흔들렸다. 그 위에 죽창 같은 빗줄기가 꽂혔다. 폭풍인가? 보통 비가 아니다. 폭풍이면 어떠냐? 이미 반쯤은 죽은 목숨이다. 이담은 용수철처럼 벌떡 일어섰다.

"그래 죽여라!"

"죽여라! 죽여 봐라!"

폭풍의 바다를 바라보며 두 팔을 뻗쳤다. 쏟아지는 비를 온몸으로 치받으며 바다를 향해 악을 썼다.

"죽여라! 죽여!"

"하나도 안 두렵다!"

"그래도 안 죽는다! 난 안 죽는다!"

이담은 목이 터져라 고래고래 악을 썼다. 섬광이 하늘을 퍼렇게 밝혔다. 일어서 악을 쓰는 이담의 몸을 샅샅이 훑고 사라졌다.

"나는 살아 돌아간다!"

비바람은 더욱 거세졌다. 풍랑이 괴물처럼 일어섰다. 파도의 목이 꺾이며 폐목과 플라스틱통들이 벽돌처럼 날아왔다. 벽돌조각 같은 뭉치들이 무수히 날아왔다. 건물벽이 무너지듯 쓰레기뭉치들이 날아와

뗏목을 때렸다. 강도가 약한 페트병들이 힘없이 찌그러졌다. 강력한 파도 앞에 페트뗏목은 종이배처럼 여지없이 비틀리고 구겨졌다. 그러다 큰 파도가 덮치자 뗏목이 뒤집어졌다. 이담은 바다에 풍덩 빠져버렸다. 순간적으로 두 뗏목 사이에 쳐놓은 그물을 잡았다. 뗏목을 놓치면 죽는다.

"어푸어푸!"

있는 힘을 다해 그물줄을 잡고 창고뗏목으로 헤엄쳤다. 난간을 잡고 올라탔다. 줄을 걷어 뗏목에 몸을 묶었다. 비닐 거적을 둘러쓰고 바닥에 엎드렸다. 바닥에 고인 물을 벌컥벌컥 마셨다. 창고뗏목은 롤러코스터처럼 흔들렸지만 전복되지는 않았다. 그 위로 쓰레기 뭉치들이 계속 날아왔다. 뭔가 큰 덩어리가 바위처럼 뗏목을 때렸다.

"꽈광!"

이담은 정신을 잃었다.

제3부

1

의식의 물방울이 수면에서 팍 터지며 눈을 떴다. 머릿속이 부드러운 한지 같다. 기억의 가닥이 식물섬유처럼 눌려 있지만 특별히 끄집어내고 싶은 생각은 없다. 하늘은 아직 뿌옇게 흐리다. 대기는 서늘하다. 몸을 일으키려 했으나 움직이기 힘들었다. 돌이켜보니 어젯밤 창고뗏목에 몸을 동여맸다. 이담은 줄을 풀고 일어섰다. 온몸이 자근자근 쑤셨다. 창고뗏목에는 온갖 쓰레기들이 걸려 있었다. 대충 걷어내 바다에 던졌다. 페트뗏목은 흔적도 없이 사라져버렸다.

"아! 풍뎅이."

한갓 곤충 한 마리가 견뎌낼 상황이 아니었다. 증발기도 살림살이도 말린 고기조각도 달러 뭉치도 모두 쓸려가버렸다. 어젯밤 창고뗏목에 몸을 묶지 않았더라면 그도 폭풍 속에 묻혔을 것이다. 남은 것은 물과 접이칼뿐이다. 숨을 깊게 들이쉬었다. 비안개가 걷히면 이번에는 정말 항해를 해야겠다. 어디로든 가야겠다. 눈을 들어 바다를 보니 여전히 쓰레기 더미가 둥둥 떠 있다.

"어! 저게 뭐지?"

그런데 멀리 서쪽에 주먹만 한 물체가 보였다. 비안개 때문에 뚜렷이 보이지는 않았지만 분명 바다에 떠 있는 물체였다. 이담은 다른 일을 제쳐두고 서둘러 뗏목을 젓기 시작했다. 이번에는 절대로 놓치면 안 된다. 점점 안개가 걷히고 있었으므로 물체의 윤곽이 선명하게 드러났다.

"배다!"

이담은 힘을 내어 빠르게 뗏목을 저었다. 다행히 폭풍 때문에 물골이 생겼으므로 그곳을 따라 나아갔다.

'분명 배다.'

거리는 대략 1해리쯤. 다행히 물체가 움직이지 않는다. 그는 땀을 뻘뻘 흘리며 다가갔다. 물체는 이제 라면박스만큼 커졌다. 정말 배다. 큰 배는 아니지만 분명 배다. 목소리가 들릴만한 거리로 좁혀졌다.

"헬프 미! 헬프 미!"

노를 저으며 소리쳤다. 작은 배는 조용했다.

'아무도 없나? 빈 배인가?'

빈 배도 좋다. 페트뗏목보다는 훨씬 낫다. 열심히 노를 저었다. 100여 미터 거리로 좁혀졌다.

"헤이! 헤이!"

이담은 작은 배가 갈매기처럼 날아가버릴까 봐 조바심치며 부지런히 노를 저었다. 그때 갑판 위에 누군가 나타났다. 사람이었다. 그런데 멀리서 보아도 여자인 듯했다.

"하이~ 하이!"

갑판 위의 사람이 사라졌다. 잠시 후 몇 사람이 나타났다. 그들은 이담을 발견한 것 같았다. 이담은 벌떡 일어나 손을 흔들었다. 그쪽에서 멀뚱히 바라보다 팔을 흔들었다. 그쪽으로 오라는 신호였다. 이담은 안간힘을 다해 땀을 뻘뻘 흘리며 작은 배로 다가갔다.

"헬프~ 헬프 미!"

드디어 뱃전에 닿았다.

'오! 하느님 감사합니다!'

하늘에서 두레박이 내려오듯 배에서 밧줄이 내려왔다. 높지 않은 뱃전이었으므로 어렵지 않게 밧줄을 타고 갑판으로 올라섰다. 이담은 사람들을 보자 울컥한 마음에 아무나 붙잡고 와락 껴안았다. 왈칵 눈물이 나왔다. 배의 남자는 당황한 몸짓으로 그의 등을 토닥였다.

"쌩큐! 쌩큐!"

이담은 손을 내밀어 일일이 악수했다. 뱃사람들은 이담의 모습을 위아래로 훑어보며 별로 반갑지 않은 표정으로 악수를 받아주었다.

"프리즈 세이브 미(Please save me.). 프리즈 기브 미 어 푸드(Please

give me a food.).”

"후 아 유?(Who are you)"

그중 한 남자가 음식을 주는 대신 물었다. 이담은 대학 때 익힌 영어로 대화를 시작했다. 외항선원인 해기사들은 영어가 필수이므로 기본적인 의사소통은 가능했다. 물론 손짓발짓도 동원했다.

"나는 한국의 선원이다."

"코리아? 사우쓰 오어 노오스(South or north)?"

"남쪽이다. 서울을 아느냐?"

"오우! 삼송(Samsung), 스마트 폰. 나도 삼송 스마트 폰을 쓰고 있다."

남자는 호주머니에서 스마트 폰을 꺼내 반갑다는 듯 흔들었다.

"맞다. 그 나라다."

"그런데 여기서 무얼 하고 있나?"

"참치잡이를 하다 허리케인을 만나 표류하게 되었다. 그보다 먼저 물과 음식을 달라."

뱃사람들은 잠시 난감한 표정을 지었다. 콧수염의 남자가 눈짓을 하자 젊은 여자가 선실 밑으로 내려갔다. 잠시 후 물과 음식을 가져왔다. 옥수수 통조림과 전병 같은 빵이었다. 빵에서도 옥수수 냄새가 났다.

"쌩큐! 쌩큐!"

이담은 음식을 받자마자 허겁지겁 먹기 시작했다. 정말 꿀맛이었다. 얼마 만에 먹어보는 음식인가? 뱃사람들은 그의 모습을 물끄러미 쳐다보았다. 음식을 먹고 나자 눈동자의 초점이 맞춰지며 뱃사람들의 모습이 제대로 들어왔다.

콧수염의 사내. 구릿빛 네모난 얼굴에 당당한 체구다. 올챙이처럼 아랫배가 나왔다. 전형적인 남미 사람이다. 자못 험상궂게 생긴 얼굴에 부리부리한 눈을 가졌다. 아마 선장인 듯 했다.

키 큰 백인. 콤비스타일의 말끔한 옷차림이다. N과 Y가 겹쳐진 뉴욕 양키즈 야구모자를 썼다. 전혀 그을리지 않은 피부와 부드러운 손으로 보아 뱃일을 하는 사람은 아닌 듯하다.

머리카락을 밀어버린 동양인. 근육질의 몸매와 굵은 팔뚝이 돋보인다. 둥그런 얼굴에 쏘아보는 듯한 눈매를 가졌다. 말이 없고 눈동자만 도르륵 굴린다.

그리고 갈색 피부에 긴 머리의 젊은 여자. 풍만한 가슴에 자못 육감적인 몸매다. 빼어난 미인이라 할 수는 없지만 도톰한 입술과 시원스런 코가 매력적이다. 갈색 눈동자가 아름답다. 목에 에메랄드로 추측되는 목걸이를 걸었다. 손목에도 장신구를 찼다. 그렇게 네 명이다.

'그런데 이들은 누구일까?'

이담이 물을 마시고 나자 대화가 이어졌다.

"바다에서 무엇을 했나?"

"무엇? 그냥 생존했다. 서바이벌을 했다."

"얼마나 되었나?"

음. 얼마나 되었을까? 이담은 그동안 변화된 달의 모양을 떠올렸다.

"한 달쯤."

"한 달?"

모두 놀라는 눈치였다.

"그런데 여기는 어디인가?"

키 큰 백인이 불쑥 물었다.

'아니, 그걸 나에게 묻다니? 배를 타고 온 사람들이 그것을 모른단 말인가?'

어처구니가 없었다.

"나도 모른다."

이담은 양팔을 벌려 난감하다는 제스처를 했다.

"모른다고?"

"정말 모른다. 배를 타고 온 당신들이 더 잘 알지 않느냐? 난 표류자 다."

네 사람은 당혹스런 표정을 지었다. 잠시 대화가 끊겼다.

"그렇다면 당신들은 누구냐?"

그들은 한동안 말이 없었다. 그러다 콧수염이 짐짓 태연하게 말했 다.

"우리는 어부다."

'어부? 어부라고? 저런 옷을 입고 고기를 잡는다고? 그것도 여자 랑?'

속으로 어이없었지만 그렇게 말할 수 없었다. 그들이 어부든 아니든 상관없다. 최대의 목적은 그저 살아서 한국으로 돌아가는 것뿐이다.

"이 배는 어디로 가는가?"

다시 침묵이 흘렀다.

"갈 수 없다. 이 배는 고장 났다."

콧수염이 난감한 듯 어물거렸다. 이담은 털썩 주저앉고 싶었다. 그렇게 바라던 배를 만났는데 고장이라니? 둔기로 얻어맞은 듯 휘청거렸다. 다섯 사람 모두 말없이 서로를 바라보았다. 콧수염이 담배를 꺼내 물었다. 품어낸 연기 사이로 쓰레기 더미가 출렁였다. 목이 탄 이담은 물을 마셨다.

"어디가 고장 났는가?"

"잘 모르겠다. 엔진이 꺼져버렸다."

하긴 얼핏 봐도 낡아빠진 배다. 한국에서도 찾아보기 힘들 정도로 낡은 목선이다.

"내가 고칠 수 있을 것이다. 나는 기관사, 엔지니어다."

"리얼리(Really)?"

"오 마이 갓! 지저스!"

"쌩큐! 쌩큐!"

콧수염이 갑자기 이담을 와락 안고 볼을 비볐다. 거친 수염이 아팠다.

"나는 한국의 유명한 대학에서 엔진을 전공한 기관사다. 한국은 세계 최고의 조선강국이다. 그리고 오랫동안 배를 탔다. 이런 배의 엔진

정도는 문제없다. 충분히 고칠 수 있다. 걱정 마라."

에라 모르겠다. 어쨌든 이 배에서 쫓겨나면 안 된다.

"배를 얼마나 탔는가?"

"텐(Ten). 텐 이어즈(Ten years)!"

이담은 힘주어 말했다.

"브라보! 할렐루야! 우리는 이제 살았다."

젊은 여자가 덥석 이담을 껴안았다. 물컹한 여자의 가슴이 부딪쳐왔다. 향기로운 냄새가 풍겼다.

"첸! 당장 먹을 것을 가져와 이 사람에게 줘라. 이제 우리는 친구다. 친구!"

2

이담은 안도감이 들었다. 어쨌든 배다. 페트펫목에 비할 바가 아니다. 기관이 고장 났지만 배가 있으면 쓰랜드에서 벗어날 방법이 있을 것이다. 엔진이 고쳐지지 않으면 돛을 달면 된다. 대항해시대에도 돛을 달고 무수히 대양을 건너다녔다. 그렇게 생각하니 힘이 솟았다. 이담은 문득 거의 벌거벗고 있는 자신의 모습이 부끄러웠다.

"미안하다. 옷을 좀 다오."

콧수염이 동양인에게 뭐라 말하자 위아래 옷을 가지고 왔다. 이담은 선실로 내려가 옷을 갈아입었다. 선실에 거울이 있었다. 얼굴을 비춰 보았다. 거울 속에 수염이 덥수룩한 사내가 있었다. 볼은 홀쭉하고 윤기가 없었다. 머리카락은 뒤엉켜 까치집을 지었다. 몸은 마른 장작처럼 바짝 말랐다. 영락없는 야생인의 몰골이었다. 서글프기보다 왠지 웃음이 나왔다. 옷을 입고 갑판으로 나왔다. 비안개가 완전히 걷히고 맑은 하늘이 나타났다. 그들은 서로 인사를 나눴다.

"내 이름은 이담이다."

"아담?"

젊은 여자가 되물었다.

"노우. 이담이다. 엘 이 이, 디 에이 엠(Lee Dam)."

"오우, 리담. 멋진 이름이다."

젊은 여자의 이름은 에바였다. 에바 그라시엘라(Eva Graciela). 적당한 키에 자세히 보면 동양적인 청순함도 느껴졌다. 콧수염은 콜롬보. 역시 선장이었다. 키 큰 백인은 로버트 로간. 선조는 아일랜드계이고 캘리포니아가 고향이라 했다. 동양인의 이름은 첸(陳). 미국인만 빼고 모두 콜롬비아 국적이었다.

콜롬비아는 남아메리카 대륙의 북서쪽 끝에 있는 나라다. 서쪽으로는 태평양, 북쪽으로는 카리브해에 열려 있다. 베네주엘라·브라질·페루·에콰도르와 접해 있는 상당히 큰 나라다. 에메랄드, 코카잎, 축구가 유명하다.

이담은 아무래도 같은 아시아인의 피가 흐르는 첸에게 더 호감을 느겼다. 그는 중국계로 남미 이민 3세라 했다.

"한국을 아느냐?"

"잘 모른다. 가보지 못했다."

"한국과 중국은 역사적으로 오랜 이웃이다."

"그런가? 나도 언젠가 돈을 많이 벌면 중국과 한국에 가보고 싶다."

"나중에 한국에 오면 내가 잘 대접하겠다."

"그런 날이 오기 바란다."

첸은 과묵했다. 이담에게 별로 관심을 보이지 않았다. 하긴 처음 보는 이방인에게 더 할 말도 없었다.

이담은 콜롬비아인들이 타고 온 배를 자세히 살펴봤다. 길이는 15미터 정도. 너비는 약 5미터. 10톤이 채 안 되어 보였다. 갑판은 삐걱거리고 군데군데 꺼진 곳이 있을 정도로 낡은 배였다. 보통 작은 고기잡이 배들은 철선이나 강화플라스틱(FRP)선박이 많다. 철선은 목선에 비해 강도가 크고 내구성이 좋지만 무겁고 부식이 잘된다. 반면 주재료가 유리와 카본섬유인 FRP선박은 가볍고 부식이 잘 안 된다. 복합 플라스틱이기 때문에 배를 원하는 형태로 만들기도 매우 유리한다. 그래서 세계 각국은 FRP선박을 많이 건조한다. 아직도 목선을 사용하는 나라는 아프리카나 북한 등으로 매우 적다. 하지만 목선이 꼭 나쁜 것만은 아니다. 중남미에서 자라는 발사나무(balsa)는 가볍고 강도가 세기 때문에 선박의 주재료로 적합하다. 남태평양을 건넌 뗏목 콘-티키호도 발사나무를 사용했다. 예전에는 항공기 제작에도 쓰였다. 좋은 나무로 건조되었다면 여태껏 운항하는 게 신기한 일만은 아니다.

선체 외관에 청회색이 칠해진 배의 이름은 '로리카(LORICA)'였다. 로마시대 군인의 갑옷이라는 뜻이라 했다. 다른 어선과 마찬가지로 선교는 앞쪽에 있었다. 뒤쪽에서 투망작업 등을 해야 하기 때문이다. 그러나 낡은 그물이 어지럽게 쌓여 있을 뿐 전문적인 고기잡이 장비는 보이지 않았다. 이물에는 쇠로 만든 큼지막한 닻이 십자형의 석궁마냥 떡하니 놓여 있었다. 닻에 동력장치가 연결되지 않아 닻내림을 기계로 하지 않고 손으로 하는 듯했다.

이담은 로리카호를 둘러보다 배 옆쪽에서 자신이 타고 온 뗏목을 발견했다. 그것은 쓰레기 더미에 갇혀 떠내려가지 않고 있었다. 문득 뗏목이 쓸모 있을 것으로 생각되었다. 게다가 한 달 동안 그가 살았던 정든 배였다. 목선 사람들도 자신과 마찬가지로 표류자들이므로 고기를 잡든가 물건을 구할 때 요긴하게 쓰일 것 같았다. 뗏목을 끌어당겨 목선에 밧줄로 매어 놓았다.

"바다에 나온 지 얼마나 되었는가?"

이담이 물었다.

"일주일쯤 되었다."

콜롬보가 침울하게 말했다.

"어떤 고기를 잡는가?"

"이것저것 잡는다."

시큰둥한 표정이었다.

"엔진을 보고 싶다."

"가자."

둘은 갑판 아래로 내려갔다. 어지러운 선실 바닥에 엔진이 있었다. 엔진은 죽은 동물처럼 조용했다. 미쓰비시 6기통 디젤 엔진이었다. 대형선박은 독일 MAN사나 핀란드 Wartsila, 한국 기업, 일본 미쓰비시 등에서 만든 엔진을 많이 장착한다. 소형선박은 미쓰비시 엔진도 많이 장착하므로 낯설지 않았다. 대형 선박은 거대한 프로펠러를 돌리기 위해 큰 힘이 필요하기 때문에 출력이 높은 2행정 기관을 쓴다. 이에 비해 소형선박은 잦은 항로변경과 변속을 위해 저속에서 고속까지 회전속도(RPM)의 폭이 넓은 4행정 기관을 쓴다. 디젤엔진이 가솔린 엔진과 다른 점은 점화에 있다. 가솔린엔진은 압축된 혼합기에 전기플러그로 점화시켜 폭발을 일으킨다. 그러나 디젤엔진은 고온고압의 공기 중에 연료를 분사하여 자연발화시킨다. 따라서 점화플러그가 없다.

"어디가 고장 났는가?"

"잘 모르겠다."

"연료는 얼마나 있는가?"

"상당히 남아 있다."

이담은 우선 육안으로 엔진을 살펴보았다. 시동을 걸어보았으나 딸깍거릴 뿐 작동되지 않았다.

"평소에도 자주 고장 났는가?"

"그렇다. 가끔 고장 나 애를 먹었다. 예비부품도 꽤 가지고 다녔는데 어디에 뒀는지 모르겠다. 도저히 찾을 수 없다. 어쩌면 다 써버렸을지도 모른다. 나도 웬만한 것은 고칠 수 있는데 도저히 안 된다. 엔진이 타버린 것 같다."

콜롬보는 잘못을 저지른 어린애처럼 잔뜩 주눅이 들어 우물거렸다. 어디가 고장 났는지 뜯어볼 수밖에 없다. 그러나 이담은 경험이 많지 않아 자신이 없었다. 너무 낡아서 당장 고쳐질 것 같지 않았다. 일단 시간을 가지고 차근히 고쳐보기로 했다.

"통신시설은 어떤가?"

"전원이 나가버려 작동이 안 된다. 완전 먹통이다."

정말 구제불능이다. 먼바다로 나왔으면 예비 배터리라도 가지고 나왔어야지? 도대체 대책 없는 사람들이다. 통신이 안 되면 구조 요청도 할 수 없다.

"식량과 물은 얼마나 남았는가?"

"많지 않다. 며칠 있으면 떨어질 것이다."

걱정스러웠다. 목선의 인원이 다섯 명이나 되므로 먹을 것은 급격히 줄어들 것이다. 우선 물부터 더 확보해야 한다. 두 사람은 갑판으로 나왔다.

이담은 목선 사람들에게 담수 증발기 만드는 방법을 가르쳤다. 자신이 그렇게 만든 물로 버텼다고 설명하자 놀라워했다. 배에 있는 재료를 최대한 이용해 세 개의 증발기를 만들었다. 그들은 처음에는 과연 물이 만들어질지 반신반의했으나 차츰 물방울이 맺히는 것을 보며 신기해했다. 성인은 하루에 최소 1.5리터의 수분을 섭취해야 하므로 다섯 명이면 8리터 이상이 필요하다. 게다가 목선의 세 남자는 체구가 크다. 더 많은 식수가 필요하다. 막상 목선에 올라타기는 했지만 다시 생존투쟁을 해야 한다. 정말 억세게 운도 없다.

저녁이 되자 약간의 음식을 먹었다. 적은 음식이지만 이담은 만족했다. 다른 사람들은 허기진 표정이었지만 별 수 없었다. 각자 알아서 누웠다. 콜롬보가 이담에게 선실에서 자라고 권했지만 덩치 큰 사람들 틈에 눕고 싶지 않았다. 에바가 건네준 얇은 담요를 깔고 고물 쪽에 누웠다. 첸은 잠이 오지 않은지 선교에 기대어 바다만 바라보고 있었다. 갑판바닥이 푹신한 침대처럼 안온했다. 마치 집에 온 듯한 기분마저 들었다. 목선은 이담이 세 번째 탄 배였다. 어두워지자 별들이 하나둘씩 돋아났다. 별들이 친근하게 느껴졌다. 반짝반짝 작은 별, 아름답게 비쳤다.

3

목선에 구조된 다음날, 이담은 하루 종일 잠만 잤다. 양이 많지는 않았지만 갑자기 먹은 음식물에 위가 놀라서 식곤증이 몰려왔다. 게다가 구조됐다는 안도감이 그를 잠의 늪에 빠지게 했다. 목선 사람들은 선교 그늘에서 계속 잠만 자고 있는 이담이 불안스러웠다.

'혹시 죽은 게 아닐까?'

로간은 수마에 빠진 이담을 툭툭 건드려보기까지 했다. 이담이 생쥐처럼 빼꼼 눈을 뜨자 놀라서 계면쩍게 이담의 어깨를 두드렸다.

"아니다. 미안! 미안! 계속 자라."

이담은 잠의 표면으로 떠오르지 못하고 해가 질 무렵까지 내처 잤다. 바다에 어둠이 깔릴 때가 되어서야 눈을 떴다. 일어나서 온몸의 근육이 최대한 이완되도록 늘어지게 기지개를 켰다. 푹 자고 나니 아주 개운해졌다. 힘이 솟고 무슨 일이든 할 수 있을 것 같았다.

밤이 되었으므로 목선 사람들은 할 일이 없어졌다. 각자 자리를 잡고 잠을 청했다. 이담은 진종일 잤으므로 잠이 오지 않았다. 어두운 바다 위에서 기억의 뗏목은 여기저기를 한없이 떠돌았다.

환경미화원 일을 그만두고 한동안 악몽에 시달렸다. 아르바이트를 하고 싶은 생각이 없어 종일 고시원에 처박혀 있었다. 너무 답답하면 바닷가에 나갔다. 서울에 있는 어머니가 보고 싶었다. 하지만 갈 수 없었다.

'나는 아버지의 일회용 욕망의 결과물이었다. 사용할 때는 달콤하지만 쓰고 나면 필요 없는 물건. 그런 쓰레기처럼 철저히 버려졌다.'

아버지가 원망스러웠다.

'뭐 하나 제대로 된 게 없다.'

비참했다. 분노가 치솟았다. 해변에 앉아 막소주를 마셨다. 그러다가 고꾸라져 잠들기도 했다. 누군가 깨우는 사람도 없었다. 비가 내려 흠뻑 젖어서 돌아왔다. 감기에 걸려 몸살을 앓았다. 며칠 끙끙 앓고 일어났더니 정신이 들었다. 승선기간도 채워야 하고 돈을 벌어 어머니를 편하게 모시려면 다시 배를 타야 한다는 생각이 들었다.

'이래서는 안 된다. 나는 해기사다. 바다가 나의 직장이다. 어쨌든 다시 배를 타야 한다.'

기력을 회복해 여러 해운회사에 이력서를 보냈다. 역시 그를 받아주는 상선은 없었다. 수준을 낮춰야 했다.

'어선이라도 타야겠다.'

원양어선회사에도 이력서를 보냈다. 결과는 마찬가지였다. 선상에서 사고를 친 해기사를 좋게 봐주는 회사는 없었다. 그러던 어느 날 선사 한군데서 연락이 왔다. 바로 면접을 보자는 것이었다. 긴장된 마음으로 선사에 갔다.

"원양어선을 타본 적 있습니까?"

"없습니다."

"한번 바다에 나가면 몇 달인데 견딜 수 있겠습니까?"

"할 수 있습니다."

"상선을 타다 하선을 당했는데 무슨 일입니까?"

이담은 차근하게 당시의 상황을 이야기했다. 면접자는 고개를 끄덕이더니 별 말이 없었다.

"사흘 후에 출항이 가능합니까?"

"네 승선할 수 있습니다."

"알았습니다. 연락을 줄 테니 기다리십시오."

면접을 보고 나서 담담한 마음이 들었다. 남태평양 참치잡이 원양어선이라 했다. 어선은 타본 적 없지만 기관실이야 다 비슷할 것으로 생각되었다. 오후에 연락이 왔다. 내일 선원수첩과 주민등록등본 등 관련서류를 가지고 회사에 와서 계약을 하자는 것이었다. 나중에 알게 된 것이지만 출항하기로 한 2등 기관사가 갑자기 수술을 하게 되었다. 대체 인력을 구하려 했지만 쉽지 않았다. 그래서 결격사유에도 불구하고 이담을 급하게 채용했다고 한다. 계약을 하고 다음날부터 부두에 나가 출항준비를 도왔다. 출항 전날 어머니께 전화를 드렸다. 물론 어선을 탄다고 이야기하지는 않았다.

"얘야. 몸조심 하거라. 항상 몸조심해야 된다."

"네. 걱정하지 마세요. 귀항하면 서울에 갈게요. 건강하게 잘 계세요."

전화를 끊자 눈물이 글썽거렸다. 이번에 귀항하면 한동안 어머니와 지내야겠다고 마음먹었다. 사흘째 새벽, 참치잡이 원양어선 '골드피시호'는 기적을 힘차게 울리며 부산항을 떠났다. 이담은 고래보다 더 크게 숨을 내쉬었다.

골드피시호의 목적지는 남태평양의 키리바시 해역. 키리바시공화

국은 오스트레일리아 동북쪽에 위치한 섬나라다. 하와이 남서쪽 적도 부근에 33개 섬으로 이루어져 있다. 인구는 약 8만 명이다. 광대한 배타적 경제수역을 보유한 수산자원국으로 전 세계 참치의 15%가량이 이곳에서 잡힌다. 한국 원양어선 참치 어획량 중 절반을 차지하는 키리바시는 황금어장이다. 골드피시호는 조업해역에 하루라도 빨리 닿기 위해 밤낮으로 항해했다. 하와이에 기항하여 기름과 보급품을 보충하고 키리바시 해역에 닿기까지 꼬박 보름이 걸렸다.

뱃일은 2등 기관사가 없어서 매우 바빴다. 선원들의 연령은 대부분 4, 50대로 나이가 많았다. 워낙 나이차가 많아 자식이나 조카뻘이었으므로 거칠게 다루지 않았다. 자기들끼리 이담의 폭행, 하선에 대한 이력을 주고받았는지 심하게 대하지 않았다. 무엇보다 일이 너무 많아 그런 것에 신경 쓸 겨를이 없었다. 골드피시호의 승선인원은 선장, 해기사와 갑판 조업원을 포함해 모두 17명이었다. 조업원 중에는 외국인도 꽤 있었다.

참치는 '바다의 양떼'로 불린다. 참치는 일 년에 지구의 3분의 1 바퀴를 도는 회유성 어종이다. 가끔 햇볕을 쬐러 수면으로 올라와 일광욕을 한다. 참치는 성장기에는 하루에 100그램씩 몸무게가 는다. 바다는 푸르고 아름답다. 그 속에서 검푸른 참치떼가 뛰는 모습은 보기만 해도 흥분된다.

남태평양 참치떼는 선망으로 잡는다. 선망은 기다란 사각형의 그물로 고기떼를 둘러싼 후 그물의 아랫자락을 죄어서 잡는 어업이다. 그물 크기는 축구장 60여 개와 맞먹을 만큼 크다. 깊이도 200미터나 된다. 미끼는 정어리·꽁치·고등어 등을 쓴다. 지역마다 다르다. 고기떼가 모여들게 하기 위해 집어장치도 사용한다.

노련한 참치잡이 선장은 어군탐지기 등 각종 기기를 이용해 참치떼를 추적한다. 어군이 발견되면 선망을 둘러치고 중심에 집어장치를 띄운 후 기다린다. 참치떼가 그물 안에 충분히 들어오면 아랫부분의 강철 밧줄을 잡아당겨 조인다. 그리고 크레인 양망기로 그물을 끌어올린다.

바다에서 참치떼가 올라올 때는 환성이 터져 나온다. 대개 40~50킬로의 참치가 주종을 이루는데 힘센 참치들이 펄떡거리는 것을 보면 저절로 불끈 힘이 솟는다. 끌어올린 참치는 즉시 배를 갈라 창자를 빼낸 후, 영하 30도의 냉동어창으로 밀어 넣는다. 선도가 중요하기 때문이다. 여러 날 투망작업을 반복하여 어창에 참치가 가득차면 운반선에 인계한다. 그렇게 참치를 잡고, 인계하고, 키리바시 기항지인 타라와에서 연료와 식품을 보충하고, 다시 고기를 잡는 나날이 계속됐다. 위장이 들어 있는 인간의 배와 고기를 잡는 인간의 배는 언제나 무한욕망이다. 욕망이 충족될 때까지 참치를 잡는다.

유조선이 편안한 빌딩근무라면 어선은 생존의 사투였다. 다른 것은 생각할 여유가 없었다. 참치를 적게 잡으면 수당도 줄어든다. 선사에서는 항상 어획량을 채근한다. 정신없이 바빴지만 펄떡이는 참치처럼 활력이 넘쳤다. 어선도 탈만하다는 생각이 들었다. 경력이 쌓여 원양어선의 기관장이 되면 월급도 많이 받을 것이다. 그렇게 여섯 달이 훌쩍 지나갔다.

그런데 참치 운반선 마린탱크호에 문제가 생겼다. 무리한 가동으로 냉동시설이 고장 난 것이다. 참치를 잡아도 냉동선에 넘기지 못하면 헛일이다. 상한 고기는 아무도 사지 않는다. 부득이 골드피시호는 부산으로 돌아가게 되었다. 어획량이 충분했으므로 귀항할 때도 되었다. 조기 귀항 소식에 선원들은 즐거웠다. 햇볕에 그을린 얼굴에 웃음꽃이 피었다.

이담은 부산으로 귀항하면서 많은 생각을 했다. 기관사 자격증으로 육상에서 일자리를 구하기는 쉽지 않을 것 같았다. 어차피 해기사가 되었으니 배를 계속 타고 싶은 생각도 있었다. 승선기간에는 돈을 쓸 일이 없으므로 돈을 많이 모아서 어머니를 편하게 모시고 싶었다. 진로는 차츰 생각하기로 하고 마음을 편히 먹었다. 일단 부산에 귀항하면 어머니를 찾아 뵐 생각이었다. 그런데 갑자기 허리케인을 만나 이 쓰레기섬에 표류하게 된 것이다. 뼛속으로부터 깊은 한숨이 나왔다. 어쨌든 무슨 수를 써서라도 부산으로 돌아가야 한다. 그것만이 지상과제다.

이담은 갑판에 누워 별을 바라보다 잠이 들었다. 내일은 엔진을 고쳐야 한다.

4

목선 사람들은 일찍 일어났다. 할 일도 없는데 해가 뜨기 전에 잠에서 깼다. 하긴 밤늦게 일하는 것도 아니고 배도 고프니까 눈이 일찍 떠질 수밖에 없다.

"굿 모닝! 잘 잤는가?"

미국인 로간이 친근하게 말을 건넸다.

"쌩큐. 잘 잤다."

하지만 '굿 모닝'은 아니다. 이 쓰레기 바다의 아침에 '굿(good)'은 없다. 이담은 속으로 웃었다.

"엔진은 고칠 수 있는가?"

"최선의 노력을 다하겠다."

콜롬보가 사람들을 모아놓고 말했다.

"식량이 얼마 없다. 물도 부족하다. 우리는 최대한 아껴 먹어야 한다. 한 사람이 더 늘었다. 그러나 그가 엔진을 고쳐줄 거다. 오늘부터 선장인 내가 배급량을 정하겠다. 불평 없기 바란다."

"식량이 얼마나 남았는가?"

로간이 물었다.

"사흘이면 바닥날 것이다."

"엔진을 빨리 고칠 수 있는가?"

모두 이담을 바라보았다.

"엔진을 뜯어봐야 한다. 최선을 다하겠다."

사실 자신 없었다. 부품도 없고 공구도 없다. 맨손으로 고쳐야 한다.

"나도 빨리 집에 가고 싶다."

이담은 힘주어 덧붙였다. 고칠 수 있다고 말해야 하고, 반드시 고쳐야 한다.

"앞으로 미스터 리는 엔진 수리에 집중해라. 다른 일은 하지 마라. 우리는 고기를 잡겠다."

콜롬보는 제법 선장 티를 냈다. 엔진 수리가 최우선이므로 모두 수긍했다. 이야기를 끝내고 간단히 아침식사를 했다. 통조림 한 개와 마른 빵 한 조각, 그리고 물 한 컵씩이었다. 로간이 물 한 컵을 더 마시려 하자 콜롬보가 제지했다. 로간이 콜롬보를 빤히 쳐다보았다. 둘의 눈싸움에 불꽃이 튀었다.

"이번뿐이다."

콜롬보가 물러섰다. 로간은 꿀꺽꿀꺽 물을 마신 후 컵을 내동댕이쳤다. 콜롬보는 못 본 체했다. 이담은 끼어들기 싫어서 선실로 내려갔다. 고장 난 엔진은 오래된 관처럼 움직이지 않았다.

'어디가 고장 난 것일까? 다 뜯어볼까? 아니면 부분적으로 작동해볼까?'

일단 함부로 뜯지 않기로 했다. 테스터 장비도 없고 부품 조달은 아예 불가능하다. 조심조심 다뤄야 한다. 우선 시동장치와 연료계통을 살펴보기로 했다. 발전이 안 돼 조명이 없었으므로 콜롬보에게 랜턴을 비춰달라고 했다. 콜롬보는 에바를 보내줬다. 좁은 선실 바닥에 이담과 에바 둘이 남았다.

"엔진을 잘 아는가?"

이담은 대답 대신 고개를 끄덕였다.

"당신은 참 잘생겼다. 결혼했는가?"

에바가 뜬금없이 물었다. 랜턴으로 이담의 옆얼굴을 비추고 있었다. 어처구니없었다. 결혼? 이담은 결혼은커녕 연애도 제대로 해본 적 없다. 두어 명의 여자를 만났지만 연애가 생존보다 우선인 적은 없었다. "잘생겼다."는 이야기를 듣곤 했지만 그런 표현에 우쭐댄 경우도 없었다. 어찌 보면 어머니도 예쁜 외모 때문에 인생을 망쳤다. 유조선의 폭행사건도 이담의 외모와 관련이 있었다. 도대체 잘생겼다는 것은 무엇일까? 왜 사람들은 외모에 목숨을 거는 것일까? 지겹다. 그것 역시 욕망의 굴레에 불과할 뿐이다. 나는 관심 없다. 나는 오직 살고자 할 뿐이다.

"그게 그리 중요한가?"

한참 만에 대답했다.

"응! 아니다. 그냥 궁금할 뿐이다."

에바가 멋쩍게 대답했다.

"나를 기다리는 여자가 있다."

"아. 그렇구나. 애인?"

에바의 목소리가 새침해졌다. 스패너로 볼트를 돌렸다.

"아니다. 어머니다."

"정말?"

에바의 목소리가 높아졌다. 선실 바닥은 더웠다. 에바는 이담에게 가끔 몸을 부딪쳤다. 뭉클한 가슴이 느껴졌을 때는 신경이 쓰였다. 그러나 관심 없었다.

그들 말에 의하면 에바는 콜롬보의 딸이라 했다. 그러나 둘 사이는 부녀지간이라고 하기에는 왠지 어색해 보였다. 평소에 콜롬보는 에바의 몸을 스스럼없이 만졌다. 엉덩이를 쓰다듬기도 하고 볼록 나온 가슴을 주물럭거렸다. 그때마다 에바는 손을 뿌리치며 신경질적인 반응을 보였지만 콜롬보는 아랑곳하지 않았다. 오히려 느물거리는 웃음을 흘릴 뿐이었다. 이담은 그런 광경을 볼 때마다 몹시 거북살스러워 눈살을 찌푸렸다. 그러나 어쩌겠는가? 콜롬보의 목선이 아니면 다시 쓰랜드로 가야 했다. 이담은 그때마다 다른 곳으로 피해버렸다.

엔진의 어디가 고장 났는지 알 수 없었다. 땀이 비 오듯 흘렀다. 한참 동안 씨름하다 갑판으로 올라왔다. 뜨거운 열사였지만 밖이 더 시원했다. 바다에 풍덩 뛰어들고 싶었지만 더 끈적거릴까 봐 참았다. 나머지 사람들은 고기를 잡겠다고 버둥거리고 있었다.

"캡틴! 고기보다 물이 더 필요하다. 물을 많이 만들어야 한다."

이담이 콜롬보에게 말했다.

"저것으로 가능한가?"

콜롬보가 의아스런 표정으로 증발기를 가리켰다.

"여기는 비가 잘 오지 않는다. 바다의 사막이다. 어쨌든 물이 없으면 죽는다. 워터콘으로 물을 더 만들어야 한다."

"도대체 여기가 어디인가?"

로간이 참지 못하겠다는 듯 물었다.

"음…."

퀴즈의 정답을 기다리는 사람처럼 모두 이담의 입을 쳐다봤다.

"나도 정확히 모른다. 그러나, 어쩌면, 아마도, 내 추측으로는, 쓰레기섬이 아닐까 생각하고 있다."

이담은 머뭇거리며 더듬었다.

"쓰레기섬? 쓰레기섬이라고? 그게 뭔가?"

"음…. 북태평양 한가운데의 쓰레기섬. G P G P."

이담이 또박또박 말을 이었다.

"그런 곳이 아닐까 생각하고 있다. 틀릴 수 있다."

"난 그런 곳을 들어본 적 없다."

로간이 따지듯 물었다. 이담은 GPGP에 대해서 짧게 설명했다.

"다시 말하지만 정확하지 않다. 하지만 내가 한 달 동안 표류하면서 알아낸 것은 이곳이 쓰레기섬일지 모른다는 것이다. 여러 가지 정황이 그렇다."

"나는 GPGP에 대해서 들어봤다. 다른 어부에게서 들었다."

시종일관 듣기만 하고 있던 첸이 말문을 열었다.

"GPGP에서는 비도 오지 않고, 바람도 안 불고, 고기도 잡히지 않는다 하더라. 쓰레기 바다여서 거기에 가면 안 된다고 하였다."

"여기가 쓰레기 바다란 말인가?"

로간이 화난 듯 뱉었다. 콜롬보는 통조림 깡통을 걷어찼다.

"아니 이럴 수가 있나? 어떻게 이처럼 많은 쓰레기가 여기에 모여 있다는 것인가?"

"그렇다. 여기는 거대한 쓰레기 바다다. 보아라 전부 쓰레기뿐이지 않은가? 쓰레기가 둥둥 떠다니고 있지 않은가?"

이담은 손을 저어가며 바다를 가리켰다.

"모두 인간이 버린 것이다. 갈매기가 쓰레기를 버렸겠나? 모두 육지의 인간들이 버린 것이지."

"그런데 그 쓰레기가 왜 여기에 모여 있다는 것인가?"

"나도 잘 모른다. 바다의 와류로 인해 소용돌이의 안쪽처럼 이곳으로 모인 것으로 추측될 뿐이다."

"넓이는 얼마나 되나?"

"정확히 모른다. 하지만 내가 알고 있는 정보로는 당신네 나라 콜롬비아의 세 배쯤 될 것이다. 내 추측일 뿐이다."

이담의 말에 모두 놀라는 표정이었다. 로간은 몸이 휘청거리기까지 했다. 모두 낙담한 표정이었다. 에바는 갑판에 주저앉아 머리를 감싸 안았다. 목선 위의 태양은 이글이글 타오르며 모든 것을 녹여버릴 것 같았다.

"여기서 빠져나갈 방법은 있는가?"

"배를 고치면 탈출할 수 있을 것이다. 하지만 쓰레기의 중심으로 들어가면 안 된다. 어떻게든 이 지대를 벗어나야 한다."

"갓 뎀! 미치겠군."

로간이 투덜거리며 내뱉었다.

"하여튼 우리는 이 쓰레기 바다와 아무런 관계가 없다. 관심도 없다. 이런 곳이 있는 줄도 몰랐다. 누가 이렇게 엄청난 쓰레기를 바다에 버렸단 말인가? 우리는 이렇게 많이 버리지 않았다. 우리가 저지른 짓이 아니다. 우리는 빨리 엔진을 고쳐 갈 길을 가면 된다. 정말 운이 나빴다. 빨리 이곳을 떠나자. 그리고 잊자!"

여러 사람의 두서없는 대화가 이어졌다.

"쓰레기보다 중요한 것은 엔진을 빨리 고치는 것이다. 육지로 돌아가야 한다."

"그래요. 빨리 엔진을 고쳐야 해요. 그러니 모두 도와야 해요."

에바가 심각한 분위기를 누그러뜨리려는 듯 끼어들었다. 이담도 뾰족한 해결책이 없었으므로 잠자코 있었다. 모두 덥고 지친 표정이 역력했다. 맥 빠진 표정으로 그늘을 찾아갔다.

"물을 조금 달라."

이담의 요구에 콜롬보가 물을 조금 주었다. 목을 축인 이담은 콜롬보에게 고기 잡는 법을 설명했다. 곳곳에 쓰레기 더미가 있으므로 물골 사이에 그물을 치고 기다려야 한다고 말했다. 필요하면 페트뗏목을 쓰라고 이야기했다.

"당신은 대단하다. 어떻게 한 달을 버텼나?"

"살아야 하니까. 살아남기 위해서다."

"하여튼 잘해보자. 뭍으로 돌아가면 내가 큰돈을 주겠다. 엔진만 고쳐달라."

"난 돈 필요 없다. 그냥 집으로 돌아가고 싶을 뿐이다."

표류하는 신세에 무슨 큰돈을 주겠다는 거지? 귀에 들어오지도 않았다. 이담과 에바는 다시 선실로 내려갔다. 남은 사람들은 증발기를 더 만들고 고기를 잡았다. 고기 몇 마리를 잡고 떠드는 소리도 들렸다.

하루 종일 씨름하며 이담이 내린 결론은 목선의 엔진은 금방 고치기 어렵다는 것이다. 고장의 주요원인은 연료분사 펌프(planger pump)와 노즐(nozzle)의 결함으로 판단되었다.

디젤 엔진은 겉모양과 구조가 가솔린 엔진과 비슷하다. 그러나 점화 방식이 크게 다르다. 가솔린 엔진이 점화플러그 방식인데 비하여 디젤 엔진은 압축착화식이다. 가솔린 엔진은 기화기로 가솔린과 공기를 적당한 비율로 혼합하여 실린더에 보낸 후, 전기 점화장치를 이용해 폭발을 일으킨다. 디젤 엔진은 공기를 급격하게 압축하면 실린더 온도가 6백도까지 높아진다. 여기에 연료를 직접 분사하여 자연착화를 일으킨다. 그래서 연료를 고압으로 주입시키기 위한 분사펌프와 노즐을 갖추고 있다. 연료는 인화점이 높은 경유·중유 등 저질유를 사용한다. 따라서 가솔린 엔진은 점화플러그가 있지만, 디젤 엔진은 그것이 없다. 다만 실린더 안의 온도가 낮은 상태에서 연료를 뿜어주면 압축폭발이 일어나지 않기 때문에 예열 플러그가 필요하다. 예열 플러그를 켜면 끝이 시뻘겋게 달궈져 실린더 온도가 높아진다. 이때 연료를 분사하면 착화가 일어나 시동이 걸린다. 예열 플러그는 실린더 헤드 위쪽에 장착돼있다.

이런 구조 때문에 플런저 펌프와 연료분사 노즐이 고장 나면 디젤 엔진은 고철이나 마찬가지다. 예열 플러그가 작동하지 않아도 시동이 걸리지 않는다. 엔진을 뜯어보니 플런저 펌프가 완전히 타버린 것 같 지는 않았지만 분사 타이머에 문제가 있었다. 연료 분사 노즐도 노후 화되어 인젝터 스필밸브가 마모돼 있었다. 육상에서는 부품 조달만 가 능하면 수리는 시간문제다. 하지만 바다 한가운데서는 대체 부품을 구 할 수 없다. 결국 현재 장착돼 있는 부품을 이리저리 고쳐서 사용해야 하는데 작동될지는 미지수다.

"흐휴~."

저절로 한숨이 나왔다. 랜턴 배터리의 수명이 다 됐는지 불빛도 가 물거렸다. 선실바닥에는 200리터짜리 드럼통이 여러 개 세워져 있었 다. 엔진작동에 필요한 경유일까? 이담은 통을 두드려보았다. 거의 대 부분 텅텅 소리가 났다. 내용물이 없는 듯했다. 그런데 이상했다. 드럼 통 주변에 묻어나온 액체가 끈적끈적하여 경유가 아닌 듯했다. 차후에 살펴보기로 했다. 이담은 더위를 못 이겨 갑판으로 나왔다.

"잘되고 있는가?"

로간이 걱정스레 물었다.

"노력하고 있다."

콜롬보가 이담에게 물을 주었다. 바다에는 여전히 쓰레기 더미가 넘실거리고 있었다.

5

목선으로 옮겨온 후, 변화 없는 날들이 지나갔다. 표류자에게 변화가 없다는 것은 좋은 일이 아니다. 더 나빠지는 쪽만 아니라면 뭔가 새로운 일들이 계속 일어나야 한다. 그래야 생존확률이 높아진다.

바다는 펄펄 끓고, 표류자들은 데친 시금치처럼 축 늘어졌다. 식량은 점점 줄어들었다. 물은 간신히 목을 축이는 정도였다. 이 상태가 계속되다간 정신착란이 일어날 것 같았다.

이담은 목선 사람들에게는 이방인이었으므로 가급적 접촉을 삼가고 대화를 적게 했다. 주로 엔진 수리에 집중했다. 어느 날 예비부품이나 공구가 있을까 하여 랜턴으로 선실 바닥을 둘레둘레 뒤졌다. 그러다 우측면에 어구와 잡동사니가 쌓여 있는 것을 발견했다. 엔진과 관계없는 것이었기 때문에 지나치려다가 발에 걸려서 끄집어냈다.

"어?"

잡동사니 뒤에 나무판자로 된 벽이 있었다. 그것은 목선의 선체를 구성하는 판재와 사뭇 달랐다. 바닷물과 접촉하는 외벽 판재는 용골과 늑골 사이에 촘촘하게 이어 붙인다. 바닷물이 스며들어오지 못하게 타르를 칠하기도 한다. 그런데 판자벽은 달라보였다. 주먹으로 두드려보았다. 선체 사이에 벽장이 있는 것처럼 쿵쿵 둔탁한 소리가 났다. 이담은 드라이버를 판자 사이에 넣고 지렛대의 원리를 이용하여 힘껏 눌렀다.

"뿌직!"

판자가 찢어지는 소리가 나며 틈이 벌어졌다. 랜턴을 비춰보니 하얀 밀가루 봉지가 보였다.

'웬 밀가루지?'

이담은 봉지를 꺼내려다 판자가 찢어지면서 흘러나온 하얀 가루를 무심코 손가락으로 찍어보았다. 손가락으로 비벼보니 빠득빠득했다. 밀가루와는 사뭇 다른 느낌이었다.

"뭐지?"

이담은 가루를 입술에 대어 보았다. 싸한 맛! 분명 밀가루는 아니다. 끈적이는 점성도 없었다.

'혹시? 코카인?'

등골이 오싹해지며 소름이 끼쳤다. 랜턴으로 판자 벽장을 자세히 살펴보니 하얀 비닐봉지 수십 개가 숨겨져 있었다. 이담은 너무 무서워 덜덜 떨며 서둘러 판자를 다시 붙여놓고 잡동사니와 그물로 벽을 가렸다. 뒷걸음질 치며 엔진 옆으로 기어왔지만 마음은 진정되지 않았다. 가슴이 쿵쾅거렸다. 목선에 오를 때부터 이상했다. 그들이 어부처럼 느껴지지 않았다. 잡은 고기도 없고, 행색도 고기를 잡는 어부들이 아니었다.

'무서운 놈들이다. 어떡하지?'

익히 알려진 대로 콜롬비아는 남미 최대의 마약 생산 유통국이다. 마약 때문에 전쟁에 가까운 분쟁이 끊이지 않는다. 심지어 콜롬비아 마약왕 파블로 에스코바르의 이야기는 영화로 만들어지기까지 했다.

갑자기 알게 된 사실 때문에 이담은 머리가 깨질 듯 아팠다. 그냥 페트병목으로 돌아가 혼자 멀리 떠나버리고 싶었다. 고민에 고민을 거듭하고 있는데 로간이 선실로 내려왔다.

"왜 그러고 있는가? 어디 아픈가?"

"아니다. 배가 고파서 그렇다."

"나도 그렇다. 태어나서 처음으로 이렇게 굶어본다."

로간은 자신의 홀쭉해진 배를 손으로 두드렸다.

"캘리포니아에는 한국인들이 꽤 있다. 그들은 성실하고 부지런하다."

"그런가? 고맙다."

이담은 별로 이야기하고 싶은 기분이 아니었다.

"육지로 돌아가면 무얼 할 텐가?"

"생각해보지 않았다. 우선 살아 돌아가는 것이 최대 목표다."

"하긴 그렇다. 나를 많이 도와달라. 나를 도와주어야 한다. 저들은 모두 나의 하수인들이다. 나는 당신에게 충분히 사례할 수 있다."

"알았다. 기억해두겠다."

이담은 그저 도망가고 싶은 생각뿐이었다. 기회가 있으면 탈출도 고려해보기로 했다. 달이 차오르기 시작했다. 달의 배는 점점 불러오지만 이담의 배는 그믐달처럼 점점 쪼그라들었다. 별들은 지구의 일들과 관계없이 각자 반짝였다.

6

"탕!"

총소리에 놀란 이담은 갑판으로 뛰쳐나왔다. 장총을 든 로간이 이물 쪽으로 걸어가고 있었다. 모두 놀란 표정으로 쳐다보았다. 이물에는 갈가리 찢긴 새 한 마리가 떨어져 있었다. 빨간 피와 깃털이 사방으로 흩어졌다.

"브라보!"

로간이 죽은 새의 두 다리를 쥐고 다가왔다. 뚝뚝 떨어지는 핏방울에 에바가 질겁하며 비켜섰다.

"구워 먹어야겠다."

얼핏 보니 갈매기 같았다. 그러나 날개 길이가 매우 길었다. 부리도

크고 몸집이 컸다. 알바트로스였다. 바닷새의 제왕, 알바트로스가 목
선에 잠시 앉은 것을 로간이 총으로 쏜 것이다. 바다를 둘러보니 쓰레
기 더미 위에 여러 마리의 하얀 알바트로스가 앉아 있었다. 하늘에도
몇 마리의 알바트로스가 활공하고 있었다.

알바트로스는 세상에서 가장 날개가 긴 새다. 양 날개를 펴면 최대
길이 3미터가 넘는다. 몸은 1미터에 이른다. 한번 날개를 펴면 만 리를
간다고 하여 동양에서는 '하늘을 믿는 노인'이라는 뜻으로 '신천옹(信天
翁)'이라 부른다. 슴새목에 속하며 남극에서부터 남태평양, 북태평양,
일본, 알래스카 등에서 서식한다.

날개가 너무 커서 뒤뚱거리며 걷고, 날기 위해서 안간힘을 쓰다가
곤두박질치는 모습 때문에 일본에서는 '바보새(アホウドリ)라 부른다.
그러나 세찬 바람 앞에서 한번 날아오르면 하루에 8백 키로를 날 수
있다. 날개를 퍼덕이지 않는 활공만으로 6일을 비행한다. 거센 역풍
속에서도 지그재그로 날며 앞으로 이동한다. 무려 50일 동안 쉬지 않
고 수천 키로를 비행할 수 있다. 평균수명도 50년이나 된다. 비행에 익
숙해진 알바트로스는 짝을 찾기까지 10여 년 동안은 땅을 밟지 않는
다고 한다.

선원들은 알바트로스가 물에 빠져죽은 뱃사람의 혼이라고 믿기 때
문에 이를 죽이면 불길하다고 생각한다. 그래서 절대 잡지 않는다.

로간은 새의 깃털을 난폭하게 뜯기 시작했다. 그러다 털 뽑기가 쉽
지 않자 칼로 두 날개를 잘라 바다에 내던져버렸다. 마치 망가진 천사

날개장식처럼 두 날개가 바다에 떠돌았다. 칼로 배를 가르자 쓰레기 뭉치가 한 움큼 나왔다.

"갓 뎀!"

창자를 훑어 바다에 버렸다. 그리고 선실로 내려갔다. 새를 태우는 노린내가 코를 찔렀다.

"버너가 고장 났다."

로간은 채 익지도 않은 새의 고기를 우걱우걱 뜯어먹기 시작했다. 핏물이 입가에 흘렀다. 로간은 고기를 뜯어먹다가 선실에서 가져온 데킬라를 벌컥벌컥 마셨다. 그러나 살점도 얼마 되지 않고 질긴지 고기를 바다에 던져버렸다. 화가 난 표정이 역력했다. 성에 차지 않은지 다시 선실로 내려가 통조림과 물을 가지고 올라왔다.

"먹어야겠다."

깡통을 따는 로간을 콜롬보가 제지했다.

"안 된다. 음식이 얼마 없다. 공평하게 나눠야 한다."

로간이 콜롬보의 팔을 거칠게 내쳤다.

"흥! 공평하게? 내가 돈을 모두 댔다. 내 돈이니 내가 더 많이 먹어야 한다. 나는 자본주다. 나는 덩치도 크다."

"안 된다. 나는 이 배의 선장이다. 공평하게 나눠 먹어야 같이 산다."

콜롬보가 로간의 통조림을 빼앗으려 했다.

"너는 내 심부름꾼일 뿐이다. 이 비즈니스는 모두 내 것이다."

둘이 옥신각신하자 쳐다만 보고 있던 첸이 두 사람을 갈랐다.

"네가 돈을 댔다면 나는 실제로 일을 했다. 물건은 모두 내가 만든 것이다."

"그 물건은 내가 돈을 줬기 때문에 있는 것이다."

"네가 돈을 줬어도 내가 물건을 구하고 만들었다. 내가 없었으면 물건도 없다."

"무슨 헛소리냐? 너는 내 밑에서 일만 했을 뿐이다. 앞으로 음식 배분은 내가 하겠다. 너희들은 내가 주는 대로 먹어라."

그들의 거친 대화를 듣고 있던 이담은 문득 세계 최강 자본국가인 미국과 세계의 공장인 중국, 두 나라가 떠올랐다. 그들은 서로 패권을 잡겠다고 끊임없이 싸운다. 인간은 지구를 욕망덩어리로 바꿔버렸다.

"앞으로 모든 음식은 내 것이다. 내가 나눠주겠다."

로간이 밀치자 첸이 바닥에 나뒹굴었다. 첸의 얼굴이 험상궂게 일그러졌다.

"페이 유(廢物, 쓰레기 같은 놈.)!"

이담은 그들이 싸우는 모습에 겁이 났다. 괜히 휩싸이지 않으려고 뒷전으로 물러섰다. 그냥 배고프게 물고기나 뜯어먹고 사는 게 낫겠다는 생각이 들었다.

"그동안 많이 참았다. 이리 내! 나도 먹어야겠다."

첸이 난폭하게 통조림을 낚아챘다. 그 바람에 날카로운 통조림 뚜껑에 로간의 팔이 찢어졌다. 피가 흐르자 로간이 총을 겨누며 벌떡 일어났다.

"퍽 유! 죽여버리겠다!"

콜롬보가 황급히 양팔을 벌리며 둘을 제지했다.

"그러지 말자. 우리 모두 캘리포니아에 가야 한다."

"이제 너 따위는 필요 없다. 너는 없어도 된다."

"알았다. 진정해라. 진정해라."

콜롬보는 팔을 나비처럼 천천히 흔들며 로간을 진정시키려는 몸짓을 했다.

"모두 멈춰라. 이제 그만하자."

그 사이 첸이 총을 뺏으려고 갑자기 로간에게 달려들었다.

"탕!"

순간 로간의 총이 불을 뿜었다. 가슴에 총을 맞은 첸이 통나무처럼 쓰러졌다. 앞으로 쓰러지며 로간의 몸을 덮쳤다.

"풍덩!"

순식간에 두 사람은 바다에 빠져버렸다. 핏물이 바다를 붉게 물들였다. 총을 맞은 첸은 허수아비처럼 팔을 벌리고 둥둥 떠 있었다. 로간은 허우적거리며 뱃전을 긁고 있었다. 첸의 가슴에서 흘러나온 피가 자꾸 바다에 풀어지고 있었다.

"살려줘! 살려줘! 난 수영을 못 해!"

콜롬보는 바다에 빠진 두 사람을 물끄러미 바라보았다. 이담이 두 사람이 빠진 뱃전으로 황급히 달려가자 콜롬보가 거칠게 가로막았다.

"스탑!"

이담을 세게 밀쳐냈다. 하지만 콜롬보는 구조의 몸짓을 하지 않았다.

"살려줘! 빨리!"

콜롬보가 구해주지 않자 로간은 목선 뒤에 매어놓은 페트펫목 쪽으로 허우적거리며 헤엄쳤다. 로간이 간신히 페트펫목의 밧줄을 잡자 콜롬보는 총을 천천히 꺼내들었다.

"탕! 탕!"

총을 맞은 로간이 물을 튀기며 벌렁 자빠졌다. 구멍 난 페인트통처럼 뻘건 핏물이 번져나갔다. 잠시 후, 날선 삼각형의 지느러미들이 주변에 몰려들었다. 상어들이 핏물 주위를 맴돌더니 소용돌이치며 맹렬하게 두 사람에게 달려들었다. 한참동안 소용돌이와 물보라를 일으키며 사체를 물어뜯었다. 그리고 물속으로 끌고 들어가버렸다. 목선 주위에는 벌건 파도만 넘실거리고 있었다. 콜롬보는 주머니에서 담배를 꺼내 물었다. 칙칙 불을 붙여서 길게 연기를 내뿜었다.

"입 두 개가 줄었군."

7

이담은 넋 나간 표정으로 고물에 앉아 있었다. 영화에서나 보았던 살인장면을 직접 목격했다. 조금 전까지 움직이고 말을 하던 두 사람이 순식간에 죽어버렸다. 피투성이로 상어 밥이 되어 흔적도 없이 사라져버렸다.

차라리 목선에 올라타지 않았더라면 좋았을 것이다. 페트펫목으로 돌아가고 싶었다. 콜롬보는 언제든 그를 죽여버릴지 모른다. 이담이 엔진을 고치고 더 이상 쓸모없다고 여긴다면 언제라도 총구를 들이밀 것이다. 하지만 이 목선을 떠날 수도 없다. 뭍으로 돌아가려면 배가 절대적으로 필요하다. 설사 엔진을 고치지 못하더라도 돛을 달면 돛단배처럼 항해할 수 있다. 목선에는 여러 가지 도구들이 있어 생존에도 훨씬 유리하다. 어떡해야 하나? 이담은 몹시 혼란스러웠다.

이담도 한때는 아름다운 섬을 꿈꾸었다. 아름다운 섬에 가서 살고 싶었다. 늙은 어머니는 나무그늘에서 조용히 쉬고 있다. 그는 사랑하는 사람과 손을 잡고 해변을 걷는다. 아이들은 물장구를 치고 조개껍질을 주으며 깔깔거릴 것이다. 저녁이 되어 서쪽에 망고빛 노을이 물들면 그의 가족들은 손을 잡고 안온한 집으로 돌아갈 것이다. 그리고 정겨운 식사를 할 것이다.

고향 창선섬은 이미 청정바다는 아니었다. 가까운 바다에 군데군데 양식장이 들어서고 엄청난 양의 사료와 약품·항생제가 투입됐다. 해변에는 쓰레기가 수북하다. 치워도 치워도 끝이 없다. 나이 들면 고향 마을에 내려가 살고 싶지만 그것은 청정바다이기 때문이 아니라 추억 때문일 것이다.

북태평양과 남태평양에는 아직도 에메랄드 빛 청정바다가 남아 있다고 한다. 하와이 제도의 경우 호놀룰루·와이키키 해변·진주만 등이 있는 본섬 오아후는 오랜 개발과 쓰레기로 많이 오염되었다. 그러나 니하우·카우아이·몰로카이·라나이·마우이·카호올라웨·하와이 섬 등은 아직도 청정하다고 한다.

카우아이는 '정원의 섬'이라 불린다. 강수량이 풍부하여 섬 전체가 울창한 숲으로 뒤덮였다. 영화 〈쥬라기 공원〉이 촬영됐을 정도로 야생이 잘 보존돼 있다. 마우이는 '마법의 섬'으로 불린다. 세계 최대 휴화산 할레아칼라가 있고, 환상적인 일출과 일몰로 유명하다. 붉은 모래알이 보석처럼 반짝이는 해변은 마법에 빠지게 한다. 분화구가 바다에 가라앉아 만들어진 초승달 모양의 섬은 자연의 경이다. 아울러 하와이 제도의 1백여 개의 섬은 아직은 자연이 견디고 있다 한다.

남태평양의 피지·파푸아뉴기니·바누아투·사모아·솔로몬·통가·투발루·쿡·니우에·마셜 ·미크로네시아·팔라우·키리바시·나우루 섬들도 청정지역이라 할 수 있다. 군데군데 쓰레기가 있지만 아직 버티고 있는 이유는 원주민들이 대량생산에 몰두하지 않기 때문이다. 먹을 만큼만 잡고 꼭 써야할 물건만 만든다. 남태평양 니우에 주민들은 19킬로미터 이내에 외국어선의 진입을 거부한다. 전통적인 방식의 어업만 허용된다. 1천6백 명 주민에게 낭비되는 생선은 없다.

하지만 그런 낙원의 섬과 바다는 여기에 없다. 온통 쓰레기 바다가 출렁거릴 뿐이다. 이 쓰랜드에서는 사람이 살 수 없다. 물고기들도 점점 죽어가고 있는데 사람이 어떻게 살겠는가? 어쨌든 이곳을 떠나야 한다. 탈출해야 한다. 쓰레기 바다가 어떻게 되든 나와 상관없다.

나는 이 바다의 주인이 아니다. 바다가 썩거나 물고기들이 모두 죽어도 내 일이 아니다. 내 탓이 아니다. 나는 이렇게 많은 쓰레기를 버리지 않았다. 설사 내가 버린 쓰레기가 있다 해도 그것은 76억 분의 1일 뿐이다. 나는 그것만 책임지면 된다. 더욱이 나처럼 가난한 사람은 소비가 적어 쓰레기를 많이 발생시키지도 않는다. 오히려 플라스틱과 쓰레기를 무한생산하고 있는 대기업들과 자본가들에게 전적으로 책임이 있다. 내가 만들지도 않았다. 나는 죄가 없다. 무죄다. 나는 그냥 76억 분의 1, 한 명의 평범한 인간일 뿐이다.

이담은 애써 마음을 추스르고 엔진을 수리하려 했다. 선실 바닥으로 내려갔지만 연장을 잡은 손이 부들부들 떨렸다. 제대로 일을 할 수 없었다. 어두운 선실에 혼자 오래 앉아 있었다. 혼자서 혼돈의 바다를 표류하고 또 표류하였다.

"이담! 이담! 어디 있나요?"

에바가 선실로 내려왔다. 랜턴으로 이담을 비췄다.

"괜찮은가?"

이담은 대답하지 않았다. 그 대신 랜턴을 빼앗아 불을 꺼버렸다. 에바는 이담 옆에 쪼그리고 앉아 머리를 기댔다. 에바는 손을 더듬어 이담의 팔을 쓰다듬었다. 아무런 느낌도 없었다. 인간은 항상 살기 위해서 몸부림친다. 살아남기 위해 온갖 일을 저지른다. 서슴없이 남을 죽이기도 한다. 인간의 동족 살인은 일상적인 일이다. 윤리와 도덕률을 아무리 강조해도 인간은 선사시대 이래로 동족살인을 자행해왔다. 그것은 명백한 사실이다. 혼란스러웠다. 이 쓰레기섬에서 살아나가려 한다는 것이 무슨 의미가 있을지에 대해 심한 회의가 들었다. 넋이 나간 사람처럼 그렇게 오래 앉아 있었다.

"에바! 에바! 어디 있나?"

두 사람은 대답하지 않았다.

"에바! 음식을 먹자. 빨리 나와라."

부르는 소리가 몇 번 계속되자 에바는 마지못해 갑판으로 올라갔다. 잠시 후, 콜롬보가 선실로 직접 내려왔다.

"너도 올라와라!"

콜롬보가 험악한 표정을 지으며 이담의 멱살을 확 잡아당겼다. 술냄새가 훅 풍겼다. 이담은 억지로 끌려 갑판으로 올라갔다. 두려운 마음이 들었다.

"이봐! 음식을 먹자."

그동안 먹던 옥수수통조림이 아니었다. 소시지와 햄이 있었다. 아마 콜롬보가 몰래 숨겨놓은 음식인 듯 했다.

"먹어라! 마음대로 먹어라. 그놈들은 서로 죽인 것이다. 내가 죽인 것이 아니다."

콜롬보는 술을 병째로 들이켰다.

"너희들도 봤지? 그놈들은 내가 죽이지 않았다. 서로 죽인 것이다.

알았지? 잊어버려라."

에바와 이담은 아무 대답도 하지 않았다.

"대답해! 맞지?"

콜롬보가 윽박지르며 고함을 쳤다. 둘은 고개를 끄덕이는 척했다.

"너희들도 마셔라!"

콜롬보는 술병을 건넸다. 에바는 마지못해 한 모금 찔끔 마셨다. 이담은 눈을 질끈 감고 벌컥 마셨다. 독한 알코올이 식도를 훑으며 좌르륵 내려갔다. 속이 타는 것 같았다.

"우리는 이제 부자다. 부자가 됐다. 노래를 부르자. 이런 날은 노래를 불러야 한다."

콜롬보는 술병을 들고 일어나서 노래를 부르기 시작했다.

"베사메 베사메 무초

꼬모 씨 푸에라 에스따 노체

라 울띠마 베

베싸메 베싸메 무초

꽤 땡고 미에도 아 뻬르데르떼

뻬르데르떼 데스뿌에

(Bésame, bésame mucho,

Como si fuera esta noche

La última vez

Bésame, bésame mucho,

Que tengo miedo a tenerte

Perderte después)"

팔을 흔들고 빙글빙글 돌며 계속 노래를 불러댔다.

"베사메 베사메 무초~"

"일어나라. 궁상떨지 말고 일어나서 춤을 춰라!"

콜롬보는 에바의 손을 잡아 억지로 일으켜 세웠다. 손을 맞잡고 춤을 추다 에바의 입술에 자신의 입을 맞췄다. 에바가 고개를 돌려 피했다.

"싫어? 감히 나를 거부해? 내가 너를 키웠다. 너를 키운 건 바로 나다. 나라고!"

콜롬보는 고래고래 소리를 질렀다. 강제로 에바의 손을 잡아끌며 춤을 추다 입을 맞췄다.

"흥! 제 엄마를 닮았군."

콜롬보는 빈 술병을 바다에 첨벙 던져버렸다.

"에바! 술을 더 가져와라! 술을!"

에바는 겁에 질려 선실로 내려갔다.

"무슨 일 있냐? 울상 짓지 말고 노래를 불러라. 젊은 놈아. 노래를 불러! 이 노랭이 자식아. 낄낄낄."

이담은 심한 모멸감을 느꼈다. 확 떠밀어 바다에 던져버리고 싶었지만 차마 그럴 수 없었다. 콜롬보는 이담이 알 수 없는 다른 노래를 부르기 시작했다.

"아, 알 소나 로스 탐보레

에스타 네그라 세 아마냐

알 소나 데 라 카냐

반 브린단도 수아모레스

에스 라 네그라 솔리다드

라 큐 고자 미 쿰비아

(Ay, al sonar los tambores

Esta negra se amaña

Al sonar de la caña

Van brindando sus amores

Es la negra Soledad

La que goza mi cumbia)"

(* 콜롬비아 전통음악인 쿰비아 〈La Pollera Colora(화려한 치마)〉. 제2의 콜롬비아 국가로 여길 정도로 널리 불린다.)

에바가 술병을 가져오자 콜롬보는 계속 술을 마시며 노래를 불러댔다.

"우리는 이제 부자야. 부자라고!"

고래고래 고함을 지르고 노래를 부르고 술을 마셔댔다. 가끔 종이에 싸인 가루를 코로 흡입하기도 했다. 콜롬보는 그렇게 한동안 난리를 치다 허수아비처럼 푹 고꾸라졌다. 갑판에 술병이 나동그라졌다. 입에 거품을 물고 가쁜 숨을 내쉬는 것으로 보아 완전히 뻗어버린 것 같았다. 에바가 콜롬보의 몸을 흔들었다. 그러나 콜롬보는 깨어나지 않았다.

이담은 고물 쪽에 조용히 앉아 있었다. 해가 저물어 쓰레기 바다에 서서히 어둠이 깔리고 있었다. 점점 검은색으로 변하는 바다가 왠지 처량해 보였다. 더 이상 목선에 있고 싶지 않았다. 이담은 페트뗏목의 밧줄을 끌어당겼다. 뗏목이 뱃전 가까이 오자 아래로 뛰어내렸다. 그리고 목선으로부터 멀어졌다.

이상했다. 마음이 편했다. 악다구니의 싸움터를 떠나 집으로 돌아온 기분이었다. 페트뗏목은 목선에 비해 형편없는 환경이었지만 마치 고향집에 온 것처럼 마음이 푸근했다. 좁은 뗏목에 몸을 뉘였다. 울퉁불퉁한 페트병의 굴곡이 등에 느껴졌다. 등에 배겨 매우 불편했지만 상관하지 않았다. 그냥 혼자 있고 싶었다. 내일 일은 난 모른다. 뭔가 어찌 될 것이다. 이 쓰랜드에서는 살아있는 목숨이나 죽음이나 별반 차이가 없다. 살아있으면 내일의 태양을 보는 것이고 아니면 암흑이다.

뗏목에 누워 있으니 자연스레 별이 눈에 들어왔다. 반짝이는 저 별에는 무엇이 있을까? 우리가 알고 있는 우주에서 단 하나뿐인 생명체가 있는 별, 지구에서 사는 것이 왜 이토록 힘들까 하는 생각이 들었다.

그냥 아름답고 조화롭게 살다 조용히 소멸할 수 없을까 하는 안타까운 마음이 들었다. 이토록 처절하고 힘들게 살아야 한다는 사실이 한없이 슬프게 느껴졌다. 알 수 없었다. 미약한 자신의 힘으로는 어쩔 수 없는 일이었다. 그냥 흘러가는 대로 맡겨둘 수밖에 없다. 이담은 그런 비감한 생각을 하다가 윗옷을 머리끝까지 끌어 덮고 잠들어버렸다.

8

"허헉! 누구야?"

이담은 누군가 자신의 몸을 만지는 기척에 소스라치게 놀라며 몸을 반쯤 일으켰다.

그는 꿈을 꾸었다. 창선도 고향집이었다. 어머니는 방 안에 앉아 바느질을 하고 있었다.

"학교 갔다 왔습니다."

어머니에게 인사를 했다. 어머니는 그를 힐끗 바라보더니 잔뜩 화가 난 표정을 지었다. 이담은 방으로 들어가고 싶었다. 그런데 어머니는 가까워지지 않았다. 몇 발짝 걸어갔는가 싶었는데 다시 그만큼 멀어져 있었다.

"어디서 뭐하고 다니는 거냐?"

어머니는 표독스런 표정으로 쏘아붙였다. 그렇게 무서운 어머니의 얼굴을 한 번도 본 적 없었다. "학교···."라고 말하려다 머뭇거렸다. 자기가 갔다 온 곳이 학교가 아닐 수도 있다는 생각이 들었다.

"저···."

그는 방으로 들어가 어머니에게 뭔가 설명하려 했다. 그런데 어머니는 또 저만큼 멀어져 있었다.

"도대체 어디서 뭐하고 다니냐?"

"아니에요. 저는···."

"필요 없다. 네 꼴을 봐라. 네가 뭐하고 다니는지?"

이담은 어머니에 다가가려고 안간힘을 썼다. 그러나 발이 떨어지지 않았다. 몸이 앞으로 기울며 두 팔을 허우적거렸다.

"어머니! 저는···. 저는···."

"쉿!"

에바가 입술에 손을 대고 낮게 말했다. 식은땀을 흘리며 깨어난 이담은 잠시 정신을 차리지 못했다. 꿈속에서 온전히 빠져나오지 못해 여기가 어디일까 두리번거렸다. 달빛 아래 검푸르게 빛나는 바다를 보고서야 고향집이 아니라 여전히 쓰랜드에 있음을 깨달았다. 그 속에 수면 위에 머리를 내민 에바가 있었다. 보름에 가까운 달빛 속에 드러난 에바의 얼굴은 하얀 주석처럼 빛났다. 에바는 목선에서 페트펫목까지 헤엄쳐 온 듯했다.

"아니 왜? 여기에?"

"쉿! 조용!"

에바는 페트뗏목에 팔을 얹고 올라타려 했다. 뗏목의 한쪽이 뒤집힐 듯 기울었다. 이담은 망설이다 에바를 뗏목 위로 끌어올렸다.

얇은 옷을 입은 에바는 흠뻑 젖어 있었다. 에바는 젖은 옷을 서슴없이 벗어버렸다. 파르스름한 달빛에 벗은 몸의 나선이 여지없이 드러났다. 첼로의 울림통마냥 굴곡진 에바의 몸은 물개의 피부처럼 빛났다. 긴 머리의 바닷물을 털어내기 위해 고개를 뒤로 젖히자 두 개의 가슴이 도발적으로 도드라졌다. 그것은 마치 바위 위에서 달을 향해 포효하는 늑대의 주둥이 같아 보였다. 미끈하고 잘록한 허리는 리듬체조선수의 리본처럼 흘러내렸다. 그리고 풍만하고 탄탄한 둔부가 신성한 대지로 그 모든 것을 떠받치고 있었다. 달빛 속 에바의 몸은 눈부시게 아름다웠다. 그렇지만 한편으로는 출렁이는 검은 바다의 배경 때문에 처연해 보이기도 했다.

"추워!"

에바가 이담 위에 몸을 포개며 말했다. 이담은 윗옷을 벗어 에바의 몸을 덮어주었다.

"왜 여기에?"

에바는 대답 대신 자신의 입술을 이담의 입술에 겹쳤다. 그리고 문어처럼 이담의 몸을 통째로 흡입해버리겠다는 듯 입술을 빨아댔다. 두 개의 혀가 엉겼다. 이담은 갑작스런 상황이 당혹스러웠다. 그러나 에바가 그를 힘껏 껴안고 있었으므로 몸을 밀쳐낼 수 없었다. 그냥 가만히 있었으나 몹시 답답했다.

"당신은 너무 잘생겼어."

에바는 그의 얼굴을 손으로 더듬으며 계속 혀를 빨아들였다. 숨이
막혔다.

"에바. 잠깐. 잠깐만!"

이담은 모든 것이 혼돈스러웠다. 그는 에바와 섹스를 하고 싶은 기
분이 아니었다. 또한 섹스에 대한 경험도 매우 부족했기 때문에 어찌
해야 할지 몰랐다. 섹스가 즐거운 기억이 되지 못했기 때문에 이담은
자못 두려웠다. 게다가 쓰레기섬 극한상황에서의 섹스가 그의 가슴을
마구 뛰게 할 이유도 없었다.

"에바. 잠깐만!"

이담은 에바를 살짝 밀쳤다.

"우리 잠깐 이야기를 하자."

"무슨?"

에바는 하던 동작을 멈추고 이담을 바라보았다.

"음 …. 당신들은 정말 어디로 가는 중이었나?"

다른 사람들 때문에 목선에서는 물을 수 없었던 내용이었다.

"말했던 대로 캘리포니아로 가는 중이었다. 로스앤젤레스에 가고
싶다."

"아니, 고기를 잡아서 왜 콜롬비아로 돌아가지 않는가?"

"그것은 말할 수 없다."

에바는 단호한 어조로 말했다.

"그동안 고기는 전혀 잡지 못했나?"

목선의 어창에 고기는 없었다.

"먼바다에 나와 고기를 잡으려 했다. 그러다 허리케인을 만난 것이다."

"선실 바닥의 드럼통은 뭔가? 연료는 아닌 것 같았다."

"음. 솔직히 말하겠다. 그건 중금속이다. 콜롬비아의 광산에서 나온 폐기물이다."

"그걸 왜 싣고 다니는가?"

"광산 폐기물을 제대로 처리해서 버리려면 돈이 많이 든다. 그래서 중간 브로커들이 어선에 넘긴다. 어선들은 그것을 먼 바다에 버려주는 댓가로 돈을 받는 것이다. 몇 드럼을 버려주면 항해에 필요한 기름값은 충당할 수 있다. 잘못된 줄 알지만 출항비를 아끼려면 할 수 없다."

"아니, 그런 중금속을 바다에 마구 버리면 고기들이 떼죽음하지 않나? 그리고 오염된 고기를 사람들이 먹을 수도 있지 않은가?"

"바다는 넓다. 알면서도 하는 것이다. 돈 때문에…."

에바는 말꼬리를 흐렸다. 하긴 인간은 돈이라면 무슨 일이든 한다. 욕망은 지구를 삼켜버렸다.

"캘리포니아에는 누가 있나?"

"묻지 마라. 나중에 다 알게 된다."

에바는 곤혹스러운 듯 대답을 피했다. 이담은 더 캐묻고 싶었지만 에바가 대답하지 않을 것 같았다. 이담이 침묵하자 에바가 진지한 목소리로 물었다.

"당신은 정말 엔진을 고칠 수 있는가?"

"부품만 있으면 고칠 수 있다. 만약 엔진이 고쳐지지 않는다면 돛을 달고 항해하면 된다. 돛이 있으면 육지를 찾을 수 있다."

"나는 당신을 믿겠다. 나는 여기서 죽고 싶지 않다."

에바는 다시 몸을 돌려 이담을 어루만졌다. 좁은 뗏목이었으므로 이담은 피할 수 없었다.

"아담! 나는 콜롬보의 딸이 아니다."

에바는 가끔 그를 "아담"이라 잘못 불렀다. "리담(Lee Dam)"의 발음이 어렵거니 생각하고 내버려두었다. 하긴 둘이 어떤 관계인지 궁금하긴 했다. 평소에도 둘 사이가 부녀관계라 하기에는 뭔가 석연치 않은 느낌이 있었다.

"그는 내 아버지가 아니다."

에바는 단호하게 얘기했다. 딸이 아니라니? 무슨 뜻?

"그놈은 나쁜 놈이다."

달빛 속 에바의 얼굴이 일그러졌다.

"그놈은 내 엄마를 죽게 만들었다."

이를 꽉 물었다.

"쓰레기 같은 자식! 나쁜 놈!"

에바는 달을 바라보았다.

"나는 엄마가 늘 그립다. 엄마가 보고 싶다. 그놈은 엄마를 죽게 만들었다. 엄마를 철저히 뜯어먹고 사지에 몰아넣었다. 그리고 나를 겁탈하려 했다. 그놈은 결코 내 아버지가 아니다. 나를 잠시 키웠을 뿐이다. 지옥 같은 생활이었다. 나는 언젠가 그놈을 죽여버릴 것이다."

에바는 적의에 불타는 목소리로 말했다. 낮은 어조였지만 예리한 커터 날 같은 살의가 섞여있었다.

"으음⋯."

이담은 목울대에 걸린 깔깔한 이물질을 긁어냈다. 몇 마디 문장으로 그녀의 삶이 구체적으로 어떤 것이었는지 알 수 없다. 자세히 물을 상황도 아니다. 하지만 이담은 에바로부터 동병상련 같은 것을 느꼈다. 태평양 한가운데 쓰레기섬에 아버지로부터 일회용품처럼 철저히 버려진 한 남자가 있다. 그리고 같은 곳에 모두에게 내팽겨진 고아의 한 여자가 있다. 하지만 그 둘은 살아남으려 발버둥치고 있다. 쓰레기 같은 세상, 쓰레기 바다에서 몸부림치고 있다. 이담은 천천히 그녀의 머리카락을 쓰다듬었다. 에바의 치렁한 머리카락은 바닷말처럼 부드러웠다. 머릿결 속에 그녀의 마음이 담겨 있는 것 같았다.

에바는 갑자기 몸을 돌려 이담의 배 위에 올라탔다. 어깨를 부여잡고 각단진 말투로 무섭게 말했다.

"아담! 그놈을 죽여줘!"

적의에 불타오른 그녀의 몸은 다리미처럼 뜨거웠다. 눈에서 불길이 일고 있었다.

"죽여버려! 그놈은 죽어 마땅해!"

에바는 맹렬하게 이담의 몸을 더듬기 시작했다. 어깨와 가슴을 지나 엉덩이와 허벅지를 걸레질하듯 쓰다듬었다. 이담의 몸은 거칠고 빈약했다. 근육과 지방질이 대부분 빠져버려 겨울나무같이 앙상했다. 허기진 배는 마른 웅덩이처럼 움푹 패었다. 에바의 손이 두 개의 굵은 가지 사이로 더듬어 들어갔을 때 이담의 성기는 물도 없이 척박한 땅에서 자란 식물처럼 축 늘어져 있었다. 양분을 제대로 섭취하지 못한 식물은 줄기를 제대로 세우지 못해 굳센 힘이 없었다. 에바의 손길이 문어 다리처럼 부드럽게 애무했지만 그것은 좀처럼 일어서지 못했다.

뜨겁게 달아오른 에바의 몸은 올리브오일을 바른 듯 번들거렸다. 야무진 어깨에서 허리로 흘러내리는 선은 운학매병처럼 잘록하고 매끄러웠다. 허리를 받친 튼실한 엉덩이는 잘 빚어진 항아리처럼 아름지고 탐스러웠다. 올곧은 죽순처럼 쭉 뻗은 다리는 이담의 다리를 휘감으며 체위의 이탈을 방지하려 애썼다. 에바는 이담의 남성이 깨어나지 않는 것을 알아챘는지 빨판 같은 입술과 혀로 이담의 얼굴을 핥기 시작했다. 이마에서부터 눈두덩으로, 귀와 코와 목으로 끈적한 타액을 묻혀나갔다.

"노우!"

이담은 익숙지 않은 행동에 적응하지 못하고 몸을 비틀었다. 하지만 에바는 자신의 입술로 이담의 말을 삼켜버렸다. 그 몸짓은 힘으로 저항할 수 없었다. 그냥 그녀가 하는 대로 맡겨두든가 아니면 협조할 수밖에 없었다. 이담의 변화를 감지한 에바의 입술은 점점 아래로 내려갔다. 그녀의 입술이 바짝 마른 갈비뼈의 이랑을 지나 움푹 파인 배꼽에 이르렀을 때 이담은 몸을 심하게 비틀었다. 에바는 마치 태생의 비밀을 찾기라도 하려는 듯 이담의 배꼽을 집요하게 파헤쳤다. 그러다 더 아래로 내려가 갑자기 이담의 성기를 덥석 물었다.

"으헉!"

이담의 배가 움찔하며 하복부 근육들이 심하게 경련했다. 마치 급소에 표창을 맞은 것 같았다. 에바가 막대사탕을 빨듯 이담의 성기를 부드럽게 입에 굴리자 깊은 잠을 자고 있던 세포들이 눈을 뜨며 서서히 깨어났다. 그러다 갑자기 전투의욕이 살아난 병사의 창처럼 불끈 일어섰다. 신기했다. 한 달 넘게 먹은 것이라고는 물고기뿐인 몸 안에서 성의 본능이 동면에서 깨어났다. '남자는 숟가락 들 힘만 있어도 섹스를 한다.'는 말이 떠올랐다. 뜨거운 용솟음을 감지한 에바는 가랑이를 벌려 이담의 중심을 자신의 화로 속으로 밀어 넣었다. 이담은 갑자기 화롯불에 덴 듯 뜨거웠지만 이내 불두덩에 익숙해지기 시작했다. 이윽고 격렬한 용두질이 시작됐다. 두 개의 중심이 마그마처럼 서로 섞이며 끓어오르기 시작했다.

"아악! 메구스따(Me gusta, 좋아)"

에바는 이담이 알 수 없는 말을 마구 뱉어냈다. 에바의 허리는 활처럼 휘었다. 마치 말을 타듯 이담의 중심을 안장삼아 몸을 뒤로 젖히고 뜨거운 풀무질의 마찰을 반복했다. 둘의 몸놀림이 격렬해질수록 뗏목의 흔들림이 심해졌지만 그것을 위험으로 느끼지 않았다. 두 사람의 행위는 교미를 마치고 죽는 곤충처럼 처절해 보였다.

"으 웅!"

"아 악 응~"

언어가 아닌 두 사람의 신음이 물결소리와 섞였다. 이상한 일이었다. 이담은 자신이 성행위를 하고 있다는 생각이 들지 않았다. 몽롱하고 황홀한 정신 속에서 에바가 이끄는 물결에 따라 점점 어디론가 흘러가고 있었다. 거칠고 혹은 잔잔한 물결에 밀려 에메랄드빛 바다를 건너고 있었다. 아름답고 푸른 바다, 청정한 섬을 향해 끝없는 항해를 하고 있었다. 그 섬은 너무 아름답고 깨끗했다. 너무 향기롭고 황홀하여 영원토록 머물고 싶었다.

"아 악! 악!"

마침내 에바의 몸이 절정에 다다라 뜨거운 용암을 분출하며 비명을 터뜨렸을 때 이담은 쓰랜드에 있지 않았다.

"이담! 그놈을 죽여줘!"

하지만 이담의 귀에 그녀의 절규는 더 이상 들리지 않았다.

9

이담이 눈을 떴을 때 에바는 없었다. 쓰레기 바다에는 무역풍이 서서히 불고 있었다. 아열대 해상의 고온다습한 바람 속에는 여름의 절정으로 치닫는 뜨거운 기운이 섞여있었다. 그 바람은 뜨겁게 달아오른 바다의 습기를 품고 있어 마치 사우나에 들어간 것처럼 열돔현상을 일으키고 있었다. 끈적거리고 소금기가 섞인 바람은 사람을 기분 나쁘고 불안스럽게 만들었다.

이담은 지난밤의 달빛을 떠올렸다. 지저분한 대기를 거치지 않은 듯한 원시의 달빛 속에서 격렬하게 출렁였던 에바의 몸짓을 되새김했다. 에바가 그를 유혹하기 위해서 일부러 왔는지, 아니면 다른 목적을 가지고 왔는지에 대해서는 생각하고 싶지 않았다. 섹스는 그냥 섹스일 뿐이다. 인간의 원초적인 본능인 성의 결합에 대해 너무 따지고 들면 그때의 황홀감이 퇴색한다. 어찌됐건 에바는 이담을 동반자로 여기고 몸을 주었다. 한 치 앞도 내다볼 수 없는 쓰레기 바다에서 누군가 몸을 기댈 수 있는 사람이 있다는 것만으로도 마음이 한결 든든했다. 엔진이 고쳐지지 않아 노를 저어가야 한다 해도 혼자보다는 둘이 더 낫다. 그물을 치고 걷는데도 손이 하나 더 있으면 훨씬 수월하다. 이 극한의 환경에서는 생존에 도움이 되는 것이라면 뭐든 좋다. 살아있기만 하면 된다. 쓰랜드에 수장되지 않고 살아 돌아가기만 하면 된다. 오직 생존만이 목표다.

이담은 목선을 바라보았다. 서로를 묶은 밧줄은 풀리지 않았다. 그것은 우주유영을 할 때 우주선과 우주인을 연결하는 생명줄처럼 보였다. 생명줄이 끊어지면 우주비행사의 몸은 빠른 속도의 우주선으로부터 튕겨지고 힘을 받았던 방향으로 계속 전진한다. 마찰력을 일으킬 공기가 없으므로 전진을 멈추거나 방향을 바꿀 수 없어 떠돌다 우주미아가 되고 만다. 그처럼 목선과 연결된 밧줄이 끊어진다면 페트펫목은 다시 끔찍한 표류를 계속하게 될 것이다.

목선은 고요했다. 폴 세잔의 정물화처럼 내리쬐는 일광 속에 조용히 떠있었다. 그것은 마치 바다가 처음 생길 때부터 그 자리에 있었던 것 같았다. 유령선처럼 인기척이 없었으므로 인간으로부터 버려진 폐선으로 보였다. 바다에 둥둥 떠다니는 쓰레기와 다를 바 없었다.

이담은 목선에 가야할지 망설였다. 일단 콜롬보가 싫었다. 뭔가 비밀을 숨기고 있어 어떤 일을 저지를지 두려웠다. 어젯밤 갑자기 몸을 섞은 에바를 바라보는 것도 계면쩍었다. 오래된 연인처럼 일상적으로 키스를 하고 스킨십을 했다면 다르겠지만 예기치 않은 섹스는 빈공간의 괄호가 너무 많았다. 그러나 쓰랜드를 벗어나려면 목선에 가야 한다. 가서 엔진을 고쳐야 한다. 불을 좇는 나방처럼 다시 불 속에 뛰어드는 수밖에 없다. 게다가 물도 먹을 것도 없고 배가 고팠다. 결국 목선에 가기로 했다. 이담은 수면에 늘어진 밧줄을 천천히 잡아당겼다.

목선은 무서우리만큼 조용했다. 넓지 않은 갑판을 조심스레 걸어 선실로 내려갔다. 에바는 좁은 선실에 구겨진 휴지처럼 잠들어 있었다. 머리를 헝클어뜨리고 잠든 모습이 애잔했다. 쓰다듬고 싶었으나 잠이 깰까봐 참았다. 부스럭거리는 소리에 고개를 돌려보니 선실 바닥에 콜롬보가 있었다. 랜턴을 켜고 엔진을 만지작거리다 이담을 힐끔 쳐다보았다. 몰골이 말이 아니었다.

"야! 엔진은 언제 고치는 거냐?"

대뜸 시비조로 물었다. 대답하지 않았다. 랜턴 불빛에 비친 콜롬보의 옆얼굴이 부서진 전자제품처럼 보였다.

"도대체 엔진을 고칠 수 있는 거냐? 뭐가 문제냐?"

"부품이 없다. 노력하고 있다."

이담은 한숨을 쉬며 낮게 말했다. 콜롬보에게서 술 냄새가 확 끼쳐왔다. 이담은 공구를 챙겨들고 엔진 앞으로 다가갔다.

"물을 달라."

"물? 물도 이제 바닥이다. 오늘이면 끝이다."

"물을 만들겠다."

"됐다. 너는 빨리 엔진이나 고쳐라."

콜롬보는 못마땅한 표정으로 물 한 컵을 떠다 이담에게 건넸다. 물을 마셨더니 정신이 들었다. 엔진보다 더 중요한 것은 물이다. 증발기를 다시 설치해야 한다. 그러나 콜롬보와 부딪히기 싫어 엔진을 수리하기 시작했다.

"에잇! 제기랄!"

콜롬보는 갑판으로 올라가버렸다. 이담은 랜턴을 주워 들고 엔진을 들여다보았다. 엔진을 작동시키기 위해서는 플런저 펌프와 연료 분사 노즐을 수리해야 한다. 플런저 펌프는 가솔린기관의 피스톤 역할을 한다. 적시에 펌핑을 해야 착화가 일어난다. 분사 노즐은 연소실 실린더에 연료를 적정하게 분사하여 폭발이 일어나게 하는 장치다. 연소실의 형태에 따라 연료가 최적으로 혼합되도록 해야 한다. 나아가 적정 타이밍으로 연료가 분사되어야 한다. 분사 노즐은 노즐 보디(nozzle body)와 노즐 니들(nozzle needle)로 구성돼 있다. 특수강의 노즐 보디와 노즐 니들은 항상 쌍으로 제작되며 정밀 다듬질과 끼워맞춤이 중요하다.

노즐 니들은 고압연료의 압력이 커지면 위쪽으로 밀려 올라가면서 니들이 열려 연료를 연소실에 분사한다. 반대로 연료압력이 약해지면 스프링의 힘에 의해 니들이 닫혀 분사가 중지된다. 이런 작동이 계속 반복되며 연속 폭발이 일어난다.

목선 엔진의 분사 노즐은 노후화되고 이물질이 끼어 있어 연료 분사가 제대로 되지 않고 있었다. 이담은 부품을 분해하여 찌꺼기를 일일이 닦아내고 니들의 간극을 적정하게 조정하기 위해 애썼다. 니들 끝의 분공이 막혀 있기도 했으므로 조심스럽게 세척했다. 연료를 직접 주입해볼 수 없었으므로 노즐 입구에 입을 대고 힘껏 "후" 하고 불어보았다. 그러나 노즐이 잘 작동되지 않고 바람도 잘 나오지 않았다. 정밀함이 필요한 부품이므로 역시 제대로 된 정품이 필요했다.

땀을 흘리며 수리에 지쳐갈 무렵 에바가 깨어났다. 그녀는 꿈에서 덜 깬 듯 현실감 없는 멍한 표정으로 이담을 바라보았다. 이담과 눈길

이 마주쳤으나 아무 말도 하지 않았다. 한동안 그렇게 앉아 있더니 이
담의 등 뒤로 다가와 그를 가볍게 안았다. 이담은 손을 돌려 그녀의 손
을 잡아주었다. 이제 막 잠에서 깨어난 그녀의 손에는 꿈의 온기가 남
아 있었다.

"에바! 에바!"

그때 콜롬보가 큰소리로 에바를 불렀다. 그녀는 손을 풀고 마지못
해 위로 올라갔다. 콜롬보는 갑판에 앉아 통조림 몇 개를 늘어놓고 있
었다. 바다에는 인간들이 쓰고 먹고 버린 쓰레기의 잔해들이 넘실대고
있었다. 그것은 수면에 서식하는 무수한 벌레들처럼 바람과 파도에 꿈
틀거렸다. 건드리기라도 하면 금방이라도 깔따구떼처럼 웅하고 날아
오를 것 같았다.

"먹어라! 이제 먹을 것도 바닥났다."

콜롬보가 에바에게 통조림을 밀어줬다. 에바는 무척 배가 고팠으므
로 깡통을 따서 허겁지겁 먹기 시작했다. 그러다 통조림 하나를 집어
들었다.

"왜?"

콜롬보가 험악한 표정으로 쳐다보았다. 에바는 대답 대신 손가락으
로 선실 쪽을 가리켰다.

"안 된다. 주지 마라. 그 녀석은 엔진을 고쳐야 먹을 것을 준다."

"그도 먹어야 해요."

"안 돼! 주지 마!"

"먹어야 엔진을 고칠 수 있어요."

"흥! 벌써 그놈 편을 드는 거냐?"

콜롬보는 벌떡 일어나 에바의 통조림을 거칠게 빼앗아버렸다. 그 바람에 에바는 균형을 잃고 갑판에 픽 쓰러졌다.

"엔진을 고쳐야 우리가 산다고요!"

에바는 악을 쓰듯 소리를 질렀다. 그리고 콜롬보 앞에 놓인 통조림 하나를 재빨리 집어 들고 달아났다.

"에바! 뿌타(puta, 망할 년)!"

에바가 선실 계단을 우당탕 내려오자 이담은 바짝 긴장했다. 목선에 온 다음날부터 한시도 마음이 편한 적 없었다. 혼자 뗏목에 있을 때는 신경 쓸 타인이 없었으므로 오히려 마음이 편했다. 에바가 그에게 통조림 하나를 건넸다. 한동안 먹은 게 별로 없었으므로 받지 않을 수 없었다.

"고맙다. 당신은 먹었는가?"

"나도 먹었다. 이제 먹을 게 없다. 빨리 엔진을 고쳐야 한다."

"알았다. 최대한 노력하겠다."

이담은 통조림을 따서 음미하듯 천천히 먹었다. 알갱이 하나하나에 들어있는 영양분을 온전히 흡수하겠다는 마음으로 아껴 먹었다. 먹을 게 떨어지면 다시 고기를 잡아야 한다. 물고기 창자에 플라스틱이 가득 차 있을 지라도 먹어야 산다. 물고기들처럼 플라스틱이 배속에 쌓여가더라도 일단 먹어야 산다. 천천히 죽어가는 것은 나중 일이다. 한 달 넘게 그것만 먹고 살았는데 대수냐 싶었다.

한여름의 보일러실 같은 날씨에 선실은 무더웠다. 온몸의 땀구멍에서 살을 쥐어짜는 듯한 분비물이 흘렀다.

"에바! 에바!"

콜롬보가 다시 불러댔다. 에바는 짜증스런 표정을 지었다. 그리고 위로 올라가지 않았다.

"에바! 거기서 뭐하니?"

화가 난 콜롬보가 선실 아래로 고개를 삐죽 내밀고 쳐다봤다. 콜롬보와 에바의 눈길이 마주쳤다.

"거기서 그놈과 뭐하는 거냐?"

"엔진을 고치고 있잖아요."

에바가 볼멘소리로 말했다.

"수리는 그놈에게 맡기고 올라와라. 고기를 잡아야 한다."

에바는 하는 수 없이 갑판으로 올라갔다. 습하고 후끈한 열기가 훅 끼쳐왔다. 더위는 굶주린 거미처럼 살갗에 착 달라붙었다. 생각 같아서는 물속으로 풍덩 뛰어들고 싶었다. 콜롬보는 낡은 그물을 꺼내 고물 쪽에 쳤다. 에바가 거들었다. 바다 위에는 플라스틱과 온갖 부유물이 둥둥 떠다니고 있었기에 그것을 피했다. 하지만 파도가 치며 부유물들이 금세 그물 윗부분에 걸렸다. 한숨이 절로 나왔다. 잠시 움직였는데도 땀이 고장 난 샤워기처럼 뚝뚝 떨어졌다. 콜롬보와 에바는 차양을 쳐놓은 갑판 그늘에 털썩 주저앉았다. 숨이 턱턱 막혔다.

"물을 가져와라!"

에바는 선실의 물통에서 물을 떠가지고 왔다. 양이 매우 적었다.

"이제 물이 없어요."

콜롬보는 물을 들이켜고 하얀 가루를 코로 흡입했다.

"제기랄! 부자가 되었는데 이게 무슨 꼴이람."

갑판의 깡통을 발로 힘껏 차버렸다.

"물도 제대로 못 마시고⋯."

그러더니 어디선가 술병을 가져와 다시 찔끔찔끔 마시기 시작했다. 에바가 뭐라 말을 하려다 그냥 삼켰다.

"에바! 이리 와라!"

눈이 게슴츠레 풀린 콜롬보가 에바의 몸을 더듬으려 했다.

"더워요!"

에바가 콜롬보의 손을 뿌리쳤다.

"허! 이년이⋯. 난 너를 키웠다. 먹여주고 재워주고 키웠다!"

"아니. 당신은 더 많이 빼앗아갔다."

에바는 벌떡 일어나 콜롬보를 노려봤다. 그녀의 눈에서 증오의 불길이 이글거리고 있었다.

"허! 이년이 저 노랭이와 자더니 미쳤구나. 난 다 알고 있다."

"흥! 내가 누구와 자든 무슨 상관이죠. 난 앞으로 당신 곁에 있지 않을 거예요."

"뭐라고? 가겠다고! 그래 가봐라. 네가 나에게서 도망칠 수 있을 것 같으냐?"

콜롬보는 잔뜩 화가 나 비틀거리며 일어나 에바를 붙잡으려 했다. 에바는 콜롬보를 피해 고물 쪽으로 달아났다. 술과 약에 취한 콜롬보는 에바를 잡으려고 징검징검 고물로 걸어갔다. 콜롬보가 쫓아오자 에바는 선교를 돌아 다시 이물로 달아났다.

"에바! 이리 와! 네년을 꼭 잡고 말겠다."

콜롬보는 휘청거리며 이물로 걸어갔다. 에바는 다시 고물로 달아났다. 선실 바닥에 있던 이담은 위에서 쿵쾅거리는 소리에 놀라 '무슨 일이 있나?' 궁금해서 갑판 위로 머리를 내밀었다. 펄펄 끓는 갑판 위에서 두 사람이 숨바꼭질하듯 뺑뺑이를 돌고 있었다. 콜롬보는 매우 화난 표정이었지만 힘들어 보였다. 에바는 경멸하는 눈빛으로 그를 바라보며 놀리듯 이리저리 피해 달아나고 있었다.

"에바! 이리 안 와! 널 죽여버릴 테다."

"흥! 나를 잡겠다고. 당신은 이제 나에게 아무 것도 아니야. 지겨워. 지겹다고!"

에바가 갑자기 분노에 차서 악을 썼다.

"에바! 네 이년!"

콜롬보는 고물 쪽에 있는 에바를 잡으려고 뒤뚱뒤뚱 걸어갔다. 그러다 갑판에 둘둘 말아놓은 밧줄더미에 발이 걸려 꽈당 넘어졌다. 콜롬보의 둔중한 몸이 갑판에 쓰러졌다. 마침 세 사람이 목선의 오른 편에 몰려있었으므로 배가 휘청 기울었다. 그 바람에 이물에 거치해놓은 닻이 바다에 풍덩 빠져버렸다. 무거운 닻이 바다에 가라앉으며 닻줄이 휘리릭 빨려 들어갔다. 엉킨 닻줄이 콜롬보의 발목을 휘감았다. 콜롬보는 순식간에 바다로 끌려 들어갔다.

"아! 악!"

뱃전에 대롱대롱 매달린 콜롬보가 소리쳤다.

"살려줘!"

놀란 이담은 황급히 난간으로 달려갔다. 닻줄을 잡아당겨 콜롬보를 끌어 올리려 했다. 하지만 닻과 콜롬보의 무게가 너무 무거워 쉽게 당겨지지 않았다.

"에바! 에바!"

다급히 에바를 불렀다. 그러나 잠시 후에 달려온 에바는 닻줄을 잡아당기지 않았다. 대신 그녀의 손에는 손도끼가 들려있었다.

"꽝! 꽝! 꽝!"

에바는 이담이 말릴 새도 없이 난간에 걸쳐진 닻줄을 도끼로 연거푸 내려찍었다. 낡은 닻줄이 툭하고 끊어지자 콜롬보는 무거운 돌덩이처럼 바다 속에 쏙 가라앉아버렸다.

"꼬르륵"

콜롬보가 닻과 함께 빨려 들어간 수면에서 공기방울이 뽀글뽀글 올라왔다. 그걸로 끝이었다. 콜롬보의 자취는 아무데서도 찾을 수 없었다. 손을 부들부들 떨며 서있던 에바가 바람 빠진 풍선처럼 털썩 주저앉았다. 잠시 흐트러진 수면을 쓰레기 더미가 다시 채우며 아무 일도 없었다는 듯 출렁거렸다.

10

태양은 바닷물을 끓여버릴 기세로 이글거리고 대기는 습했다. 이담과 에바는 선교 그늘에 맥없이 앉아 있었다. 이담은 정신이 반쯤 나가 있었다. 연거푸 일어난 세 사람의 죽음에 극심한 충격을 받았다. 그는 가까이서 사람이 죽는 것을 한 번도 본 적 없었다. 인간의 죽음은 일상적인 것이지만 이담에게는 남의 일이고 개념에 불과했다. 인간끼리의 살육도 그저 책이나 영화로 본 것이 고작이었다. 그런데 인구 다섯 명의 쓰랜드에서 불과 며칠 만에 셋이 죽어버렸다. 지독한 욕망 때문에 60%의 인류가 사라져버렸다. 최후의 인간처럼 이제 남자 하나와 여자 하나만 남고 말았다. 단 한 쌍씩의 동물을 실은 노아의 방주처럼 한 쌍의 인간만 남겨졌다.

이담은 저주받은 바다 쓰랜드를 한시라도 빨리 벗어나고 싶었다. 최선의 방법은 목선의 엔진을 고치는 것이었다. 증발기를 만지작거리고 있던 에바가 이담의 눈치를 살폈다. 이담은 벌떡 일어나 배 밑바닥으로 뚜벅뚜벅 내려갔다. 랜턴을 켜고 엔진을 들여다보았다. 그러나 기계가 눈에 들어오지 않았다. 기둥에 등을 기대고 선실 바닥에 주저앉아버렸다.

이담은 지난 일들을 곰곰이 생각해보았다. 어디서부터 어긋난 것일까? 단추는 언제부터 잘못 꿰진 것일까? 이사 때문에 의대 합격 통지를 받지 못한 것부터? 해양대에 진학한 것부터? 유조선을 탄 것 때문에? 화를 참지 못하고 기관사를 두들겨 팬 것으로부터? 결정적으로는 다시 참치잡이 어선을 탔기 때문에? 설상가상으로 허리케인을 만나서? 아니면 더 멀리 멀리 되짚어가 어머니가 유부남인 아버지를 만났을 때부터?

알 수 없었다. 목이 마르고 머리가 지끈지끈 아팠다. 비릿한 생각의 콩들이 맷돌처럼 갈려져 나왔다.

나는 그냥 평범하게 살고 싶었을 뿐이다. 어려운 환경이었지만 열심히 돈을 벌어 소소한 행복으로 살고 싶었을 뿐이다. 안쓰러운 어머니를 모시고 잔잔하게 살고 싶었을 뿐이다. 그런데 태평양 한가운데서 조난을 당하다니? 하필 조난당해도 이런 쓰레기 바다라니? 정말 지독하게 운이 나쁘다.

이 쓰레기 바다만 해도 그렇다. 내 탓이 아니다. 이 많은 쓰레기를 내가 만든 것도 아니지 않은가? 오히려 썩지 않은 플라스틱을 끊임없이 엄청나게 만들어대는 공장들이 더 문제가 아닌가?

나는 세계의 평화와 인류의 미래를 걱정하는 유엔 사무총장도 아니다. 국제환경기구 관계자도 아니다. 세상 모든 짐 지고 가는 예수는 더 더욱 아니다. 나는 그저 지구상의 평범한 1인일 뿐이다. 76억 분의 1. 그것이 나의 존재가치다. 76억 분의 1이 무슨 힘이 있겠는가? 더욱이 잘난 것도 하나도 없는데…. 그래서 나는 76억 분의 1만큼만 나를 실현할 것이다.

지구가 환경재앙으로 멸망하든 말든 내 책임이 아니다. 76억 분의 1인 나는 문제를 해결할 능력도 없다. 내가 죽은 후에 지구가 망하든 말든 알 바 없다. 후손들이 살든 죽든 알아서 하겠지. 그들도 살아남으려면 어떤 방법을 강구하겠지. 그전까지 나만 살아 있으면 된다.

물개 사냥의 사례가 있다. 극지의 사냥꾼들은 물개 사냥을 할 때 아무 것도 챙기지 않는다. 그들의 손에는 달랑 망치 하나뿐이다. 사냥꾼은 물개들이 몰려있는 해변으로 간다. 바다에서 돌아온 물개들은 해변에 누워 기분 좋게 햇볕을 쬐고 있다. 사냥꾼은 물개 무리에게 다가간다. 경계심을 느낀 물개들은 꿱꿱거리지만 날쌔게 도망치지는 않는다. 몇 발자국 비껴날 뿐이다.

물개 무리 속으로 들어간 사냥꾼은 자기가 잡고 싶은 물개의 머리를 망치로 힘껏 내리친다. 두개골이 깨지고 피가 사방으로 튄다. 물개는 힘없이 쓰러진다. 그런데 놀라운 일이 일어난다. 바로 옆에서 동족 물개가 처참하게 죽어가는데도 다른 물개들은 도망가지 않는다. 그저 멀뚱멀뚱 바라보거나 여전히 햇볕을 쬐며 오불관언이다. 자기 일이 아니기 때문이다. 그러다가 사냥꾼이 앞으로 다가오고 자기 머리 위로 망치가 올라갈 때가 되어서야 꽥꽥거리며 도망가려 한다. 그러나 이미 늦었다. 재앙의 망치는 사정없이 두개골을 부수고 물개는 고깃덩이가 되고 만다.

아프리카 남서부에 위치한 나미비아에는 세계 최대의 물개 서식지인 케이프크로스가 있다. 이 해안에 매년 약 10만 마리가 몰려든다. 물개들은 번식과 먹이활동을 하다가 해변에 드러누워 잔다. 그런데 물개를 노리는 자칼이나 하이에나가 바로 옆에서 걸어 다녀도 별로 신경 쓰지 않는다. 동료가 잡아먹혀도 본체만체한다. 포식자가 자기 옆에서 이빨을 들이대도 꿈쩍도 하지 않는다. 코앞의 재앙 앞에서 인간은 물개와 뭐가 다른가? 곧 재앙이 닥치는데도 인간은 '나 몰라라' 하면서 욕망에만 사로잡혀 있다.

이담은 자신이 재앙의 한가운데 표류해 있음을 다시금 깨달았다. 그리고 무슨 수를 써서라도 빠져나가야겠다고 결심했다. 벌떡 일어났다. 타는 듯 목이 말랐다. 물통의 물은 이미 바닥나 버렸으므로 증발기의 물이라도 먹어야 한다. 갑판으로 올라갔다. 에바는 그늘에 쭈그려 앉아있었다. 증발기를 살펴보았더니 밑면에 물이 조금 고여 있었다. 이담은 그것을 기울여 물을 마셨다. 비가 바짝 마른 땅을 적시듯 담수가 이담의 목을 타고 넘어갔다. 바짝 마른 세포들이 해면처럼 부풀어 올랐다.

증발기를 다시 갑판 위에 내려놓던 이담은 문득 허전한 느낌에 사로잡혔다. 있어야 할 것이 없는 듯한 느낌. 일어서서 갑판을 둘러보던 이담은 그제야 창고뗏목을 묶어놓은 밧줄이 사라졌음을 깨달았다. 밧줄이 사라지고, 밧줄 끝에 묶여있어야 할 창고뗏목도 사라져버렸다. 오랫동안 자신과 함께 했던 뗏목이 보이지 않았다. 그의 분신과도 같은 생명선이 감쪽같이 없어져버렸다. 한 달 넘게 생존의 사투를 함께 벌였던 목숨처럼 소중한 뗏목이 사라져버렸다.

황급히 고물 쪽으로 뛰어가 바다 위를 살펴보았다. 목선 근처에 있어야 할 뗏목은 보이지 않았다. 멀리 후방에 희끄무레한 뭉치가 떠있는 것처럼 보였다. 그러나 그것이 창고뗏목인지 쓰레기 더미인지 분간할 수 없었다. 확인을 위해 맨몸으로 거기까지 헤엄쳐 가는 것은 불가능했다.

"에바! 뗏목은 어디 있지?"

이담은 큰 소리로 물었다. 에바는 팔을 벌리며 어깨를 으쓱했다. 모른다는 표정이었다.

"얼마 전까지도 여기 묶여 있었다. 당신도 보았지 않느냐?"

에바는 대꾸를 하지 않고 딴전을 피웠다. 페트뗏목의 밧줄은 목선 고물 기둥에 단단히 묶어놓았기 때문에 저절로 풀릴 수 없다. 사람이 일부러 손대지 않으면 절대 풀리지 않는다. 이담은 사태를 직감했다. 화가 머리끝까지 치민 이담은 에바에게 달려가 목덜미를 움켜쥐었다. 부들부들 떨리는 손아귀의 힘이 에바의 온몸에 고압전류처럼 파고들었다.

제3부 283

"네가 밧줄을 풀어버렸지?"

목이 졸린 에바는 컥컥거리기만 했다.

"아! 억! 컥 킥!"

"왜? 내 허락도 없이 뗏목을 풀어버렸어? 그건 내 집이야! 집!"

상실감에 사로잡힌 이담은 바락바락 악을 썼다. 얼굴이 발갛게 닳아 오르고 관자놀이의 힘줄이 지렁이처럼 튀어나왔다.

"컥! 컥!"

에바는 숨이 넘어갈 듯 공포감에 사로잡혀 얼굴이 새파랗게 질렸다. 부들부들 떨던 에바가 한순간 축 늘어졌다. 눈에 흰자위가 보였다. 이담은 손아귀를 풀고 거칠게 내쳤다. 에바가 보자기처럼 풀썩 쓰러졌다.

"내 집이야! 내 집이라고!"

분이 풀리지 않은 이담은 발을 구르며 고래고래 고함을 질렀다. 에바는 쓰러진 채 목을 부여잡고 켁켁거리고 있었다.

"이제 그런 뗏목은 필요 없잖아요! 우리 둘뿐이잖아요."

에바가 억울하다는 듯 소리쳤다. 태양의 돋보기가 인화점을 넘어 당장이라도 배를 불태워버릴 것처럼 이글거렸다. 태양 플라즈마의 직사를 받은 바다의 쓰레기 더미들은 흐물흐물 녹아내려 온 바다를 더러운 죽으로 만들고 있었다.

애써 화를 가라앉히며 선실로 내려온 이담은 엔진 수리에 집중하고

자 했다.

'아! 탈출! 탈출뿐이다.'

이담은 머리를 쥐어뜯었다. 고장나버린 엔진의 상당부분을 손보았으나 문제가 전부 해결된 것은 아니었다. 배가 제대로 운항하기 위해서는 엔진의 압축과 폭발이 연속적으로 일어나야 한다. 기계가 아주 정밀하게 작동하기 때문에 제대로 된 플런저 펌프와 연료분사 노즐이 있어야 한다. 고온·고압에서 작동하는 엔진의 핵심부품은 정품을 써야 한다. 이런 부품들은 망치나 펜치로 대충 두드려 만들 수 있는 것이 아니다. 그런데 바다 한가운데서 정품을 어떻게 구한단 말인가? 절로 한숨이 나왔다.

이담은 고민에 사로잡혔다. 망가져버린 부품은 새것으로 교환하는 것이 수리의 지름길이다. 고쳐서 쓴다 해도 분당 수십 번씩 작동하는 고속의 사이클을 견딜 수 없다. 목재로 부품을 깎아 쓰는 격이다. 노련한 선장이라면 먼 바다에 나갈 때는 대개 엔진 고장을 대비해서 핵심부품 몇 가지는 예비로 보관해둔다. 콜롬보도 예비부품이 있었다고 했다.

이담은 혹시라도 예비부품, 즉 스페어(spare parts)가 남아 있지 않을까 해서 서둘러 주변을 뒤지기 시작했다. 랜턴으로 선실 구석구석을 비추며 물건을 들춰냈다. 배에서 사용하는 잡동사니들이 쏟아져 나왔다. 그러다 구석에서 생선이나 농산물을 담는 노란색의 플라스틱 바구니를 발견했다. 랜턴을 비춰보니 녹슨 공구들과 고장 난 부품들이 어

지럽게 뒤섞여 있었다. 손으로 뒤적거리던 이담은 아예 바구니를 엎어
버렸다. 금속끼리 부닥치는 소리가 기분 나쁘게 들려왔다. 선실 바닥
에 쏟아진 공구와과 부품들을 헤집어 보았지만 쓸 만한 게 보이지 않
았다. 밀폐된 선실에서 몸을 움직였더니 얼굴에서 땀방울이 고장 난
수도꼭지처럼 뚝뚝 떨어졌다. 맥이 탁 풀렸다. 난감했다. 결국 엔진을
못 고치는 것인가? 그때 에바가 뒤로 다가와 이담의 등을 툭 쳤다.

"혹시 이런 게 필요한가?"

에바가 작은 박스 하나를 내밀었다. 겉면에는 길쭉하고 반짝이는 그
림과 함께 'Fuel Injection Nozzle'이라고 쓰여 있었다. 디젤엔진용
연료분사 노즐이었다. 이담은 낚아채듯 박스를 받아 뚜껑을 뜯었다.
반짝반짝 빛나는 부품이 랜턴 불빛에 광채를 발하고 있었다. 정말 어
처구니가 없었다. 지금까지 엔진을 고치려고 생고생을 했는데, 그 사
이에 세 사람이나 죽었는데, 이제야 핵심 부품을 내밀다니? 화가 치밀
었다.

"왜 이제껏 부품을 숨기고 있었나?"

"나는 숨기지 않았다. 나도 우연히 발견했을 뿐이다."

에바는 짐짓 당혹스런 표정으로 말했다.

"아니! 우연히 발견했다는 게 말이 되나? 당신은 부품을 빼돌린 게
분명하다."

"나는 엔진에 대해 아무것도 모른다. 콜롬보의 방에서 우연히 발견
했을 뿐이다. 믿어달라. 정말이다."

"이런 부품이 있었으면 빨리 나에게 이야기 했어야 하지 않은가?"

"아니 지금 그런 것을 따지면 뭐하나? 엔진을 빨리 고치는 게 급선무 아닌가?"

에바가 자못 짜증스런 목소리로 대꾸했다. 하긴 그렇다. 여기는 경찰서도 검찰도 아니다. 아무 도움도 받을 수 없는 태평양 한가운데 쓰레기 바다다. 독화살을 맞은 사람에게 화살을 쏜 사람이 누구냐고 물어봤자 소용없다. 먼저 독화살을 뽑고 치료하는 게 우선이다. 이담은 잠시 멈칫했다.

"이 부품은 하나뿐인가?"

6기통. 엔진의 실린더가 여섯 개이므로 최소한 그만큼은 있어야 한다.

"아니다 여러 개 있다."

에바는 여러 개의 부품 박스를 보여 주었다. 이담은 박스들을 받아 서둘러 뜯었다. 랜턴 불빛에 반사된 노즐들은 동굴에서 발견한 보물처럼 빛났다. 침착하게 정성 들여 노즐을 교체했다. 정품의 부품을 교체하는 데는 그리 많은 시간이 걸리지 않았다. 땀을 뚝뚝 떨어뜨리는 이담에게 에바는 친절하게 수건과 물을 가져다주었다.

드디어 모든 노력을 다했다. 이제 시동을 걸어보면 된다. 이담은 예열 플러그를 켜고 힘차게 시동을 걸었다.

"푸르릉 푸르르~."

그러나 오랜 시간 멈춰 있던 엔진은 단숨에 작동하지 않았다. 달리기를 거부하는 경주마처럼 "푸르르 푸르르" 몸을 떨 뿐이었다. 이담은 초크밸브를 조절하여 다시 시동을 걸었다.

"풋 풋 푸르르~"

시동이 걸릴 듯 했지만 다시 꺼져 버렸다. 입술을 깨문 이담은 연료 공급 밸브의 불순물을 제거하고 다시 시동을 걸었다.

"풋 풋 푸다다다~"

됐다! 드디어 엔진이 돌아가기 시작했다. 디젤엔진은 가솔린 엔진과 달리 스로틀 밸브가 없다. 디젤엔진의 출력 조절은 공기의 양이 아니라 연료의 양으로 한다. 스로틀 밸브가 없는 대신 액셀페달로 연료의 공급량을 조절한다. 오랫동안 멈춰 있던 엔진은 정상 작동을 위해서 출력을 최대한 높여줘야 한다. 그래야 엔진에 낀 불순물들이 일시에 빠져나간다. 이담은 엑셀 페달을 밟아 출력을 한껏 높였다.

"푸 다다다다 다다다다~."

땅바닥을 걷어차는 명마처럼 엔진이 힘차게 돌아가기 시작했다. 그 소리는 마치 힘차게 연주되는 기분 좋은 행진곡 같았다. 엔진의 기계음이 적막한 쓰레기 바다를 깨웠다. 그 기계음에 파도가 출렁거렸다.

"만세! 만세! 살았다. 이제는 살아서 돌아갈 수 있다."

흥분한 이담의 눈에서는 자신도 모르게 눈물이 삐져나왔다. 옆에서 지켜보던 에바가 감격에 겨워 이담의 목을 세게 껴안았다. 그리고 뺨에 키스 세례를 퍼부었다. 엔진의 배기가스에 숨이 막힌 두 사람은 갑판으로 올라왔다. 이담은 팔을 벌려 마음껏 소리쳤다.

"배를 고쳤다! 배를 고쳤다!"

에바가 다가와 두 팔로 이담을 다시 감싸 안았다.

"이제 우리 둘 뿐이다. 쓰레기 바다 따위는 이제 잊어버리자. 벗어나면 그만이다. 가자! 낙원으로 가자. 로스앤젤레스로 가는 거다. 천사들의 도시로 가서 부자로 행복하게 살자."

에바는 감정이 북받쳐 오른 듯 코맹맹이 소리를 하며 이담을 힘껏 껴안았다. 이담은 에바를 밀쳐냈다. 이담의 눈에는 다시는 보고 싶지 않은 더러운 쓰레기 더미가 여전히 넘실거리고 있었다.

11

이제 곧 지긋지긋한 쓰랜드를 벗어날 것이다. 사흘만 달리면 뭍을 찾을 수 있다. 지나가는 배를 만날지도 모른다. 얼마 후에는 도시를 돌아다니며 두리번거리고 있을 것이다. 아마 멋진 카페에서 향기로운 커피를 마시며 다른 삶을 꿈꾸고 있을 것이다.

이담은 배의 속력을 높이기 엔진의 출력을 한껏 높였다. 목선은 파도를 가르며 힘차게 나아갔다. 목선 뒤로 쓰레기 더미들이 출렁거리며 흩어졌다 다시 모였다. 이담은 목선의 조타기를 유연하게 돌리며 멋있게 배를 몰았다. 마치 순풍 속에서 돛에 바람을 가득 품은 요트를 모는 기분이었다. 에바는 기분 좋은 표정으로 뱃전에 기대어 점점 뒷전으로 밀려나는 쓰랜드를 바라보고 있었다. 이제 그토록 그리던 로스앤젤레스에 간다. 그리고 큰돈을 가질 것이다. 바다 위의 구름이 더 크게 부풀어 오르고 있었다.

"쿨럭! 쿨럭!"

갑자기 딸꾹질을 하는 것처럼 엔진이 쿨럭쿨럭거리며 심한 노킹이 발생했다. 이담은 엔진이 쿨럭거리는 소리에 자신도 모르게 딸꾹질이 나왔다.

"딸꾹! 딸꾹!"

노킹 소리에 놀란 에바도 황급히 달려왔다.

"왜 그러지?"

재빨리 선실 바닥으로 내려갔다. 연료 분사량을 조절했지만 노킹은 여전했다. 자세히 살펴보니 크랭크축이 그릉그릉 소리를 내며 회전이 원활치 못했다.

"혹시?"

이담은 다시 갑판으로 뛰어올라 고물로 달려갔다. 몸을 숙이고 바닷속을 바라보았다. 선미의 스크루에 폐그물이 잔뜩 휘감겨 있었다.

"헉! 이게 뭐야! 에바~ 에바! 갈고리 가져와!"

에바가 황급히 갈고리 막대기를 들고 왔다. 이담은 뱃전에 엎드려 갈고리로 스크루에 감긴 폐그물을 걷어내려 애썼다. 그러나 칭칭 감긴 폐그물은 쉽게 풀어지지 않았다. 그물 뭉텅이가 스크루에 둘둘 감겨 있었다.

"안 되겠다. 엔진을 끄고 바닷속에 들어가야겠다."

이담은 잠수왕이다. 스크루에 감긴 폐그물을 풀어내야 한다.

"펑!"

그때 배 밑창에서 거대한 폭발음이 들렸다.

"으헉! 뭐야?"

이담은 모자를 벗어던지고 기관실로 달려 내려갔다. 연기가 자욱했다. 매캐한 연기를 헤치고 엔진을 살폈다. 배기밸브가 갈가리 찢겨있었다. 스크루에 폐그물이 휘감기며 엔진축이 정지하자 고온 고압을 이기지 못한 배기밸브가 폭발하여 터져버린 것이다. 플런저 펌프와 분사 노즐도 시커멓게 타버렸다. 엔진은 이제 고철덩이다.

"헉! 이게 뭐야!"

이담은 매캐한 연기를 견디지 못하고 갑판으로 빠져나왔다. 시퍼렇게 질려 배 밑창을 들여다보고 있던 에바가 황급히 몸을 피했다.

"아~ 아악! 아악! 아악! 악~."

이담은 뼈와 살이 갈가리 찢기며 죽어가는 동물처럼 비명을 계속 질러댔다.

'아. 이 쓰레기 바다! 쓰레기! 나는 다시는 돌아가지 못할 것이다. 다시는….'

이담은 물 밖으로 끌려나온 물고기처럼 고통스럽게 파닥거렸다. 뜨거운 갑판 위에서 몸을 들썩이며 파닥파닥 흐느꼈다. 그 움직임은 점점 잦아들었다. 그의 몸은 불에 쬐인 페트병처럼 찌그러지며 흐물흐물

녹아내렸다. 표류하는 한 쌍의 인간을 태운 목선 옆에는 거대한 쓰레
기 더미가 여전히 더러운 늪으로 출렁이고 있었다.

작가의 말

현재 지구는 지질학적으로 신생대 제4기 홀로세(Holocene Epoch, 沖積世)에 해당한다. 그러나 학자들은 현세를 '인류세'로 지칭하자고 제안한다. 대략 5백만 년 전에 출현하여 4~5만 년 전부터 호모 사피엔스(Homo sapiens)로 진화한 인류가 지구를 완전히 장악하여 대변화를 일으키고 있기 때문이다.

인류의 달력으로 18세기 중엽 영국에서 시작된 산업혁명과 기술혁명은 지구의 환경을 완전히 탈바꿈시켰다. 자연력에 의존하며 후기 철기시대에 머물렀던 인류는 에너지, 기계혁명으로 인하여 전폭적인 인공의 시대로 접어들었다.

최근 1백 년 동안 지구가 겪은 변화는 과거 수억 년 동안 겪은 변화를 훨씬 능가하는 것이다. 폭발적인 인구증가, 에너지 사용량 폭증, 대량생산과 대량소비는 지구 환경을 완전히 바꿔놓았다. 그로 인해 인류의 삶은 더욱 편리하고 풍요로워졌지만, 그 뒤편에서는 쓰레기가 산더미처럼 쏟아져 나왔다.

실제로 50년 전만 해도 쓰레기는 큰 문제거리가 되지 않았다. 대부분 자연분해되거나 재활용되는 것이어서 그것의 처리는 초미의 관심사가 아니었다. 그러나 플라스틱 및 신소재의 등장과 사용과다로 인해 쓰레기는 이제 인류 최대 골칫거리 중 하나가 되고 말았다.

도시는 말할 것도 없고, 산과 바다, 들판과 숲, 지층과 심해 등 어디에든 쓰레기가 쌓이고 있다. 히말라야의 고봉에서 수천 미터 깊이의 해구에 이르기까지 쓰레기가 발견되지 않는 곳은 없다. 이제 지구는 완전히 쓰레기별이 되고 말았다.

성장만능주의, 미덕으로 간주되는 대량소비, 잉여자본의 과다 축적 등은 하루에도 수백억 톤의 쓰레기를 발생시킨다. 대량생산, 대량소비의 거대한 컨베이어 벨트는 잠시도 쉬지 않고 돌아가며 엄청난 쓰레기를 배출하고 있다. 그것의 대부분은 재활용, 자연분해되지 않는 것들이다. 현세의 지구는 자연순환이 멈춘 지 오래다.

그러므로 작금의 지구는 새로 명명한 '인류세'가 아니라 '쓰레기세'라 해야 더 적합할 것이다. 후일 현세의 지층에서는 진화한 인류의 뼛조각보다 쓰레기가 훨씬 더 많이 발견될 것이기 때문이다.

그렇다. 이제 지구는 더 이상 아름답고 푸른 행성이 아니다. 쓰레기 문제를 원천적으로 해결하지 않는 한 인류의 미래는 없다. 생존 가능한 대량 이주할 수 있는 별도 아직 발견되지 않았다. 인류 환경의 마지막 보루인 바다가 썩으면 지구는 완전히 썩은 별이 되고 만다.

"이 쓰레기를 어찌할 것인가?"

이 소설은 재미를 위해 쓴 서사가 절대 아니다. 전 지구적 재앙 앞에서 절박한 심정으로 써내려간 것이다.

인간의 지나친 욕망이 빚어낸 가장 치명적인 오류 앞에서 우리가 어떻게 대처해나가야 할 것인지, 독자들과 함께 사유와 실천의 공간을 나누고 싶다.

장편소설
쓰랜드

2021년 9월 27일 초판 1쇄 발행

지은이 김규진
펴낸이 김재범
관리 홍희표 박수연
인쇄·제책 굿에그커뮤니케이션
종이 한솔PNS
펴낸곳 (주)아시아
출판등록 2006년 1월 27일 제406-2006-000004호
주소 경기도 파주시 회동길 445
전화 031.955.7958
팩스 031.955.7956
홈페이지 www.bookasia.org

ISBN 979-11-5662-561-2 (03810)

바이링궐 에디션 한국 대표 소설

한국문학의 가장 중요하고 첨예한 문제의식을 가진 작가들의 대표작을 주제별로 선정!
하버드 한국학 연구원 및 세계 각국의 한국문학 전문 번역진이 참여한 번역 시리즈!
미국 하버드대학교와 컬럼비아대학교 동아시아학과, 캐나다 브리티시컬럼비아대학교 아시아
학과 등 해외 대학에서 교재로 채택!

바이링궐 에디션 한국 대표 소설 set 1

분단 Division

01 병신과 머저리-이청준 The Wounded-Yi Cheong-jun
02 어둠의 혼-김원일 Soul of Darkness-Kim Won-il
03 순이삼촌-현기영 Sun-i Samch'on-Hyun Ki-young
04 엄마의 말뚝 1-박완서 Mother's Stake I-Park Wan-suh
05 유형의 땅-조정래 The Land of the Banished-Jo Jung-rae

산업화 Industrialization

06 무진기행-김승옥 Record of a Journey to Mujin-Kim Seung-ok
07 삼포 가는 길-황석영 The Road to Sampo-Hwang Sok-yong
08 아홉 켤레의 구두로 남은 사내-윤흥길 The Man Who Was Left as Nine Pairs of Shoes-Yun Heung-gil
09 돌아온 우리의 친구-신상웅 Our Friend's Homecoming-Shin Sang-ung
10 원미동 시인-양귀자 The Poet of Wŏnmi-dong-Yang Kwi-ja

여성 Women

11 중국인 거리-오정희 Chinatown-Oh Jung-hee
12 풍금이 있던 자리-신경숙 The Place Where the Harmonium Was-Shin Kyung-sook
13 하나코는 없다-최윤 The Last of Hanak'o-Ch'oe Yun
14 인간에 대한 예의-공지영 Human Decency-Gong Ji-young
15 빈처-은희경 Poor Man's Wife-Eun Hee-kyung

바이링궐 에디션 한국 대표 소설 set 2

자유 Liberty

16 필론의 돼지-이문열 Pilon's Pig-Yi Mun-yol
17 슬로우 불릿-이대환 Slow Bullet-Lee Dae-hwan
18 직선과 독가스-임철우 Straight Lines and Poison Gas-Lim Chul-woo
19 깃발-홍희담 The Flag-Hong Hee-dam
20 새벽 출정-방현석 Off to Battle at Dawn-Bang Hyeon-seok

사랑과 연애 Love and Love Affairs

21 별을 사랑하는 마음으로-**윤후명** With the Love for the Stars-**Yun Hu-myong**
22 목련공원-**이승우** Magnolia Park-**Lee Seung-u**
23 칼에 찔린 자국-**김인숙** Stab-**Kim In-suk**
24 회복하는 인간-**한강** Convalescence-**Han Kang**
25 트렁크-**정이현** In the Trunk-**Jeong Yi-hyun**

남과 북 South and North

26 판문점-**이호철** Panmunjom-**Yi Ho-chol**
27 수난 이대-**하근찬** The Suffering of Two Generations-**Ha Geun-chan**
28 분지-**남정현** Land of Excrement-**Nam Jung-hyun**
29 봄 실상사-**정도상** Spring at Silsangsa Temple-**Jeong Do-sang**
30 은행나무 사랑-**김하기** Gingko Love-**Kim Ha-kee**

바이링궐 에디션 한국 대표 소설 set 3

서울 Seoul

31 눈사람 속의 검은 항아리-**김소진** The Dark Jar within the Snowman-**Kim So-jin**
32 오후, 가로지르다-**하성란** Traversing Afternoon-**Ha Seong-nan**
33 나는 봉천동에 산다-**조경란** I Live in Bongcheon-dong-**Jo Kyung-ran**
34 그렇습니까? 기린입니다-**박민규** Is That So? I'm A Giraffe-**Park Min-gyu**
35 성탄특선-**김애란** Christmas Specials-**Kim Ae-ran**

전통 Tradition

36 무자년의 가을 사흘-**서정인** Three Days of Autumn, 1948-**Su Jung-in**
37 유자소전-**이문구** A Brief Biography of Yuja-**Yi Mun-gu**
38 향기로운 우물 이야기-**박범신** The Fragrant Well-**Park Bum-shin**
39 월행-**송기원** A Journey under the Moonlight-**Song Ki-won**
40 협죽도 그늘 아래-**성석제** In the Shade of the Oleander-**Song Sok-ze**

아방가르드 Avant-garde

41 아겔다마-**박상륭** Akeldama-**Park Sang-ryoong**
42 내 영혼의 우물-**최인석** A Well in My Soul-**Choi In-seok**
43 당신에 대해서-**이인성** On You-**Yi In-seong**
44 회색 時-**배수아** Time In Gray-**Bae Su-ah**
45 브라운 부인-**정영문** Mrs. Brown-**Jung Young-moon**

바이링궐 에디션 한국 대표 소설 set 4

디아스포라 Diaspora

46 속옷-김남일 Underwear-Kim Nam-il

47 상하이에 두고 온 사람들-공선옥 People I Left in Shanghai-Gong Sun-ok

48 모두에게 복된 새해-김연수 Happy New Year to Everyone-Kim Yeon-su

49 코끼리-김재영 The Elephant-Kim Jae-young

50 먼지별-이경 Dust Star-Lee Kyung

가족 Family

51 혜자의 눈꽃-천승세 Hye-ja's Snow-Flowers-Chun Seung-sei

52 아베의 가족-전상국 Ahbe's Family-Jeon Sang-guk

53 문 앞에서-이동하 Outside the Door-Lee Dong-ha

54 그리고, 축제-이혜경 And Then the Festival-Lee Hye-kyung

55 봄밤-권여선 Spring Night-Kwon Yeo-sun

유머 Humor

56 오늘의 운세-한창훈 Today's Fortune-Han Chang-hoon

57 새-전성태 Bird-Jeon Sung-tae

58 밀수록 다시 가까워지는-이기호 So Far, and Yet So Near-Lee Ki-ho

59 유리방패-김중혁 The Glass Shield-Kim Jung-hyuk

60 전당포를 찾아서-김종광 The Pawnshop Chase-Kim Chong-kwang

바이링궐 에디션 한국 대표 소설 set 5

관계 Relationship

61 도둑견습 - 김주영 Robbery Training-Kim Joo-young

62 사랑하라, 희망 없이 - 윤영수 Love, Hopelessly-Yun Young-su

63 봄날 오후, 과부 셋 - 정지아 Spring Afternoon, Three Widows-Jeong Ji-a

64 유턴 지점에 보물지도를 묻다 - 윤성희 Burying a Treasure Map at the U-turn-Yoon Sung-hee

65 쓰이거나 쯔이거나 - 백가흠 Puy, Thuy, Whatever-Paik Ga-huim

일상의 발견 Discovering Everyday Life

66 나는 음식이다 - 오수연 I Am Food-Oh Soo-yeon

67 트럭 - 강영숙 Truck-Kang Young-sook

68 통조림 공장 - 편혜영 The Canning Factory-Pyun Hye-young

69 꽃 - 부희령 Flowers-Pu Hee-ryoung

70 피의일요일 - 윤이형 Bloody Sunday-Yun I-hyeong

금기와 욕망 Taboo and Desire

71 북소리 - 송영 Drumbeat-Song Yong
72 발칸의 장미를 내게 주었네 - 정미경 He Gave Me Roses of the Balkans-Jung Mi-kyung
73 아무도 돌아오지 않는 밤 - 김숨 The Night Nobody Returns Home-Kim Soom
74 젓가락여자 - 천운영 Chopstick Woman-Cheon Un-yeong
75 아직 일어나지 않은 일 - 김미월 What Has Yet to Happen-Kim Mi-wol

바이링궐 에디션 한국 대표 소설 set 6

운명 Fate

76 언니를 놓치다 - 이경자 Losing a Sister-Lee Kyung-ja
77 아들 - 윤정모 Father and Son-Yoon Jung-mo
78 명두 - 구효서 Relics-Ku Hyo-seo
79 모독 - 조세희 Insult-Cho Se-hui
80 화요일의 강 - 손홍규 Tuesday River-Son Hong-gyu

미의 사제들 Aesthetic Priests

81 고수 - 이외수 Grand Master-Lee Oisoo
82 말을 찾아서 - 이순원 Looking for a Horse-Lee Soon-won
83 상춘곡 - 윤대녕 Song of Everlasting Spring-Youn Dae-nyeong
84 삭매와 자미 - 김별아 Sakmae and Jami-Kim Byeol-ah
85 저만치 혼자서 - 김훈 Alone Over There-Kim Hoon

식민지의 벌거벗은 자들 The Naked in the Colony

86 감자 - 김동인 Potatoes-Kim Tong-in
87 운수 좋은 날 - 현진건 A Lucky Day-Hyŏn Chin'gŏn
88 탈출기 - 최서해 Escape-Ch'oe So-hae
89 과도기 - 한설야 Transition-Han Seol-ya
90 지하촌 - 강경애 The Underground Village-Kang Kyŏng-ae

바이링궐 에디션 한국 대표 소설 set 7

백치가 된 식민지 지식인 Colonial Intellectuals Turned "Idiots"

91 날개 - 이상 Wings-Yi Sang
92 김 강사와 T 교수 - 유진오 Lecturer Kim and Professor T-Chin-O Yu
93 소설가 구보씨의 일일 - 박태원 A Day in the Life of Kubo the Novelist-Pak Taewon
94 비 오는 길 - 최명익 Walking in the Rain-Ch'oe Myŏngik
95 빛 속에 - 김사량 Into the Light-Kim Sa-ryang

한국의 잃어버린 얼굴 Traditional Korea's Lost Faces

96 봄·봄 – 김유정 Spring, Spring-Kim Yu-jeong

97 벙어리 삼룡이 – 나도향 Samnyong the Mute-Na Tohyang

98 달밤 – 이태준 An Idiot's Delight-Yi T'ae-jun

99 사랑손님과 어머니 – 주요섭 Mama and the Boarder-Chu Yo-sup

100 갯마을 – 오영수 Seaside Village-Oh Yeongsu

해방 전후(前後) Before and After Liberation

101 소망 – 채만식 Juvesenility-Ch'ae Man-Sik

102 두 파산 – 염상섭 Two Bankruptcies-Yom Sang-Seop

103 풀잎 – 이효석 Leaves of Grass-Lee Hyo-seok

104 맥 – 김남천 Barley-Kim Namch'on

105 꺼삐딴 리 – 전광용 Kapitan Ri-Chŏn Kwangyong

전후(戰後) Korea After the Korean War

106 소나기 – 황순원 The Cloudburst-Hwang Sun-Won

107 등신불 – 김동리 Tŭngsin-bul-Kim Tong-ni

108 요한 시집 – 장용학 The Poetry of John-Chang Yong-hak

109 비 오는 날 – 손창섭 Rainy Days-Son Chang-sop

110 오발탄 – 이범선 A Stray Bullet-Lee Beomseon